La charité du cuivre

JEAN-MARC BOULENGER
DE HAUTECLOCQUE

La charité du cuivre

DAVID REINHARC
Éditions

Ce qui rayonne là, ce n'est pas un vain jour
Qui naît et meurt, riant et pleurant tour à tour
Jaillissant, puis rentrant dans la noirceur première
Et, comme notre aurore, un sanglot de lumière

Victor Hugo – *La Légende des siècles*,
volume I, XVI-III, *Le Sultan Mourad*

Aux êtres de lumière qui m'ont accompagné.

Et mourir même ne saurait suffire. Quel châtiment s'infliger pour tromper sa conscience, pour apaiser une souffrance si indicible qu'on ne saurait la nommer sans reculer, horrifié ? Jules perdait pied, cherchait vainement un peu de fermeté sur le sol dérobé de son esprit soudain mué en marécage, où ne semblaient subsister que des bulles de tourments perçant de temps en temps la fange douloureuse. Comment se peut-on à ce point duper ? Être passé si près de la vérité et l'avoir ignorée ? N'avoir pas su se donner, avoir manqué la lumière tant on s'est nourri d'obscurité ? Jules errait mentalement, égaré dans son propre désert, prisonnier des planches du cercueil de regrets par lui-même clouées.

Il l'avait abandonnée, son Aitana adorée, persuadé d'être trahi, et à présent, il savait que le seul traître, c'était lui.

Mourir ? À quoi bon ? Je sais bien que nul tombeau ne saurait occulter la mémoire de son regard ! Son désespoir... Comme si je l'avais tuée de mes mains. Et elle m'a vu moquer le précieux, l'inestimable présent, souiller le visage charmant de son altruisme radieux, fuir en lui laissant le stupide démon de la trahison...

Son univers entier, le petit monde de toute une vie, d'une laborieuse existence de militant dévoué, d'une foi de charbonnier dans l'inéluctabilité de la Révolution, sa passion des idées, l'abnégation fameuse qui de longue date lui faisait office d'étendard, de tout cela rien ne demeurait plus qu'un champ de ruines, jonché des gravats fumants qui ne se pouvaient déblayer. Abasourdi, il prenait conscience d'avoir perdu jusqu'à sa bonne vieille croyance, balayée par l'ouragan surgi du pays des Esprits, et se retrouvait pareil au nouveau-né à l'instant où l'air glacé s'engouffre pour la toute première fois dans ses fragiles poumons.

Expier. Quoi ! Raisonner, moi, avec les mots du curé? Alors? Nier le chemin obligé, la ténue possibilité d'échapper, l'ultime bouée jetée la laisser filer au long du courant déchaîné? Assez déconné. Expier. Pas d'autre expression. Mais comment? Évident, pourtant. Non, pas comme cela. Tout, oui tout, sauf ça. Bien trop terrifiant! Alors quoi? Coincé. Inutile de barguigner. Bien sûr, pas le choix. Refaire le parcours entier. Revivre ces cinq années. S'épuiser à tout comprendre pour pouvoir tout souffrir et enfin tout mourir. Et si j'en meurs, cette mort-là peut-être peut délivrer?

Le nœud avait été tranché voilà trois mois déjà, comme on égorge un de ces chevreaux sacrifiés aux divinités, éclaboussant de son sang jusqu'au spasme dernier les attributs des entités affamées. Depuis un an au moins, le poison du soupçon infusait patiemment, glissant semaine après semaine ses pernicieuses allusions à la part d'ombre du présomptueux militant. L'inlassable travail de sape du Malin avait abouti à retourner Jules le crédule, à le persuader de la duplicité d'Aitana, au terme de ses œuvres l'avait fermement convaincu d'être manipulé. Après cinq belles années de romance avec sa fiancée cubaine, fervente adepte des religions africaines, il s'était brusquement détourné, ruinant tant d'espérances et de projets.

Cela avait d'abord commencé par de drôles de conversations surprises au détour d'un quelconque retour à la maison, brusquement interrompues à son apparition. Puis ce furent des rituels inhabituels sur lesquels on refusait de s'étendre, pour finalement se cristalliser avec ce bout de papier marqué à son nom, soigneusement roulé, noué de quelques cheveux de jais, qu'il avait découvert dans le petit panier d'une des poupées esprits d'Aitana alors que, honteux, il fouillait la maison consciencieusement. Il était alors reparti à Paris boudant à moitié, ne sachant trop que reprocher, tout en sentant que quelque chose clochait pour de bon. Et puis le Destin lui avait mis ce livre entre les mains à la boutique de l'aéroport, récit interview de Manolo, un avocat de la mafia dans La Havane de Batista, qu'il avait entamé sitôt de retour à Paris.

L'homme y expliquait comment, alors que sa femme et lui étaient venus rendre visite à leur ami Carlos Abreu dans sa villa de Miramar, ce dernier les avait accueillis, la tête couverte d'un bonnet violet, la couleur de *San Lazaro*, son saint vénéré, dont il était en train de célébrer l'anniversaire. Ils avaient néanmoins été invités à rester, et associés de fait à la célébration. Après s'être convenablement abreuvés et restaurés, les convives s'étaient réunis devant le placard ouvert où Carlos conservait les divers objets de son culte. Six bougies avaient été disposées par terre, une pour chaque personne présente ce soir-là. La fille du maître de maison s'était avancée pour les allumer, mais la cinquième s'éteignit sitôt enflammée. Et en dépit de son insistance, rien n'y fit. Carlos s'était alors tourné vers son ami, lui disant seulement : « Tu vois cette bougie ? C'est ta vie qui s'en va... Mais ne t'en fais pas ! Je l'ai échangée contre la mienne ! »

Interloqué, Manolo, parfait mécréant, ne répondit même pas. On se quitta bientôt, promettant de se revoir au plus vite. Dans la voiture, Manolo voulut se moquer, mais sa femme l'en empêcha immédiatement : « Tais-toi ! On ne rit pas de ces choses-là... »

Et ils s'en furent en Floride. De retour trois semaines plus tard, venant s'enquérir de son ami, Manolo apprit qu'il était décédé quelques jours auparavant.

Pour Jules, tout était devenu limpide. Aitana l'avait volé, lui avait pris subrepticement sa vie, longue sûrement, l'avait échangée avec la sienne, courte évidemment, s'était jouée de lui avec talent et la complicité de tous. Fouillant dans sa documentation, il trouva trace d'un tel rituel, baptisé *cambio de cabeza*, ou *cambio de vida*. Pauvre imbécile qu'il était, d'avoir cru à l'innocence de tout cela et au désintéressement d'Aitana. Plus sotte encore, il s'en rendait compte maintenant, avait été sa plongée en aveugle dans l'univers de la santeria.

Il se rappelait combien ses amis de Seine-Saint-Denis avaient été stupéfaits de constater comme il s'était aisément soumis à une baroque spiritualité, revêtant de son plein gré le déguisement un peu outré d'un mystique au petit pied ! Or, contrairement aux apparences, c'est en raison même de ses si structurées convictions que Jules prêtait particulièrement bien le flanc aux dangers menaçant tout futur converti. D'une foi à l'autre, il n'était guère qu'un petit pas, qu'il avait franchi voilà deux ou trois ans, sans presque s'en apercevoir, dans l'exaltation de l'amour naissant et l'attraction des mystères du culte rendu aux Puissances africaines.

Il se voyait encore condescendant, il y a une éternité déjà, moquant tel rituel bariolé, toisant de sa superbe « civilisée » les oracles d'Eleggua, le maître des chemins, communiqués à ses adorateurs humains par la lecture attentive des seize *cauris* divinatoires à la chute par lui dirigée.

Dès lors, nourri de mille signes indéfinissables, il avait imperceptiblement évolué, dissimulant d'abord son intérêt aiguisé sous le manteau d'une banale curiosité, remplacée bientôt par un prudent respect, perdant goutte à goutte toute méfiance, finissant tout naturellement par entrer en santeria, ou règle d'Ocha, l'antique foi des patriarches yoruba. Mais on ne joue pas impunément avec ces choses-là. À s'aventurer en ces terres sacrées, on risque de rencontrer bien plus puissant que soi, de se voir condamné à payer un prix exorbitant tout au long de sa dérisoire vie.

Jules gisait sur le lit sens dessus dessous, impuissant, vide de toute énergie. *Le dernier rendez-vous à l'hôpital. Les mots qui tombent comme des bombes, «rémission spontanée». Une chance sur cent mille! Implacable miséricorde. Et le Destin qui me fait l'honneur du coup de grâce. Ma vanité passée au fil de l'épée. Toubib interloqué. Il me voyait effondré! L'émotion, sûrement? De son point de vue, j'aurais dû exulter. Mots gueuses de plomb. Me tirent vers le fond. Ténue frontière de la folie…*

Le cancer avait été diagnostiqué six mois plus tôt. Pancréas. Mauvais pronostic, comme on dit. Il y avait aussitôt vu la confirmation de son intuition. Cette vilaine petite voix susurrant perfidement, lui confirmant qu'évidemment ce qu'il avait cru innocente magie n'était que maligne sorcellerie, réveillant en sursaut la peur primitive blottie dans le gouffre sans bords des angoisses du vieil enfant.

Il considérait maintenant tous ces signaux alors méprisés, inaudibles qu'ils étaient. Ceux de l'inimaginable mystification. *Sa date de naissance. Étonnamment, le jour suivant la mort de Maman, il y a trente-cinq ans! Coïncidence? Pourtant, les pièces du puzzle impossible s'emboîtent si parfaitement. Cela n'existe pas, ces choses-là, voyons. Mais quand le sens caché paraît révélé, comment nier? Ces similitudes de personnalité, caractère enragé et cœur d'or mêlés. Cigarettes mentholées. Et pour couronner, l'apparition en translucidité d'une explication crédible à ce dérangeant quelque chose clochant dans la sexualité partagée, cette perceptible distance toujours par elle gardée, tellement anachronique au sein d'une passion sans contestation. Tabou de l'inceste ? « Mes tempes si choses », dit Joyce. Pas possible. Serait-ce ?*

Tirer les conclusions ? Impossible action. Vraiment la goutte d'eau de trop. À mettre au mûrissoir pour l'instant, en attendant de pouvoir choisir entre cauchemar et réalité, d'opter pour la folie ou de s'incliner tout tremblant devant l'incroyable vérité. Expier. Elle aussi ? Mais alors, se pourrait-il que… ? Miroir aux illusions dissipées. Assez !

Son regard passait en revue le bric-à-brac d'objets accumulés lors de ses innombrables visites d'amitié au-delà du rideau de fer, cabinet de curiosités improvisé dans son studio, son refuge dans l'un des derniers bastions de l'ancienne ceinture rouge parisienne. C'est sa vie qui s'étalait complaisamment, une sorte de bande dessinée en trois dimensions, narrant le parcours d'un communiste modèle, jusque dans la cruelle ironie du sourire grimaçant d'un de ces petits ours soviétiques orphelins du rêve internationaliste. C'était aussi le récit muet, d'une précision implacable, de l'engrenage des cinq années écoulées depuis son premier pas sur la terre cubaine, racontées en coquillages consacrés, pierres noires réceptacles des *orishas*, colliers des saints aux perles colorées, formes tourmentées de mystérieuses éponges, coraux variés, toutes choses juste un brin originales pour des yeux innocents, étroitement liées pourtant aux diverses stations de la montée de Jules à son Golgotha privé.

Cela a commencé comme une banale collection de souvenirs. Pour la seule beauté des objets. J'aperçois aujourd'hui l'autre côté du miroir. Comme s'ils possédaient leur propre volonté. Je suis venu à eux. Ils sont venus à moi, constituant une sorte d'autel occulte d'objets-force chargés d'énergie spirituelle. Qui les pousse ? Pour quoi faire ? Et le dernier coquillage. Le plus étrange. Il semblait attendre au fond des eaux depuis des années, bloqué sur cette tige d'acier rouillé. Délivré d'Olokun ou donné ? Étourdissement...

Du haut de cet immeuble typique du communisme embourgeoisé, par la porte-fenêtre entrouverte, il respirait haletant l'atmosphère de la prison de ses actions passées. La ville s'étalait indifférente, quadrillée de rues aux trottoirs usés d'avoir été battus par tant de semelles militantes, résonnant encore des slogans à la lourde éloquence d'avant les années de remise en question. Il n'avait jamais rien renié. Oh, le doute s'était bien instillé, mais sa conscience politique madrée, rompue à la dialectique casseuse de briques, avait toujours su revenir au fragile équilibre d'une supposée orthodoxie.

Ses soixante années révolues auraient dû se dérouler selon un schéma quasi pré-établi, programmé qu'il était avant même d'être conçu. Né au sein d'un couple de cadres du Parti, élevé dans la lancinante célébration du glorieux souvenir de Babette, la grand-mère combattante, la résistante déportée, l'authentique *pasionaria* du parti aux soixante-quinze mille fusillés, il avait pourtant su échapper à sa manière au conditionnement familial, allant jusqu'à embrasser dans ses vingt-huit ans la plus intransigeante radicalité, sympathisant même avec les théoriciens transalpins des « années de plomb » dans leur diabolique logique de lutte armée légitimée, ce sinistre pendant d'un prétendu terrorisme d'État. Il faillit alors marcher sur les brisées de ces enfants perdus des temps de la prospérité, rejetons d'une petite bourgeoisie enrichie, mués en assassins de sang-froid par la magie noire d'un Verbe dévoyé.

Et puis s'était produit l'inexplicable suicide de sa mère, tremblement de terre d'une ampleur telle que le jeune homme en vieillit de dix ans dans la nuit. *Pourquoi Marguerite avait-elle fait ça ? Pendue. Comme un écho terrifiant des scènes d'exécution au camp ! La contagion des démons de Babette ? Y avait-il eu des signes avant-coureurs ? Pas le plus insignifiant. Angoisse. L'air manque. Étouffement…*

Rentré dans le rang prestement, il avait renoncé du même geste à ses amours groupusculaires et à son poste d'ajusteur. Il avait cru pouvoir se la jouer prolétaire, mais cette fois-ci, la récréation était bien finie. À l'issue d'études laborieuses, nimbé de la lumière du nom légendaire, il s'était tout naturellement glissé dans les habits d'un permanent du Parti et avait en conséquence rejoint un gros bureau d'études, l'une de ces innombrables officines gravitant encore autour de l'astre communiste déclinant. Il s'était enfin laissé convaincre de briguer un mandat électif, ses camarades le pressant d'incarner la continuité de la mythologie résistante en faisant son entrée au conseil municipal de sa bonne ville de Seine-Saint-Denis et avait tout naturellement intégré les rangs d'une association dévouée corps et âme au soutien à la révolution cubaine.

En ce petit matin brumeux, il luttait pour s'extirper de la gangue pâteuse engluant sa volonté. Douloureux de partout, il finit par s'arracher à sa couche et se dirigea d'un pas lent vers la minuscule kitchenette. Tel un robot, il entreprit les gestes machinaux de son petit rituel matinal. D'abord, les oranges pressées. Puis la préparation du thé de qualité qu'il s'autorisait. Enfin, des céréales au lait et de classiques tartines grillées. *Petit-bourgeois, n'est-ce pas? À quoi ça sert tout cela? À entretenir la fiction? Ou un peu de régression animale? Rassurant, en tout cas!*

Au fil des semaines, il s'était épuisé à torturer une mémoire rebelle, comme si un autre lui-même s'arc-boutait de toutes ses forces contre la porte des ténèbres, défendant avec l'énergie absurde du désespoir tout accès à la lumière. Presque imperceptiblement pourtant, une fragile mécanique semblait s'être mise en mouvement, enclenchée par la conscience vague qu'il n'était d'autre chemin que celui d'une remontée à contre-courant jusqu'à la clé mentale égarée dans quelque recoin secret de son Moi raidi par une sorte de tétanos de l'esprit.

Dans le clair-obscur du labyrinthe inextricable, il s'était naturellement tourné vers les événements récents. Bien vite, il s'était rendu compte qu'on ne saurait contempler un tel soleil face à face, sauf à imiter ces *sâdhus* qui l'avaient autrefois fasciné, énigmatiques renonçants s'aveuglant délibérément en guise de route sacrificielle vers l'illumination. Submergé d'une vague de nausée, il avait détourné les yeux plutôt que de voir sa raison vaciller, comprenant qu'il ne servait à rien de verser du sel sur les plaies de sa conscience. Il ne restait qu'à s'éloigner de ce sujet brûlant pendant qu'il était temps.

Il se leva brusquement, repoussant la tasse de thé fumant. Un frisson déplaisant le parcourut soudain de la tête aux pieds, laissant derrière lui la trace d'un espoir fugace. Une pensée venait d'éclore, toute timide encore. C'était évident : seul l'enfant assoupi en lui pouvait l'aider, le petit garçon à qui il fallait essayer de réinsuffler quelque haleine de vie en échange d'un peu d'innocence, pour forger de cette dernière une arme apte à tenir en respect ses démons.

Il décida de remettre sa toilette à plus tard et retourna s'allonger, un peu honteux. Il n'était guère compliqué de se replonger dans une enfance sans aspérités, aseptisée qu'elle avait été, tout entière centrée autour de l'engagement politique des parents. Prodigieuse machine à justifier, le combat des idées était réponse à tout. La famille Plassonier avait délégué à celui-ci rien moins que le soin de sculpter leur temps, pensée, amitiés, et jusqu'à leurs amours secrètes, adultérines ou adolescentes. Là était toute la difficulté : trier cette masse informe de souvenirs trop léchés, en extraire les racines de sa personnalité et y retrouver une trace de son identité occultée.

Enclenchant le projecteur du cinéma intérieur, il s'efforçait de visionner les bobines du plus lointain passé qui y soit conservé. *Classer pour commencer. D'abord les terreurs-bonheurs sans Verbe. Cette terrible impression d'être égaré dans la foule. À la Fête de l'Humanité ? L'image imposante de Babette, aussi attirante que repoussante, aussi effrayante qu'apaisante. Sa longue silhouette de femme âgée vêtue de noir, courbée sur le petit garçon. Son odeur acre, écœurante, fascinante. Ses incongrus poils de barbe qui piquaient lors des baisers. Et puis, la souffrance d'être privé de Noël. Cette irrépressible envie de la magie du sapin décoré, des mille lumières colorées, le besoin de jouir de toute cette beauté. Pas juste de ne pas le faire. Cruelle frustration d'un doux désir. Enfin, les premiers murmures de la sexualité. L'émoustillement d'un frôlement. La toute neuve excitation du mouillé, de la nudité, et l'excroissance gonflant. Si petit et on sait ? L'instinct. Programmé. Alors, quelle liberté ?*

Il considérait ce magma informe, tentant fébrilement de tamiser le jaillissement désordonné des flots du passé, malade d'ignorer ce qu'il y était venu chercher en réalité, quand ses boyaux tordus de révolte rentrée le ramenèrent brutalement à sa pitoyable humanité. *Soulagé ! L'esclavage mutuel corps-esprit est définitivement sans issue. Enchaînés, pour le meilleur comme le pire, liés à perpétuité. Où est la clé du mystère ?*

Prenant son élan sur l'entracte imprévu, il entreprit d'assouvir sa brusque envie de se raser. Revenait le souvenir délicieux du premier rasoir. *Un vrai rituel de passage. Il n'y avait pas grand-chose alors à tailler. Mais quelle fierté !*

Il entra d'un pas traînant dans la salle de bains, constatant combien le désordre régnant jetait une lumière crue sur le négligé de sa présente existence. Celle blanc sale du néon poussiéreux lui renvoya sans ménagement le reflet d'un homme précocement usé, au visage encore fin, marqué des stigmates du cancer, amputé des livres de chair dévorées par le crabe, absence en creux dans ses joues décavées, d'une face au teint grisaille ironiquement assortie aux vestiges d'une autrefois opulente chevelure vieil acier, où seule la lueur ténue des dernières braises de son petit feu sacré, frayant leur chemin dans le noir regard hérité des aïeux d'outre-Pyrénées, donnait encore signe de vie.

Le cérémonial masculin réglé comme un défilé de la CGT entrouvrit tout naturellement une autre des portes aux charnières rouillées du passé de l'infortuné Jules, lui arrachant le reproche muet, à on ne sait qui adressé, de ne pas avoir reçu la miette de clairvoyance qui aurait peut-être suffi à l'épargner... *J'avais neuf ans. Cuba. Entendu pour la première fois. La Révolution. Possible, donc. Changer le monde ! Le Che. Une idole rouge, enfin. Maintenant recyclé comme un vulgaire souvenir pour touristes. Obscène. Ils ne respectent rien...*

Momentanément tranquillisé par ses exercices hygiéniques, se sentant comme purifié, il se surprit à tourner en rond dans l'appartement, lui, autrefois implacable ennemi de toute oisiveté. Emporté par ses pensées, l'attention captivée par l'espoir de tenir peut-être un fil, intuition confortée par le son cristallin rendu en soumettant cette frêle bouée à l'examen scrupuleux de son exigeante conscience, il lui semblait voir se lever un coin du voile d'obscurité. *Cela sonne juste, comme le clair tintement du vrai. Une pareille impression ne ment pas. Alors, continuer dans cette direction !*

Se reprenant, il se mit en quête d'une activité propre à accompagner ses premiers pas hésitants vers cet autre lui-même, qui semblait si lointain en ce maudit dimanche d'automne. La piscine était désignée d'office, complaisante volontaire de toujours. Depuis trente années au moins, il confiait un peu de sa vie aux chers bassins, organisant bien souvent son emploi du temps autour des séries de longueurs obligées. Il repensait à cette phrase d'Henri Michaux, relevée dans un journal quelconque : « *L'âme aime nager.* »

Si vrai. Au propre comme au figuré. La recherche du rythme parfait. Le truc c'est de jouer sur l'inertie. Yoga respiratoire. De nature vibratoire. Et le corps entier chante ! Sentier de paix.

Le temps de se harnacher, de réveiller le maniaque afin d'épargner à l'étourdi l'oubli des clés ou de tout autre objet, et il enfourchait sa BMW, ce presque prolongement de lui-même, ultime réincarnation de sa moto archétype, douée de tant de vies, de si longue date devenue l'inséparable compagne des bons et mauvais jours, dont l'esprit immortel semblait être à chaque fois transmis d'une mécanique à l'autre.

Deux kilomètres à peine. Le même plaisir à l'infini renouvelé, généreux et toujours disponible. La glisse, cette recherche d'une parfaite harmonie à travers le suave balancement du lourd engin s'engageant dans une succession de courbes au revêtement douillet. Jamais il ne s'en était lassé, au contraire de tant de passions évaporées. Tout en cheminant, il méditait sur les points communs entre natation et sport motocycliste, dérogeant avec sa sacro-sainte règle d'or, serinée à tant d'amis motards, de ne jamais penser qu'à conduire une fois l'engin lancé.

Il était encore égaré dans ses pensées quand il arriva devant le complexe sportif à l'architecture prétentieuse, lourd d'allusions si peu voilées à la toute-puissance éclipsée de ses commanditaires. À peine le temps de présenter sa carte d'abonné à l'employé somnolent, salué en passant de mots aussi muets qu'insignifiants, et il se retrouva dans les vestiaires, se déshabillant péniblement, accablé du manteau de mauvaise fatigue dont il ne parvenait plus à se débarrasser. *J'ai jamais pu m'enfumer… Ça serait si bon de disposer d'une gomme à pensées. Faire des mots-croisés ? Se plonger dans la réalité virtuelle disponible à gogo sur la toile mondiale ? Non, ce qu'il faut c'est trouver une ombre légère comme la paix du cimetière ! En restant vivant…*

Bonnet de bain bien ajusté, lunettes antibuée appliquées du geste sûr de l'initié, il glissa dans l'eau bleutée à la toute maternelle tiédeur, jouissant dans l'instant des signaux délicieux envoyés par le vieux reptilien ronronnant sous la sensuelle caresse. Bien décidé à aller au bout de son compte de longueurs, tenu comme un apothicaire tout au long de l'exercice studieux, évidemment rectifié à la hausse en cas d'étourderie, il se régalait par anticipation des ondes de plaisir qui le soulageraient tout à l'heure d'un peu de son fardeau. *D'abord s'échauffer soigneusement. Plus lentement encore. Et prendre soin de travailler la respiration. Plus profonde. Enfin, le corps répond. Lutter contre l'envie d'arrêter. Emprunter le caillouteux chemin de la volonté. Voilà l'orgueil flatté !*

Dans la familière solitude de l'élément nourricier retrouvé, il remontait dans le train en marche de ce dialogue mental qui accompagnait sa séance de natation. Il avait de longue date minutieusement structuré sa petite affaire, inventant divers procédés pour tromper la monotonie des longueurs sans couleurs.

Au programme du théâtre intérieur de l'infortuné nageur figurait invariablement la relecture des Tables de la Loi d'une conscience politique patiemment structurée, qu'il constatait à présent vidées du moindre sens commun, muées en dérisoires étouffoirs à lucidité, médiocre variété d'opium intellectuel fumé dans quelque sordide bouge du précipice où gisent ses larmes et ses méfaits, tout juste bon à s'esclaffer, honteux d'y avoir si longtemps étanché la soif de certitudes propres à ancrer le petit bateau ivre de ses pensées tourmentées.

Considérant qu'il était inutile d'insister, il se rabattit sur ses archives personnelles, reprenant le cours de sa revue de détail, interrompue peu avant au beau milieu de l'enfance. Las de la platitude de celle-ci, une fois isolées les grandes envolées d'émotion, marqueurs incorruptibles de ses dons de cœur, de pardon, de haine, ou pire de déraison, il se tourna vers la période autrement plus séduisante de sa fin d'adolescence, tout heureux à l'idée de câliner doucement ces jours passés de toutes les espérances. *J'étais déjà presque un homme.* Et de toutes les révoltes. *Ah, mes jolis amours ! Si mignonnes. Troubles émois… Tout cela aujourd'hui en cendres. Ces beaux espoirs. Déçus toujours. Qui sait, peut-être un jour ?*

Tout s'était cristallisé autour de la guerre du Vietnam, oriflamme de l'ultime sursaut de l'autre côté du rideau. Jules, encore tout vibrant, se rappelait ses premières manifestations, drapeaux rouges au vent, sanglants panaches contre sang coulant, sa haine d'une Amérique décrétée fasciste, modelée à coup de discours pseudo-politiques en ventre encore fécond voué à engendrer la nouvelle bête immonde, ses élans de cœur lancés en ordre dispersé vers le Vietminh, Angela Davis ou les Black Panthers, tous corrects pourfendeurs du Grand Capital honni, héroïques combattants auto-proclamés de la liberté bafouée par l'arrogance d'un Oncle Sam chargé de tous les péchés.

Il en fallait beaucoup pour laver l'humiliation des procès de Moscou et des aveux extorqués par d'inavouables procédés ou la honte du Printemps de Prague, pour réanimer la petite mécanique à tout justifier, épuisée par les contradictions, en parlant poliment, du grand frère soviétique.

Mais où la contre-révolution n'aurait-elle pas osé se nicher ? Face à l'évidence du complot machiavélique orchestré outre-Atlantique, la légitime défense devait être fermement invoquée. Bien sûr, il n'était pas possible de nier combien avaient fondus les rangs des adhérents de la cellule du quartier, pas plus que l'éloignement des compagnons de route écœurés.

Il y avait eu bien sûr le joli mois de Mai, mais cet épisode libertaire lui avait avant tout laissé un aigre goût de frustration, le jeune homme ayant été privé par un père affligé d'une orthodoxie frôlant l'autisme de se joindre à ceux que ce dernier considérait comme de méprisables déviationnistes estudiantins, manipulés selon lui par quelques agents rusés d'une CIA infiltrée à coup sûr jusque dans les moindres recoins des universités soi-disant révoltées.

Jules s'était un peu consolé autour des braseros installés à la porte des usines bloquées, y réchauffant laborieusement sa foi révolutionnaire en compagnie de piquets de grève plus ou moins zélés, alors que l'espoir du Grand Soir semblait sur le point de devenir enfin réalité, pour retomber comme un vulgaire soufflé après qu'ait été perpétrée la honteuse trahison, coup de stylet sous forme d'affreux mot d'ordre, lancé par la direction du Parti, selon lequel il fallait *« savoir arrêter une grève »*.

Brutalement ramené à la réalité par cette évocation sulfureuse, il se rendit compte avec une satisfaction mêlée d'indéfinissable malaise qu'il avait dépassé le kilomètre et demi obligé. Ayant peine à reprendre ses esprits, il s'extirpa mécaniquement du bassin. Bientôt dûment douché, séché, pomponné presque, tant étaient maniaques les soins auxquels il soumettait son corps flétri, il se dirigeait vers son cher engin, quand il vit cette fille passer, une fière Latina lui ressemblant tellement... Et ce fut comme un tsunami mental, une vague déferlante balayant tout sur son passage. Bouleversé, il fut pris du désir irrépressible de parler à Aitana sur-le-champ.

Saisi par le tourbillon de l'irrésistible pulsion, les fondations de ses récentes résolutions effondrées dans l'instant, il attrapa son portable à tâtons dans le bric-à-brac de sa vieille besace kaki, relique des temps étudiants, chercha fébrilement dans le fatras d'une mémoire autrefois performante le numéro mille fois composé de Ricardo et Cecilia, les parrain et marraine en santeria de sa princesse créole, seuls de la famille spirituelle d'Aitana à posséder le téléphone, capricieux comme il se doit à Cuba.

Pauvre petit tigre de papier aux murailles de vanité écroulées, dérisoires remparts érigés dans l'urgence pour contenir la honte de sa veulerie, de sa criminelle surdité, il se voyait brutalement ramené au point de départ. Qu'y avait-il donc derrière ? S'agissait-il de courage ou de lâcheté ? Il n'en était plus à ça près. Une horrible intuition venait de naître dans les bas-fonds de sa conscience suppliciée…

Vingt minutes et une bonne dizaine de vaines tentatives plus tard, au bord de la crise de nerfs, il entendit une voix presque trop familière répondre enfin : *Oigo ?* Dans le timbre de Cecilia, une infime nuance, clair écho de chagrin, confirmait de sa sombre éloquence l'affreux pressentiment. D'abord décontenancée par cet appel inattendu, la brave femme se reprit bien vite, colorant son intonation d'un peu de chaleureuse cubanité. Durant toutes ces belles années, une jolie complicité s'était nouée entre la *madrina santera* de La Lisa et l'amoureux transi, conçue dans l'affection partagée pour la délicate Aitana et la patiente attention dédiée de part et d'autre à panser jour après jour les nerfs irritables à l'extrême de la précieuse jeune Cubaine.

Aitana était à l'hôpital. Depuis une paire de semaines. Frappée d'un mal inexplicable. En coma profond. Le pronostic était plus que réservé. La voix de Cecilia se perdit dans un bruissement bizarre, oppressant, comme mille cigales frottant leurs élytres simultanément, montant inexorablement en pression dans les tympans du pauvre errant. Ses jambes se firent coton. Il se sentit perdre connaissance, conscience disparaissant presque sereinement dans le jaillissement hallucinatoire d'une sorte d'aurore boréale mentale.

Il semblait flotter, détaché, insignifiant, rien de plus qu'une feuille d'automne diaphane réduite à ses délicates membrures, dérivant au gré des souffles capricieux d'une brise si onctueuse qu'elle semblait faite de toute éternité pour bercer inlassablement l'enfant enfin retrouvé, jouissant libéré de toutes pensées, ayant dépassé le temps, les tourments et les sentiments. *Tiédeur. Oubli. Non-souffrance. Pulsations. Harmonie. Au loin des cris. Dérangé. Non ! Nonoonoon…*

C'étaient des voix crues, inconnues, résonnant insupportablement, torture vibratoire assaillant de toutes part sa suave tranquillité.

– Il revient à lui. Écartez-vous. De l'air! Il a besoin d'air. Écartez-vous, voyons!!

Jules, arraché à son paradis d'un instant à l'étrange goût d'éternel, reprenait possession de sa prison de chair, se demandant ce que pouvaient bien lui vouloir ces visages anonymes penchés sur sa personne, l'air consterné, s'agitant pitoyablement, infortunés ignorant tout du pays des merveilles dont ils venaient de l'arracher.

Que ne l'avait-on laissé en paix, se lamentait-il, alors que les légions des démons de ses péchés s'abattaient sur lui, à présent dépouillé de bouclier, livré tout cru à l'hydre de sa culpabilité. Il parvint péniblement à se dresser sur ses pieds, assurant contre toute évidence que tout allait bien, qu'il s'agissait d'un malaise sans conséquence dont il était coutumier, tirant sa révérence au nez et à la barbe des pompiers, après avoir décliné la sage proposition d'une admission à l'hôpital en observation.

Incapable de dominer son cheval d'acier, il opta pour un repli provisoire au café voisin, pariant sur l'effet d'étouffoir à chagrin de force verres de vin. Pénétrant l'atmosphère enfumée, se heurtant à l'assourdissante cacophonie de la bande de piliers de bistrot tuant laborieusement les heures, ivrognes perpétuellement gris et rêveurs malchanceux soutenus par l'espoir à quat'sous du ticket à gratter, il se dirigea vers la cachette honteuse du fond de l'arrière-salle, passant sans même les voir devant toutes ces têtes archi-connues, hébété, incapable de leur parler, se refusant tout net à les saluer. *Ils comprendront. Ou pas. Cela n'a plus d'importance…*

On vint prendre sa commande, serveuse sans visage aux gestes d'automate, exécutant mécaniquement la scène éternellement répétée d'un ballet traité à la façon d'un disque rayé, chaque verre chassant le précédent sans qu'il puisse jamais en être tenu le compte, si ce n'est celui de la griserie étourdissante s'emparant du grand enfant perdu.

La douce euphorie procurée par les premiers rinçages de gosier avait bientôt fait place aux grotesques enthousiasmes de l'ivresse, quand l'esprit embrumé se figure voir du génie là où il n'y a rien qu'affligeante vacuité. Maître de sa destinée, il allait de sa baguette magique plier la réalité, la reformater à l'aune de ses quatre volontés, accomplir un authentique miracle, réveiller Aitana, se faire d'elle pardonner, puis tout recommencer après avoir fait table rase du passé.

C'était si simple, ainsi complaisamment étalé sur le papier des méninges excitées du poivrot solitaire. Il n'y avait plus qu'à suivre à la lettre la feuille de route prestement rédigée, exécuter les manœuvres le petit doigt sur la couture du pantalon, et l'intendance suivrait. Comment pourrait-il en être autrement ?

Il ne se rendit pas même compte qu'il avait piqué du nez, dissous dans le sommeil abruti d'excès grossier d'alcool. Hagard, il s'aperçut qu'on le secouait, furieux d'être dérangé.

– On ferme ! Allez, tire-toi mon gars ! On ferme, t'entends donc pas ? Allez, dégage ! Secoue-toi ! Dégrisé dans l'instant, il se résigna.

– D'accord, d'accord, j'me casse. Mais tais-toi d'abord, tu m'fais mal à la tête ! J'm'en vais, ok, c'est bon ! Pas la peine d'insister ! Fiche-moi la paix !

Titubant à moitié, s'accrochant plus mal que bien aux meubles, il sortit du café sans prêter la moindre attention aux vociférations du tenancier. Son crâne comprimé par l'étau d'un début de gueule de bois résonnant douloureusement aux battements de son cœur, il fut tenté de renoncer à lutter et de dormir un moment sur un banc. Consterné de s'apercevoir avec quelle facilité il pourrait se clochardiser, dégoûté, il résolut de rentrer au guidon de son engin en dépit du risque insensé. *Deux heures du matin et fin saoul. De quoi tuer ou me tuer… Et un sérieux risque d'être arrêté. D'aller en prison. Tant pis ! Après tout, il suffit d'un peu de volonté ! Alors, bon, d'accord pour cette fois…*

L'effort de concentration exigé par la conduite, allié au vent glacé déferlant sur son front, eut tôt fait de le débarrasser d'un peu des brumes de l'ivresse. Après avoir bien manqué trois ou quatre fois de chuter, cherchant l'équilibre à l'arrêt, peut-être escorté par quelque ange gardien, il arriva devant chez lui, tout surpris d'être entier. Ignorant l'intuitive mise en garde, il n'eut pas la sagesse de laisser la moto devant l'immeuble, et s'étala lamentablement au beau milieu de cette maudite rampe de garage.

Se relevant péniblement, il constata le doigt blessé et la sacoche défoncée, rageant de l'indécente irruption de cet éternel grain de sable, toujours, au pire moment, dans la mieux huilée des mécaniques, par la tenace fatalité. Clopin-clopant, il béquilla machinalement la BM sur son emplacement et monta se soigner à l'appartement. Il se détestait d'avoir perdu sa clairvoyance, comme s'il n'avait jamais été initié. *Que restait-il donc à faire ? Demi-tour ? Pas autorisé, voyons. Alors, expier. L'éternel retour. Toujours.*

Alors qu'il s'affairait à désinfecter la plaie, il sentit le premier spasme d'une oscillation intérieure autrefois familière émerger des profondeurs de cette zone-frontière entre âme et corps, comme un coup de bélier violemment asséné, réglé selon le métronome secret des forces élémentaires de la forêt primaire, tatoué au plus intime du petit Français à l'écoute répétée lors des cérémonies *santeras* des tambours *bàtà* aux rythmes lancinants, intermédiaires sacrés manipulés par les seuls initiés, nourris de sang chaque année, chargés de rétablir la communication entre terre et ciel en ces rares occasions. La première onde, bientôt suivie d'une autre plus profonde, devint vite lame de fond échappant à sa volonté, sous laquelle son corps entier semblait s'arquer, à la limite de la convulsion.

Il reconnaissait les signes dépourvus d'ambiguïté de la tentative d'une quelconque entité, probablement un de ses esprits familiers, à moins qu'il ne s'agisse de quelque mort facétieux, de le chevaucher, de le monter comme ils disent là-bas. Nullement désireux de se prêter à ce jeu épuisant, il opposa toute sa volonté à cette détestable intrusion, d'abord sans succès apparent, puis sentit l'emprise se relâcher progressivement.

Cherchant quel signe il y avait à décrypter dans ce phénomène imprévu, il se rappelait qu'il était plus difficile de refermer la porte imprudemment entrouverte au prix de tant d'efforts qu'il l'avait été d'en obtenir la clé. Il avait découvert sa médiumnité fortuitement, alors que sans même qu'il ait été initié, Obbatala était descendu sur lui au cours du premier *tambor* auquel il avait assisté. Devenu l'objet de possessions spontanées, pour le moins gênantes quand elles surviennent sans prévenir dans la vie quotidienne, il avait dû apprendre à les maîtriser.

Il y était parvenu non sans mal, et demeurait plus que vigilant. Il l'était d'autant plus qu'il se retrouvait désormais livré à lui-même, séparé de sa famille spirituelle, privé de l'étroite solidarité qu'elle dispensait sans compter. Encore parcouru de vagues échos de l'intrusion du visiteur venu d'ailleurs, il se mit au lit tout habillé, prenant à peine le temps d'ingérer une dose de son somnifère habituel. Assommé, il plongea vite dans un lourd sommeil chimique.

Aitana-Bouche d'or aux yeux exorbités, installée dans son grand fauteuil d'osier, ricanait malfaisante en interrompant de ses mains l'effrayant tourbillon des âmes baillonnées, vrombissantes d'angoisse, ployant sous le joug de la seigneuresse d'ombre, hurlant leur dépit à la face de la Mort enivrée, grimaces d'infirmité moquant le petit crapaud-Jules. Alors, effleurant de la pointe d'un ongle-scalpel le ventre lisse du batracien, la grande prêtresse extasiée en fit jaillir un Jules-Minotaure au membre orgueilleusement dressé, consumé de désir, flots bouillonnants du vin de vie jaillissant en spasmes incontrôlés de sa poitrine béante, déversés sans pudeur aux pieds de l'oracle prostrée dans son silence.

Jules se sentit soudain ballotté comme linge dans le tambour de la machine à laver, heurtant de sa tête cornue d'improbables parois d'acier. Il s'aperçut tout à coup qu'il était aussi réveillé qu'égaré, incapable un instant de se remémorer l'endroit où il se trouvait, complètement perdu. La déprimante grisaille du retour à la réalité, comme entre chien et loup, fit bientôt place à un pesant sentiment de découragement quand le déroulé des événements d'hier s'étala devant son œil intérieur consterné. Jules voyait qu'il tournait en rond, prisonnier de la promenade dans la cour de sa prison.

Et puis brusquement, sans sommation, la solution apparut dans son insolente simplicité, ciel soudain dégagé, rayon déchirant les nuées, chauffant délicieusement ses vieux os. *Partir à Cuba, bien sûr ! Dès aujourd'hui. À 13 h 50, par le vol quotidien d'Air France. Puisque rien ne me retient… Y aura-t-il de la place ?*

Il jaillit du lit, attrapa son ordinateur, contrôlant difficilement sa fébrile impatience dans l'attente du démarrage de l'engin. En trois clics de souris, il accéda au site de réservation. Désemparé devant le refus obstiné de lui vendre un billet opposé par la stupide machine, après vingt bonnes tentatives manquées, au bord du craquage, il se reprit un peu et décida de se rendre sur-le-champ à l'aéroport, sans même prendre la peine de téléphoner à la compagnie aérienne, aveuglément confiant en son destin.

Il constitua automatiquement un paquetage minimal, fourrant un peu au hasard ce qui lui tombait sous la main dans la valisette à roulette, léger comme ces délicats oiseaux-mouches qui, papillonnant de fleur en fleur, butinent de leur interminable bec les corolles sirupeuses, arrêtés en vol stationnaire, comme figés dans l'air devenu matière. *Il suffit que j'envoie un mail au bureau. Que j'invoque un problème familial. Un besoin urgent de m'absenter. J'expliquerai ultérieurement. Sans oublier un mot à la femme de ménage. Qu'elle fasse comme d'habitude. Et ne s'inquiète pas. Je reviendrai dans quelques jours.*

En dépit de l'enthousiasme exubérant provoqué par sa décision, Jules, dans un bref instant de lucidité, se rappela l'existence de son père, qu'il fallait évidemment prévenir de son départ. Ce dernier, flirtant avec les quatre-vingt-sept ans, trompait l'attente du moment où la Camarde viendrait lui toucher l'épaule dans la triste maison de retraite ayant connu de meilleurs jours où son fils avait eu la lâcheté de le reléguer. Jamais remis de la mort de sa femme, le vieillard tentait de panser ses bleus à l'âme dans l'obsessionnel ressassement des trois années de guerre civile vécues dans les rangs du camp républicain. Francisco, depuis longtemps Francis, rejouait inlassablement les grandes batailles du conflit fratricide, cherchant désespérément à comprendre comment l'on avait pu livrer les clés de sa patrie perdue à la rébellion.

Tentant de rassembler ses esprits afin de ne rien oublier, il s'empara de son passeport patiné, du reliquat de liquide des bonnes années, d'une carte bancaire au cas où, pour se rendre compte qu'il lui manquait le visa de tourisme sans lequel on ne le laisserait pas embarquer. En proie à une agitation croissante, il se dit qu'il n'avait qu'à tenter le détour par le consulat de Cuba, revenir embrasser Papa, et filer à Roissy. Vaguement tranquillisé, anesthésié plutôt par l'aveugle détermination qu'il se surprenait à ressentir, impérieux sentiment paré de la force du Vrai, il appela un taxi, saisit son maigre viatique, et dégringola en trombe l'escalier de peur de le manquer. *Peugeot grise? Qu'est-ce qu'il fait?* Il trépignait, maudissant l'entière corporation dans un torrent de noires pensées. *Enfin le voici!*

Mal installé, croisant et décroisant les jambes, il s'observait entretenant mécaniquement la conversation, phrases vides, éternelles redites, bouche-temps à peu de frais. Artisan ou locataire? – Ah, le dur métier! Les travaux de Delanoë... Impossible de travailler! Il est là pour longtemps celui-là? Parvenu enfin rue de Presles, il intima au chauffeur de l'attendre sans même prendre la peine d'écouter sa réponse. Il s'engouffra séance tenante dans le préfabriqué dressé aux côtés de l'ambassade, curieuse verrue dans ce chic quartier, pour se retrouver face aux visages indifférents de fonctionnaires si fermés qu'il semblait que toute cubanité leur ait été enlevée, de cette grave légèreté de tous les instants qui l'avait tant charmé à compter du moment où il y avait été initié. *Mimétisme parisien, sans doute. Contaminés. Ils seront comme ça là-bas dans quelques années... Désolante perspective.*

Muni du précieux document, il bondit dans le taxi exaspéré, lança d'une voix navrée l'adresse du mouroir de Francis, puis, sentant sa tête tourner, parcouru de frissons, s'abîma dans le désordre de ses pensées. *Aitana... Il l'avait tant aimée.* Leur première rencontre. C'était il y a déjà plus de six ans par un midi de février assommé d'un soleil caraïbe sans pitié pour la délicieuse fraîcheur du début de matinée, sans remords dissipée. Elle s'était avancée un peu craintive dans le haut encadrement de la porte-fenêtre du salon donnant sur la terrasse arborée, arrêtant un instant le cours du temps de sa présence magnifique, silhouette gracieuse de reine andalouse au casque lisse de jais, improbablement née au fin fond du barrio, imposant d'une fierté si ravissante qu'elle semblait consubstantielle à l'être un respect face auquel l'on s'inclinait, fasciné.

«*C'est bien au 43?*» L'interpellation du chauffeur le tira de sa douce rêverie. Sans sourciller, il s'acquitta de la somme astronomique réclamée, descendit, veillant à récupérer son bagage, poussa le portail rouillé qui céda d'un grincement appuyé, monta les quelques marches menant au perron de la bâtisse en meulière où les propriétaires avaient sans trop de scrupules aménagé une maison de retraite au rabais, et pénétra dans l'entrée.

L'endroit avait d'évidence connu des jours meilleurs. Une odeur âcre l'imprégnait tout entier, effluves déplaisantes des corps besognés par l'implacable travail des années. Derrière un bureau sans âge, l'employée faisant office d'agent d'accueil le scrutait, d'avance scandalisée qu'on puisse oser déroger aux sacro-saintes heures de visite, excluant comme il se doit la matinée. Pourtant, quelque chose dans l'expression de Jules retint au fond de son gosier les paroles qu'elle s'apprêtait à prononcer.

Comme un zombie, il monta quatre à quatre l'escalier, s'avança d'un pas pressé par le couloir défraîchi, frappa à la porte du vieux monsieur et entra sans y être invité. Par bonheur, la toilette était finie. Francis, assis dans son fauteuil défoncé, le regard perdu dans la forêt des barres de

HLM, se retourna, surpris. Taraudé par l'égrènement des secondes le séparant de l'heure limite d'embarquement, Jules asséna au vieillard, plus qu'il ne les prononça, un flot de mots emmêlés.

– Comment tu vas, Papa ? Tu m'as l'air plutôt bien, n'est-ce pas ?

– Ça va, mon garçon, merci, fatigué, mais ça va à peu près. Et toi ? Tu m'as l'air préoccupé..., répondit le vieil homme.

– Moi, pas très bien, justement ! C'est pour ça que je te dérange à cette heure-ci. Je dois m'absenter quelques jours.

Inquiet de voir son fils aussi agité, Francis reprit :

– Calme-toi, voyons. Ça ne peut vraiment pas attendre ?

De plus en plus fébrile, celui-ci poursuivit :

– Non, non, Papa ! Je suis désolé, mais je viens d'apprendre que mon ancienne fiancée cubaine est tombée gravement malade. Je dois absolument aller la voir ! Je pars tout de suite ! J'ai un avion dans trois heures ! On peut me joindre là-bas si nécessaire. Je laisse mes coordonnées au secrétariat. Je serai là dans une semaine, tout au plus. Veille sur toi d'ici là ! Tu me le promets, n'est-ce pas ?

Francis, bien qu'un peu étourdi par ce discours abrupt, approuva silencieusement d'un hochement de menton, habitué de longue date aux emportements de son garçon. Leurs rapports étaient restés teintés d'une indélébile ambiguïté, faite d'un croisement de reproches inavoués et de culpabilité, longuement fermentés dans la cuve sans fond du souvenir de la suicidée. Jamais ils n'avaient pu réellement en parler, langues nouées d'appréhension à l'idée de vider un sac de fiel et chagrin trop étroitement enlacés.

Sur un échange de vagues baisers, ils se quittèrent un peu honteux, comme toujours. Sur le point d'ouvrir la porte, Jules se retourna un instant. Mais Francis n'était déjà plus là, regard perdu dans les lointains de son passé révolu, projeté sur la toile de fond des mornes cités dortoirs.

Comme un signe du ciel, aussi minuscule que réel, un taxi en maraude apparut au bout de la rue. Jules le héla à grands gestes, effleuré par l'idée d'en faire trop. Après un temps d'hésitation, la grosse berline s'arrêta. Sur ses gardes, le chauffeur presque insolent demanda la destination. Alléché par la perspective d'une course convenable, il consentit à faire monter un Jules si fébrile que son corps oppressé lui semblait tendu comme une corde près de rompre. Cette fois, ça y était. Il exultait, se figurant maître des événements, laissant une absurde euphorie détendre un peu ses muscles douloureux.

Vaincu par l'épuisement, apaisé par le pressentiment de trouver à coup sûr un siège dans l'avion, Jules glissa dans ce demi-sommeil des grasses matinées si fécondes en rêves légers. Dans un halo doré, Aitana s'avançait, posant sur lui un regard d'entendement parfait, de ceux qu'échangent les aimés après une longue absence quand il leur est enfin donné de se retrouver, un regard d'intimité partagée de toute éternité au-delà de la vie, et du temps, et de la charnelle fugacité.

Revenant à lui, conscient d'avoir basculé un instant, il goûta fugitivement cette étrange et fulgurante sensation qui s'était à l'époque imposée dans son absurde évidence, plaisir dont il ne saurait être repu, impossible à verbaliser, de la rencontre d'une âme jumelle; plus, d'une compagne naturelle, mieux encore d'une sœur spirituelle, et se rappela la gravité sacrée qui l'avait délicieusement envahi. L'onde d'affinités électives était si ample, douée d'une telle énergie, que tous les obstacles, et il n'en manquait pas, étaient soudain devenus quantité négligeable, balayés par l'impérieuse pulsation du cœur battant d'une éclatante vérité.

La scène s'inscrivait pourtant dans un contexte à la limite du sordide, dont émanaient encore des vapeurs de honte vaguement coupable. Certes, l'exemple venait de haut. N'était-ce pas Fidel lui-même qui, probablement dans un moment d'égarement, avait vanté parmi les acquis de la révolution le fait que Cuba possédât les prostituées les plus cultivées du monde ? À vrai dire Aitana n'était ni cultivée, ni prostituée, au sens où on l'entend ici. Elle faisait tout simplement partie de cette jeunesse cubaine désabusée au point de recourir aux pires expédients pour échapper à la grisaille sans lendemain du quotidien de l'éternelle « période spéciale ». Aitana n'était qu'une parmi tant d'autres *jineteras* occasionnelles, comme l'on appelait là-bas ces jeunes femmes faisant à l'occasion commerce de tendresse dans l'espoir, parfois récompensé, d'épouser l'un de ces étrangers et de quitter à son bras ce pays schizophrène.

Depuis la chute du Mur en effet, l'ouverture brutale de Cuba au tourisme de masse et à la circulation du dollar avait accouché d'une société à deux vitesses, exhibant sous le nez de la population sans le sou toutes les tentations de la société de consommation, sans la moindre possibilité d'y accéder, à l'exception d'une petite minorité. L'ambiguïté locale vis-à-vis du sexe, tout à la fois distraction gratuite, perçue avec légèreté, et conservatisme pudibond dans ses manifestations, avait fait le reste, relâchant dans un déni général les entraves de la dépravation.

Il avait été initié à cette spécificité cubaine dès sa première visite sur l'île, six mois avant cette rencontre, alors qu'accompagnant un vieil habitué en mission de coopération, il s'était retrouvé dans une de ces maisons particulières où l'on loue des chambres chez l'habitant et auxquelles, contrairement aux hôtels, les Cubains peuvent accéder prudemment. Dès le lendemain de son arrivée il avait été précipité dans les bras d'une jolie mulâtresse aux yeux verts et à la peau cuivrée, amie de la petite copine du moment de son compagnon d'expédition, elle-même cadre local du Parti, mais aussi responsable du comité de défense de la Révolution de son quartier !

Confronté brutalement aux contradictions dont les Cubains font leur pain quotidien, il y avait perdu une bonne part de son latin révolutionnaire, tentant maladroitement d'habiller sa mauvaise conscience des oripeaux embarrassés d'un discours pseudo-libertaire. Il avait surtout trouvé la jeune femme aussi ennuyeuse que ravissante, et plus que banale à l'horizontale, faisant l'amour comme on lave son linge, pas tout à fait expédiant une corvée, mais à la façon d'un mécanisme bien huilé.. Il y avait aussi découvert cette sorte d'innocence sucrée, de gentillesse à fleur de peau, cohabitant étroitement avec un sens aigu du concret et une dureté à peine voilée

Étrange Cuba, île plurielle où moins encore qu'ailleurs il convient de se fier aux apparences, chacun vivant ici parallèlement diverses existences, à l'image de l'histoire contenant sans nul doute une bonne part de vérité de ce haut dignitaire du parti offrant à son *orisha* le sacrifice d'une coûteuse brochette d'animaux afin de décrocher le siège tant convoité au bureau politique du Comité central…

Jules, ému, remit sur le métier de la réflexion l'origine de sa supposée capacité à lire dans les êtres, don qui semblait s'être développé ces dernières années, jamais éprouvé aussi intensément que lors de cette première vision d'Aitana, quand ce drôle de sentiment d'être en présence de celle qu'il cherchait depuis si longtemps l'avait submergé instantanément.

Alors que le garrot de la culpabilité recommençait à serrer sa gorge, il constata avec soulagement que l'aéroport n'était plus bien loin. Il s'imposa un immédiat retour à la réalité et choisit d'échanger quelques banalités avec le chauffeur en guise de distraction. Bientôt déposé sur le trottoir du terminal, il y entra d'un bond, pour se diriger à grandes enjambées vers le guichet d'Air France.

Il eut beau déployer devant la belle préposée tous ses talents de séduction dans un numéro de charme bien rôdé, accepter un tarif des plus prohibitifs, il ne s'en heurta pas moins aux terribles mots de « liste d'attente »... Il sentait l'angoisse monter, à peine apaisée par les assurances données de priorité à l'embarquement accordée aux titulaires d'une carte de voyageur fréquent, dont il bénéficiait encore pour avoir tant volé l'année précédente. *Comment tuer le temps ? Pas question d'aller au salon, condamné à errer dans ce hall glacé, dans l'attente du verdict de cette hôtesse blasée, à l'indifférence à peine dissimulée. Ils ne peuvent pas me faire ça ! À moi !*

Se surprenant à implorer Eleggua d'ouvrir son chemin aérien, il examinait les moyens de parvenir à ses fins. *Corruption ? Cent euros ? Non, ça ne fonctionne pas comme ça, ici.* Honteux d'envisager même pareil procédé, il se demandait quel bobard inventer, quel ami haut placé solliciter, quand son nom retentit tout à coup, appelé par une voix métallique dans les hauts-parleurs grésillants.

Volant plus qu'il ne courut vers le guichet indiqué, débordant d'espoir irraisonné, il entendit les mots tant attendus comme une divine musique :

– On peut dire que vous êtes chanceux, Monsieur! Le vol en provenance de Kiev est retardé. Quelques sièges se trouvent libérés. Vous pourrez effectivement embarquer.

L'étau nerveux relâcha aussitôt sa pression, le laissant comme un pantin désarticulé, tout mou, tout léger. N'ayant pas de bagages à enregistrer, en possession de son sésame cartonné, il s'empressa de passer les contrôles de police et de sécurité, tout heureux de renouer avec ses petites habitudes aéroportuaires.

Parvenu au salon VIP, modeste privilège auquel il tenait tant, il fit d'abord sa moisson de revues variées, si appréciées de ses amis français à La Havane, privés de tout arrivage régulier. Tranquillisé par l'accomplissement de cet immuable rituel, il se servit un grand verre de champagne tiédasse, fronçant le nez devant la médiocre qualité des vins proposés, lui qui aurait tant préféré un bon petit Bourgogne blanc. *Tout se perd, décidément. Air France devrait pourtant être la vitrine des vins français !*

Les effets de l'alcool à jeun commençaient à peine à se faire sentir qu'il songeait déjà à remplir son verre prestement vidé. *Pas raisonnable, pourtant.* Il savait bien qu'au-delà de la miraculeuse rémission, son organisme restait diminué et son pancréas exigeait d'être ménagé. Le cancer avait d'ailleurs joué un ou plutôt deux rôles majeurs dans sa petite tragédie personnelle, unis pour le manipuler, comme s'il était doué d'une intelligence autonome. Il en était même venu à considérer son mal comme une créature à part, jusqu'à l'affubler du surnom de *Jack* !!

Et cela avait parfaitement fonctionné. Il se rappelait son annonce, suivie d'une terreur indicible, en cela qu'en sus de la peur universelle suscité par le mot *cancer*, elle confirmait ses soupçons de trahison dont la solidité relative aurait peut-être sinon fini par céder. Au lieu de se calmer, de retourner s'expliquer après avoir laissé retomber la passion, il avait abandonné Aitana purement et simplement, sans la moindre explication, la renvoyant à la misère et peut-être à la prostitution.

Enfin venait celle de la rémission, souvenir presque onirique, au sens cauchemardesque du terme, quand le piège se referme sur la dupe affolée de constater avoir été jouée de bout en bout, de se découvrir marionnette aux ficelles tirées d'on ne sait quel haut. Loin d'avoir voulu attenter à ses jours, Aitana s'était sacrifiée par amour. Et lui pauvre crétin n'avait pas su passer l'examen, distinguer la vérité dans cette obscure mise à l'épreuve.

L'enchaînement bien rôdé de son raisonnement déchirant déboucha classiquement sur la place de Maman, hypothèse de réincarnation en Aitana si osée qu'il ne parvenait à l'examiner qu'avec les plus grandes précautions, à l'image de ces laborantins manipulant de dangereux virus dans ces curieuses boîtes équipées de mains mécaniques. Bien qu'appuyée sur une série de signes troublants tant par leur nombre que par leur nature même, cette perspective était si dérangeante qu'il avait renoncé à en parler à quiconque, voyant trop bien quelle dose de ridicule elle contenait potentiellement…

L'annonce du début de l'embarquement se chargeant de mettre fin à l'éternel ressassement de ses tourments, il revint à la réalité, se demandant très prosaïquement s'il serait surclassé en classe Alizé, échappant ainsi à la bétaillère de l'arrière. Tirant d'une main légère sa valisette, il eut un instant d'hésitation devant la boutique de cosmétiques alors qu'il se dirigeait vers la porte indiquée. Les parfums d'Aitana… jamais entêtants, sa peau comme les buvant. Il s'en rappelait de tant et tant, qu'il attendait parfois d'offrir jusqu'au lendemain, ménageant à sa belle une douce surprise après avoir organisé son initiale muette déception.

Considérant qu'il en avait encore le temps, il entra dans le magasin, hésitant un instant entre les essences prisées de l'aimée. *Issey Miyaké*? Sûrement le bon choix, arôme si délicat et souvenir d'un vrai désir. Il paya, tout heureux de renouer avec un de ses préalables préférés aux escapades cubaines, un peu réchauffé à l'espoir secret de conjurer le sort par la magie des divines fragrances.

Il reprit son cheminement, arriva enfin à la porte d'embarquement, agacé à la vue de la foule compacte des touristes en goguette, revêtus de leurs uniformes de vacancier, shorts et chemisettes bariolés, pourvus des attributs afférents à la fonction, appareil photo prêt à déclencher et petite sacoche en évidence. Luttant contre le stupide sentiment de supériorité qu'il ne pouvait s'empêcher d'éprouver, Jules, impatient de s'installer dans l'avion, s'autorisa encore une petite dérogation à ses principes égalitaires, sortant de nouveau sa fameuse carte d'habitué, pour s'en servir de coupe-file, sous les regards mi-surpris, mi-courroucés des autres passagers.

Il tendit à l'hôtesse sa carte d'embarquement, qu'il constata ravi rejetée par le lecteur, marque du surclassement dont il avait bénéficié. Ragaillardi par l'octroi de ce petit privilège tant désiré, un peu rassuré, comme s'il avait gagné un lot de consolation, il remercia la jeune employée avec une volubilité appuyée.

Il franchit à grands pas la passerelle, posa un pied conquérant dans l'appareil, salué par l'hôtesse chargée de vous guider, répondit un peu fat qu'il connaissait le chemin, gravit le petit escalier du Jumbo et s'installa confortablement à la place désignée. Il goûtait l'atmosphère de cocon qui régnait dans l'avion, petite bulle isolant des soucis de la vie, au sein de laquelle il jouait complaisamment au voyageur blasé. Verre de champagne en main, tiédasse aussi celui-ci, il s'abîma dans la lecture croisée du *Monde* et d'*El Pais*, gymnastique linguistique dont il était friand.

Interrompu par l'arrivée de ses voisins de siège, il constata, déçu, qu'il n'aurait vraisemblablement pas l'occasion de nouer conversation, s'agissant d'un couple d'évidence concentré sur sa liaison. Bientôt, au roulage un peu cahotant succéda la familière poussée accompagnant le feulement des réacteurs. Fidèle à son fonctionnement méticuleusement organisé, il libéra le bracelet de sa montre afin de la mettre à l'heure de Cuba, sempiternel rituel d'après-décollage.

Fermant les yeux un instant, il se sentit comme extérieur à la scène, en décalage complet d'avec le monde qui l'entourait. Les événements s'étaient à ce point précipités qu'il avait grand-peine à croire être vraiment à neuf heures d'avion de sa précieuse Cubaine. Qu'allait-il faire là-bas? Et si cela ne servait à rien? Déstabilisé, il se reprocha sa ridicule présomption. Comme si sa seule présence pouvait vaincre le mal? Folle vanité! Submergé d'une vague d'émotion mêlant honte et amusement, il se rendait compte combien cette posture quasi christique illustrait son égarement, plus profond qu'il le pensait jusqu'ici. Il reconnaissait qu'il bénéficiait de quelques circonstances atténuantes, la frontière entre monde dit réel et paranormal n'étant pas définie à Cuba avec les mêmes instruments qu'en Europe. Mais quand même, là, il s'aventurait dans la posture d'un messie qu'il n'était en aucune façon.

Emporté par l'inertie du balancier de la dépression, il se dégoûtait en repensant à la toute première fois avec Aitana, quand il l'avait achetée en somme, même si, apparences tropicales obligent, le «petit cadeau» remis le lendemain l'air de rien n'était jamais réclamé, voyons… Il repensait à ce qui lui semblait aujourd'hui parfaite hypocrisie, cette façon d'apprivoiser la pauvrette par le feuilletage préalable à l'acte des éditions espagnoles de revues de mode. Puis il l'avait prise, délicatement il est vrai, vaguement inquiet à l'idée de ne pas être à la hauteur. Il savait aujourd'hui qu'elle avait joué la comédie, simulant le plaisir avec talent, qu'il n'ignorait pas aujourd'hui se manifester chez elle tout à fait autrement. Oui, déjà alors la dupe était dupée, et il s'en consolait presque en fait.

Le tintement des bouteilles du chariot eut pour heureux effet de l'extraire de ces pénibles réflexions. Allez, il allait s'offrir une petite permission, faire comme avant, demander gentiment une autre petite bouteille de vin, accepter le digestif proposé, pour se laisser envahir par cette lourde ivresse ouvrant toutes grandes les portes du sommeil miséricordieux. Avec elle, il buvait peu. Alors, pourquoi lui fallait-il douter toujours ? Et s'il faisait l'effort de se rappeler sa vie d'alors, il pouvait presque caresser l'harmonie naturelle étendant son règne sur le joli couple qu'Aitana et lui formaient en dépit du quart de siècle les séparant, qu'il s'efforçait d'occulter avec plus ou moins de succès.

Mais il savait aussi que le révolutionnaire qu'il s'enorgueillissait d'être avait en réalité pêché par conformisme. Toujours, il avait secrètement nourri une réticence à se donner purement et simplement, à rendre au ciel le don d'une aussi évidente qu'inexplicable entente, en renonçant pour de bon à des préjugés d'une affligeante médiocrité. Car il devait bien se l'avouer. Au fond de lui, en dépit de l'image officielle qu'il projetait complaisamment, il avait toléré la présence d'une vision mesquine, petite-bourgeoise, presque néo-coloniale de sa liaison exotique. Il avait beau jouer au demi-Cubain, le petit tracassin qu'on ne saurait faire taire lui rappelait sans cesse cette espèce de condescendance voilée d'homme prétendument civilisé vis-à-vis d'autochtones pas tout à fait au même niveau de sophistication.

Or il savait aujourd'hui devoir faire repentance, s'avouer que c'était tout le contraire, qu'il n'arrivait pas au genou d'Aitana et des siens en termes d'élégance de l'esprit, débarrassée du superflu des apparences, de cette belle et grave légèreté qu'on lit dans leurs yeux indulgents à l'exposé de notre pesanteur. Il enviait ceux de ses amis qui s'étaient immergés complètement pour leur bonheur affiché, êtres ayant compris qu'il fallait en passer par l'abandon de soi pour accéder à la sérénité d'une vie hors des fausses valeurs du consumérisme débridé dont il n'ignorait pas être insidieusement contaminé.

Il pensait en particulier à Javier, ce rejeton d'un *marquis rouge*, un authentique aristocrate catalan ayant embrassé la cause de la République, qui, au terme de bien des tribulations, ayant fondé famille à Cuba, s'y était intégré à un point tel qu'il en était aujourd'hui physiquement transformé, mystérieux mimétisme d'un pays qui d'étranger devient sien au bout du chemin, à l'image de ces coloniaux d'avant-guerre dont on disait que les yeux finissaient par se brider à force de vivre au Tonkin ou en Cochinchine.

Marié depuis une dizaine d'années à Yohanca, une scupturale *santera*, peintre renommée de son état, Javier lui avait fait trois jolis enfants, à qui il avait consenti à laisser *faire leur saint*, lui l'athée nourri de toute éternité au biberon du matérialisme dialectique.. Il se racontait même qu'il aurait reçu les *guerriers*, premier stade de l'initiation à la règle d'Ocha.

À dire vrai, l'hypothèse susurrée dans les cercles français de la capitale cubaine était plus que crédible, tant il est difficile, et Jules le savait d'expérience, de vivre entouré de *santeros* sans y glisser un pied. La santeria est chose aussi fascinante qu'exigeante, et ses dévots en font le pivot de leur vie. Certes, aucune contrainte ne pèse, autre que librement consentie. Mais le chemin du pratiquant est rarement statique, et la mécanique enclenchée par le premier pas conduit presque invariablement des *guerriers* aux *colliers* jusqu'au *saint*, qui, une fois *mis dans la tête* du novice, fait de lui un *santero* à part entière, à l'issue d'une semaine de claustration, puis d'une année d'une sorte de petite enfance, succédant à ce qui est considéré comme une authentique renaissance.

On fait son *saint* à tout âge, y compris au plus tendre, généralement pour traiter ou prévenir un problème de santé. Aitana s'était ainsi laissée persuader que sa vie était en danger et qu'elle n'avait d'autre recours que d'en passer par là. En dépit de ses réticences, il n'avait pas cru bon de s'opposer, constatant à quel point son aimée était déterminée. Et peu avant la fin d'un de ses premiers séjours, il lui avait remis de bonne grâce la somme rondelette nécessaire à couvrir les frais de la cérémonie, de l'achat des divers animaux à sacrifier à celui des fruits, gâteaux et autres offrandes aux *orishas*. Aitana avait donc franchi le pas et était devenue fille de Yemaya.

Jules le curieux avait ainsi eu l'explication du pourquoi de ces gens de tous âges vêtus de blanc déambulant dans les rues de La Havane, des *iyawos* soumis, en sus de cette contrainte vestimentaire, à différents interdits et obligations durant cette période transitoire d'une année. Il se rappelait combien il avait été choqué par ce qu'il considérait un peu vite comme des pratiques d'un autre âge, incapable alors de comprendre le besoin dont même les plus forts ne sont exempts de cultiver l'humilité en s'inclinant devant les Puissances.

À sa décharge, le caractère parfois un peu farfelu de ces consignes énoncées par le parrain et la marraine de l'intéressé, tels ces interdits alimentaires, de tel ou tel légume, viande ou fruit, sous peine de mort par pourrissement interne, ou encore vestimentaires, comme pour Aitana le port de pantalons, auquel elle dérogeait joyeusement.

Il se souvenait avec tendresse de cette douce fin d'après-midi, quand Aitana s'était présentée dans la maison où il séjournait, aux bras de Ricardo et Cecilia, comme l'exigeait le rituel *santero*, lumineuse, plus reine que jamais toute de blanc immaculé, sa tête rasée ceinte de ce somptueux foulard vaporeux apporté de Paris, couverte d'un élégant chapeau sévillan d'égale provenance. Ce soir-là, il avait été déstabilisé pour la première fois dans son incrédulité quand Ricardo lui avait tout à trac déclaré que l'esprit de son grand-père était présent, aïeul qu'il lui avait décrit dans la foulée avec un tel luxe de détails qu'il en était resté médusé.

S'il était exaspéré par certaines des contraintes imposées, telle l'impossibilité pour Aitana de prendre seule un taxi pendant toute cette année, ou encore le port exigé de ces véritables bas de contention pendant les trois premiers mois, il s'admettait soulagé de constater qu'un certain nombre d'entre elles étaient levées en raison des circonstances exceptionnelles liées à leur liaison, comme le fait de pouvoir manger à table en sa compagnie, chose en principe interdite durant la même période.

Étrange culte, sans clergé ni hiérarchie, ou chaque famille spirituelle détient sa part de vérité, où les saints capricieux peuvent revêtir d'innombrables aspects, où l'on va et vient à sa guise, en fonction de l'humeur du moment, se ménageant des pauses, élaborant ses petits rituels personnels en toute tranquillité.

Cet aspect libertaire avait tout pour lui plaire, et il s'en était trouvé un peu rassuré alors qu'il lui arrivait parfois alors de se demander ce qu'il était venu faire dans cette galère… La place prise dans l'existence d'Aitana par les activités santorales était par moment si envahissante que le garçon se demandait s'il resterait quelque chose pour lui, hormis un brin de jalousie.

Et puis les choses s'étaient un peu calmées, naturellement recentrées, d'abord par un retour à plus de modération de la part de sa belle, une fois l'enthousiasme initial dissipé, mais aussi par sa propre implication grandissante. Cultivant sa facette d'ours solitaire, il avait de surcroît vite apprécié l'espace de liberté que lui ménageaient les occupations religieuses d'Aitana, et y avait fort bien trouvé son compte.

La voix de l'hôtesse l'interrompit dans ses réflexions :

– Fricassée de poulet ou poisson grillé ?

Jules opta pour la deuxième solution, toujours vigilant, sachant le mauvais sommeil auquel il pouvait prétendre conditionné à un repas léger. D'ailleurs, il ne fallait pas qu'étourdi par la boisson, il oublie de prendre son somnifère. Il se contenta de picorer d'une fourchette distraite le repas de poupée dont il eut été incapable de dire dix minutes après de quoi il était composé, lecture simultanée aidant.

Il dévorait depuis qu'il savait lire tout ce qui lui passait sous la main, et ne s'imaginait pas un instant perdre son temps à s'alimenter sans l'accompagnement d'une quelconque lecture. Cette habitude avait gavé son cerveau d'une prodigieuse somme d'informations, soigneusement emmagasinées par une mémoire que l'on pouvait presque qualifier d'encyclopédique. Son esprit y avait aussi gagné en vélocité, lui valant le respect de beaucoup, un peu nuancé d'une réputation d'agaçant *monsieur-je-sais-tout*.

Ivresse aidant, il se sentit mieux, comme s'il avait plié le temps, ramené subitement un an en arrière du seul fait de l'ambiance neutre de la cabine. Il décida qu'il était temps de glaner quelques heures de sommeil, avala sa petite pilule, mit en place sa couverture, son masque et ses bouchons d'oreille, et se laissa gagner par une douce torpeur.

Il rêvait, croyant vivre pour de vrai, bercé par le bruit de fond des réacteurs. Il déambulait dans une grande maison, à la recherche d'il ne savait plus très bien qui, Aitana enfant peut-être, à moins qu'il ne s'agisse de Maman ? On l'appelait, il répondait doucement, voix cristalline produisant de diaphanes voiles arc-en-ciel vibrant dans l'air léger, bientôt dissipés comme volutes de fumée. Par la fenêtre grande ouverte, il glissa voluptueusement dans une mer tiède à souhait, vite rejoint par une bande de drôles de sirènes aux visages familiers, sur lesquels il ne pouvait pourtant plaquer de nom, chimères si séduisantes, Jules-Ulysse méfiant… Puis les flots se retirèrent, le laissant sur la grève, comme pris dans l'étau de sables mouvants aspirant ses jambes dans un mouvement d'irrésistible succion.

Réveillé en sursaut, dégoulinant de sueur, il se rendit compte que sa circulation défaillante avait gonflé ses pieds au point de faire de ses souliers, qu'il avait bêtement omis de retirer, de véritables brodequins sortis de quelque attirail de bourreau. Il s'en débarrassa sur-le-champ, enfila les chaussettes d'avion faisant office de chaussons, se leva et s'achemina cahin-caha vers l'arrière de la cabine en quête d'un rafraîchissement.

L'hôtesse, assise sur sa chaise pliante dans le petit réduit tout au bout de celle-ci, profitait de la relative tranquillité du creux de la nuit aérienne pour récupérer un peu, absorbée dans la contemplation d'une quelconque revue. Levant les yeux, elle s'adressa à lui sur un ton chaleureux, sentant que quelque chose clochait.

– Vous n'avez besoin de rien, Monsieur?

– Non, non merci, tout va bien! C'est seulement que je ne supporte pas bien l'avion, j'ai des problèmes de circulation...

Il se rappelait combien pendant longtemps il ne pouvait s'empêcher d'entamer la conversation avec l'équipage, toujours sur le même sujet, incapable de résister au plaisir un peu niais d'étaler sa science de fin connaisseur de la réalité cubaine, en affectant une posture un peu outrée de presque-havanais. Féru d'autocritique, un vieux réflexe issu du Parti sûrement, il avait su réduire ce ridicule travers, et entreprit plutôt la jeune femme sur la récente grève des personnels d'Air France, longuement évoquée dans l'édition de la veille du *Monde*.

Il se garda bien de mettre en avant son opinion, préférant sagement confronter les arguments développés dans l'article au point de vue par principe autorisé de son interlocuteur :

– J'y lisais que les navigants se sentent floués, après avoir contribué à redresser la compagnie sous l'impulsion de Christian Blanc, et ont l'impression d'avoir beaucoup donné, en acceptant des conditions de travail bien plus contraignantes que par le passé, sans obtenir de gratifications en retour?

La jeune femme, assez lasse, n'avait pas lu le papier. Se montrant intéressée, elle assura qu'elle le rechercherait, se contentant d'une elliptique approbation, réticente à toute transgression d'un devoir de réserve d'autant plus honorable que le journal avait globalement raison sur le fond :

– Oh, vous savez, Monsieur, on en a vu tellement... Mais quand on pense à nos collègues volant sur des compagnies low-cost, on se fait une raison, et l'on se persuade d'être content de notre sort…

Jules, un peu diverti de ses douleurs, jugeant qu'il était inutile d'insister, mit fin presque brutalement à la conversation, un peu gêné, conscient qu'une fois de plus il en avait trop fait… Il s'essaya à quelques mouvements de gymnastique, tentant de se remémorer les gestes appropriés à l'exercice en vol, glanés dans quelque magazine de compagnie aérienne. Vite las de ces modestes efforts, il prit conscience qu'il ne restait plus que trois heures avant l'arrivée.

S'il ne s'inquiétait pas de sa capacité à trouver un toit et une voiture de location, au prix fort si nécessaire, il savait qu'il ne pouvait débarquer chez Ricardo et Cecilia sans s'y préparer aussi intelligemment que possible. Qu'allait-il bien pouvoir leur raconter? Il se voyait grotesque, balbutiant, impuissant à expliquer ce qui ressemblait fort à un caprice d'enfant. Et d'ailleurs, n'en était-ce pas un?

Il se sentit soudain comme un sale gosse pourri-gâté qui aurait cassé son beau jouet et trépignerait en exigeant qu'on le lui remplace immédiatement. Il savait qu'il n'obtiendrait rien de cette posture immature, qu'il lui fallait en passer par la soumission, l'acceptation anticipée de la sanction, qu'il devait commencer par s'incliner humblement devant les Puissances qu'il avait offensées.

À Ricardo et Cecilia, il n'ignorait pas devoir l'entière vérité dans sa nudité, dépouillée du cache-sexe de petit Blanc vaniteux prompt à se voiler de la toile du matérialisme occidental quand cela l'arrangeait. Il avait conscience de sa tendance à jouer sur les deux tableaux, revêtant selon les circonstances le masque de l'initié ou celui du mécréant.

Cette fois pourtant, il ne pouvait plus tricher. Il sentait monter des profondeurs de l'âme cette gravité d'essence sacrée maintes fois ressentie autrefois ici, dont il pressentait qu'elle seule pouvait le guider, lui permettre de se livrer aux divinités, de jeter à leurs pieds un don de soi entier pour prix de leur pardon. Perclus des douleurs causées par son infirmité spirituelle, il peinait à faire taire la sale petite voix se moquant intérieurement de sa naïveté d'imaginer un seul instant qu'une seconde chance puisse être octroyée dans le monde effrayant où il avait pénétré. Il restait imprégné de la notion du tragique au sens antique, et croyait inéluctable, nécessaire même, la vengeance des puissances bafouées, dont la faux une fois lancée ne saurait être arrêtée par quelque artifice humain.

Seul l'amour... Une intuition timide, qu'un rien de précipitation suffirait à effaroucher, une sorte de planche flottant entre deux eaux, venait de paraître à l'horizon de l'océan déchaîné des pensées du pauvre garçon, dans laquelle il devinait un vague espoir de salut. L'amour, payable comptant évidemment, pourquoi pas ? Il se sentit tout excité, comme qui vient de retrouver l'objet partout cherché, qu'il constate irrité être resté sous son nez tout au long de sa quête empressée.

Seul l'amour sincère, il le savait, disposait du pouvoir de tenir en respect ses démons, de conjurer la fatalité encline à achever ses victimes. Or, il n'était pas sans connaître la qualité de l'amour qu'Aitana et lui avaient bâti, cette entité rayonnante qu'ils avaient nourrie jour après jour, sans jamais se lasser, bon grain par malheur semé dans une terre empoisonnée.

En dépit de son trouble récurrent, il ne put s'empêcher d'esquisser un sourire attendri en pensant à la façon obstinée dont il avait distillé son tendre antidote au long de ces cinq années, parvenant au terme de ses œuvres à laver entièrement la souillure originelle de leur liaison, à conquérir enfin le cœur profond d'Aitana, jusqu'à recevoir en bouquet final le précieux don de sa délicate personne.

Il lui avait fallu tout ce temps pour vider l'abcès de l'humiliation infligée à la belle, pour racheter sa faute et être capable de se présenter la tête haute devant celle qu'il avait jadis achetée comme un vulgaire objet. L'épreuve avait été pesée à l'aune des qualités de cœur de l'aimée, mais jamais il n'avait renoncé, accumulant les attentions, donnant sans compter année après année de grandes et petites preuves d'amour par poignées. Tout cela pour s'effondrer d'un coup face au premier obstacle dressé...

Il se rendit compte qu'il était devenu capable de considérer presque froidement le déroulé des événements. Or, il avait impérativement besoin de toute sa lucidité pour ne pas gâcher cette ultime chance peut-être octroyée. Certes il était bien conscient d'être soumis, pauvre créature qu'il était, au va-et-vient souverain des grandes marées de l'âme, plus que d'autres encore, affligé d'une hypersensibilité forgée à l'enclume des épreuves de sa vie.

Il lui fallait dépasser son présent niveau de lecture, se hisser là où il aurait dû tout naturellement accéder, cette fois par l'entrée de service, malheureusement située en haut d'un pénible et vertigineux escalier. Pour y parvenir, il n'était que de se jeter menotté à l'eau radieuse de leur amour, jouir d'une parfaite osmose avec cette jouvence miraculeuse, et trouver tout au fond le sésame perdu de cette voie détournée.

Plus facile à dire qu'à faire..., se dit-il, en soumettant ces dernières réflexions, si séduisantes sur le papier, au crible de son jugement. À ce moment, les lumières de la cabine se rallumèrent progressivement, marquant la fin de la nuit virtuelle des passagers. Penché sur le hublot, il se mit à guetter les Bahamas, fébrile comme un navigateur soupirant après la première terre au terme d'une traversée océanique.

On apporta bientôt la modeste collation faisant office de petit déjeuner, préalable à la prochaine descente de l'avion sur La Havane. Apercevant enfin les côtes de la grande île offrant d'ici un visage à vrai dire peu engageant, il se demandait pour la énième fois ce qui avait bien pu le séduire autant dans cet endroit à priori peu hospitalier, où tout est délabré, toute démarche grevée d'aberrantes complications, où la police est omniprésente, et les pénuries en tout genre chroniques.

Et pourtant, le charme de l'impalpable fonctionnait ici comme jamais ailleurs il ne l'avait éprouvé. Fallait-il donc chercher à verbaliser ce qui n'appartenait qu'au monde du ressenti ? Peut-on mettre en équations la magie ? Jamais, l'enchantement en serait dissipé dans l'instant. Il aimait pourtant à ressasser quelques platitudes éculées, mêlées de-ci de-là de bribes de pertinentes pensées.

Le lieu commun du métissage culturel y occupait une place privilégiée. Il n'avait pourtant pas la prétention absurde d'occulter le fait maintes fois constaté d'une omniprésence dans les postes à responsabilité d'une oligarchie blanche au sang parfois vierge de tout mélange, ressemblant fort aux Békés de Martinique. Et il savait que les infâmes *solares*, ces appartements collectifs surpeuplés installés dans les anciens immeubles bourgeois de *Centro Habana*, étaient occupés en totalité par des familles de couleur, du plus clair au plus foncé, certes métissés, en forme de noces sur lit de misère.

Mais l'essentiel n'était pas là. Cette irrésistible attirance suscitée par la cubanité était de nature presque exclusivement spirituelle. Il se souvenait d'une parmi tant d'autres clés du mystère, transparue à travers les lignes éclairées de cette enquête effectuée par une ONG sérieuse sur le bonheur éprouvé par la population d'une grosse centaine de pays, qui plaçait contre toute attente plusieurs nations en voie de développement parmi les vingt premières du classement. Or, l'explication fournie par les auteurs du travail avait éclairé son questionnement. Dans l'impossibilité d'accéder à la consommation, au sens de la société du même nom, l'individu reste concentré sur les rapports humains, dont la qualité et la densité constituent un des critères d'excellence de ce bien-être qu'on appelle bonheur.

Il ne se leurrait pourtant pas sur l'évolution probable du pays à moyen terme, sachant l'appétence des Cubains pour le mode de vie américain. Il pensait avec émotion à ces confidences recueillies du manque ressenti par ceux qui avaient choisi l'exil et qui, aux États-Unis, vivaient certes confortablement mais restaient tenaillés par le mal du pays, par l'absence de ce qu'ils définissaient comme la *familiaridad*, cette rayonnante chaleur humaine brillant de ses doux feux au cœur du plus modeste *barrio*. Il pensait aux fêtes innombrables organisées chez Cecilia, avec les moyens du bord, sous des prétextes divers et variés, auxquelles la rue entière s'associait naturellement, enfants allant et venant de maison en maison, baffles sur le balcon, musique à fond juste tard dans la nuit, sans que quiconque ait l'idée incongrue de protester...

À l'annonce traditionnelle avertissant les passagers de l'atterrissage imminent, il redressa son dossier pour s'abîmer dans la jouissive contemplation de La Havane étalant mollement ses charmes, cité aux mille colonnes légendaires dont la beauté un peu fanée apparaissait transfigurée par les fards de l'éloignement. Majestueux, le Morro, la massive forteresse défendant l'entrée de la rade depuis les débuts de la colonie, invitait le regard à se déployer en direction de la Vieille Havane renaissante, à poursuivre vers le Vedado et ses gratte-ciels mités, à peine retardé un instant par le dôme puissant du Capitole, pour s'arrêter à Miramar et ses palais, hélas sans pouvoir percer les nuées jusqu'à apercevoir La Lisa, qu'il ne pouvait tenter de localiser qu'au jugé.

L'avion enfin posé, impatient, Jules pestait intérieurement contre l'interminable attente de l'ouverture des portes. Dans les tout premiers à débarquer, il goûta subjugué l'air caraïbe tiède et humide, en emplissant à fond ses poumons. D'un pas empressé, il se dirigea vers la salle au décor d'hôpital précédant les tatillons contrôles d'immigration. Quelques minutes de purgatoire plus tard, il se retrouva face à l'un de ces officiers à l'air avenant de gardien de prison faisant office de premier contact avec le pays, étranges ambassadeurs porteurs d'une image plus proche d'un camp de redressement que d'un club de vacances. Après avoir obtempéré à la demande classique de retirer ses lunettes et avoir été scruté comme un cheval douteux par un maquignon madré, il entendit ravi le petit bruit délicieux du verrou déclenché par le fonctionnaire enfin satisfait, s'ouvrant pour lui céder le passage vers l'aimée.

Pourvu de son seul bagage à main, fébrile, trop heureux de se voir épargner le supplice d'une interminable attente pour récupérer sa valise, il se préoccupait avant tout de recoller au rythme cubain dans les meilleurs délais. Ô divin temps de la grande île, affranchi des contraintes et pesanteurs régnant ailleurs, où la vie semblait s'écouler à la langoureuse manière d'un *boléro*, de ces chansons d'amour sucrées gravées au plus intime de l'âme cubaine.

Parvenu dans le hall d'accueil familier, il se rappela tout à coup qu'il était préférable de changer son argent dès maintenant, sauf à se voir infliger une pénible file d'attente en ville. Satisfait de la parité du taux, il s'appliqua à jouer le jeu de la cubanité en s'adressant à la belle guichetière comme s'ils se connaissaient depuis des années, sur le ton affectueux et léger qu'on affectait volontiers ici dans le plus anodin des rapports humains, dont l'emploi quasi obligé des tendres *mi vida* ou *mi amor* reflétait bien la chaleur innée.

Incroyables Cubains, affligés de mille tracasseries dans les moindres démarches du quotidien, en riant pourtant presque systématiquement par la grâce d'un sens de l'humour si aigu qu'il en était un poil déstabilisant. Il repensait à ces humoristes de cabaret, multipliant les blagues osées sur la *période spéciale* et ses innombrables misères, ces temps de rationnement illimités qui suivirent la chute du rideau de fer et la fin des subsides de feu l'URSS, faisant surgir les torrents de rires tonitruants de ceux qui en subissaient chaque jour pourtant les mille et une avanies.

Il ne lui restait plus qu'à louer une voiture, comptant sur les liens noués avec les employés pour y parvenir. Amoureux du pays, il avait toujours été révulsé par l'obligation de fait imposée à ses fiers enfants de recourir aux pires expédients pour simplement assurer le quotidien. Comment en effet faire vivre sa famille quand la *libreta*, le petit carnet de rationnement de mauvais carton dont est doté chaque Cubain, ne vous assure qu'une dizaine de jours de subsistance, qu'on ne perçoit guère que l'équivalent d'une quinzaine d'euros de salaire et que les prix au marché ou dans les magasins sont au niveau européen ?

On se débrouille, inventant d'improbables négoces, tel celui de ces fournisseurs d'accès clandestins aux chaînes hispanisantes américaines, régal des Cubains, assuré par de discrets câbles tirés d'un balcon à l'autre, moyennant une poignée de pesos mensuelle, de la main à la main, sous la menace perpétuelle d'une des fréquentes rafles menées par les policiers du quartier. Jules, qui n'en était pas à une contradiction près, s'était souvent rendu complice de tels comportements en achetant ses cigares à un prix défiant toute concurrence, ceux-ci étant détournés au sein même des manufactures, dans le cadre peu glorieux d'une tolérance tacite d'autorités érigeant ces pratiques en soupape de sécurité au mal-être social.

Il n'avait jamais compris la rigidité de Fidel, ce refus obstiné de le faire *à la vietnamienne*, sachant bien l'irrationnelle haine de l'argent pervertissant la réflexion du dirigeant vieillissant. Il regardait, effaré, depuis des années, le régime scier lui-même la branche sur laquelle il reposait, sapant ses fondements en contraignant à la corruption ses plus fidèles soutiens. Et en dépit de l'attachement qu'il ressentait pour le *Commandante en jefe*, il ne pouvait refouler un sentiment de gêne en contemplant cet homme au pouvoir depuis quarante-huit ans. Il savait pourtant l'affection que lui vouait une bonne partie de la population, aujourd'hui encore, y compris nombre de non-communistes, profondément attachés à celui qu'ils percevaient avant tout comme le Père de la Patrie.

La douce nuit havanaise, son moment préféré, était déjà tombée quand il put s'installer au volant de la Peugeot essoufflée qu'il avait réussi à décrocher, aux pneumatiques usés, à la douteuse propreté, blanche par bonheur, respectueux clin d'œil aux interdits d'Aitana, dont il s'était un jour rendu compte que celui de la couleur rouge pour ses vêtements s'étendait aussi à la voiture où elle montait. Il ne se souvenait que trop bien de cette fameuse semaine où elle s'était montrée si réticente au moindre déplacement, persuadée que les risques d'accident se trouvaient multipliés grandement par cet involontaire manquement à ses interdits santoraux.

Apercevant trois douanières fatiguées faisant la *botella* au coin de la bretelle d'accès à l'autoroute menant en ville, il s'arrêta pour leur indiquer où il se rendait, renouant avec sa tendance à accepter presque systématiquement de laisser monter à son bord les pratiquants de ce sport national, réponse aux carences des transports publics, occasion pour le Français de faire la conversation et parfois une heureuse rencontre. S'il s'avouait volontiers préférer embarquer de gracieuses demoiselles, il ne dédaignait pas la compagnie de tout un chacun, curieux toujours du contact noué. Le nom de La Lisa n'éveillant qu'une moue un peu lasse, il poursuivit son chemin, sentant la tension monter en lui degré par degré.

Il se crevait les yeux à percer les ténèbres, à peine contrariées de la vague clarté des vieux lampadaires à la soviétique, hanté par la perspective de percuter quelque cycliste divaguant au beau milieu de la chaussée, sentant tourbillonner dans sa caboche torturée les arguments si soigneusement préparés, mués soudainement en fadaises insensées. Il avait bien conscience de rester soumis à l'impérieux démon le poussant à tout vouloir décider, à avoir toujours raison, grand garçon capricieux au fond, sous les apparences du discernement éclairé.

Et d'abord, Ricardo et Cecilia seraient-ils là ? Il se persuadait d'être attendu, dissimulant derrière ce dérisoire cache-misère son incapacité à trouver le courage de leur téléphoner depuis l'aéroport. Au bout du rouleau, voilà tout simplement où il en était. Comment appelait-on cela déjà ? Zones de subduction ? Son psychisme, il en était conscient, était menacé d'une secousse, la pression exercée par l'accumulation des traumatismes récents pouvant à tout moment se libérer en déchaînant une série d'ondes destructrices.

Adressant une prière confuse à il ne savait trop qui, il implorait de se voir épargner le bannissement par cette famille qu'il avait fini par faire sienne, à laquelle il était resté si attaché en dépit des événements, pour y avoir trouvé dans un passé encore frais matière à étancher cette brûlante soif d'affection qui, bien que soigneusement dissimulée pendant tant d'années, avait osé se montrer impudiquement quand elle eut trouvé matière à révélation.

Il se rendit soudain compte qu'il avait manqué de tourner à temps, ratant la chapelle miniature érigée à l'angle de la rue qui lui faisait office de point de repère, de ces symboles de dévotion aussi naïfs qu'ostentatoires qui avaient poussé de-ci de-là après la visite du pape et le réel dégel qui s'ensuivit en termes de religion. L'enfant du communisme qu'il demeurait était d'ailleurs bien obligé d'admettre, mi-gêné, mi-amusé, que seuls le respect et la crainte mêlés que les *santeros* inspiraient aux autorités du quartier lui avaient valu de séjourner jusqu'ici chez Aitana en toute tranquillité, bien qu'étant dans la plus parfaite illégalité, les Cubains n'ayant pas le droit d'héberger des étrangers sans autorisation.

Après un demi-tour prudent, effectué non sans s'assurer de l'absence de la police, il se retrouva comme par enchantement garé devant l'édifice lézardé où vivait le vieux couple. D'un balcon voisin, encombré de ces mauvais sièges en fers à béton soudés, une silhouette lui adressait de grands saluts, l'ayant reconnu dans la pénombre du *barrio*. Un peu ragaillardi, il descendit de voiture, vit qu'il s'agissait de Teresa, la bru de Cecilia, et lui rendit, un peu emprunté, son bonsoir. De la rue, il voyait bien la porte de ses amis inhabituellement fermée, et redouta de voir ses craintes fondées. Tenaillé par le besoin de savoir, il gravit précipitamment le périlleux escalier menant au premier, poussa la grille, et cogna la porte de coups moins retenus qu'il ne l'aurait souhaité. Après quelques secondes d'attente à la saveur d'éternité, face à l'absence de réponse, il réitéra son appel, donnant cette fois de la voix :

– Cecilia, Ricardo c'est moi, Julio !

Des pas légers se rapprochant mirent fin au supplice du garçon. La porte s'ouvrit, laissant deviner le visage de Rafael, l'un des filleuls de Cecilia, réparateur de matelas de son état, intimant le silence d'un doigt ferme en travers de la bouche.

Il prit conscience un brin troublé qu'il débarquait au beau milieu d'une *messe spirituelle*, activité santorale habituelle, au cours de laquelle on convie les morts, qu'ils soient obscurs ou de lumière, afin de consulter, c'est à dire d'écouter ce qu'ils ont sur le cœur, de recueillir leurs conseils et de bénéficier éventuellement de leur aide. Il passa le seuil à la suite de Rafael, qui lui fit signe de patienter dans la salle encombrée d'objets cultuels le temps de vérifier s'il pouvait pénétrer dans la pièce où se déroulait la cérémonie.

Vaguement mal à l'aise, il n'arrivait pas à croire au hasard. De fait, il était encore imprégné de ce travers des *santeros* qu'il dénonçait autrefois énergiquement, selon lequel aucun événement de la vie n'est fortuit, toujours porteur de sens au contraire, et doit en conséquence être passé au crible de la religion pour en extraire la signification. Il ne pouvait donc que considérer comme un signe cette peu banale arrivée, sentiment renforcé par la prescience diffuse de ce qui pouvait lui être réservé.

Rafael revint dans l'instant, l'invitant à le suivre. Dans la chambre dont les meubles avaient été poussés contre les murs, se tenaient une dizaine de personnes, assis sur de minuscules tabourets à la cubaine, parmi lesquelles Cecilia et Ricardo, Martha, l'autre marraine d'Aitana, et deux ou trois visages connus. Installés en cercle informel, ils faisaient circuler comme à l'accoutumée une demi-calebasse d'*aguardiente*, l'eau de vie de canne dédiée aux activités spirituelles, y prélevant tour à tour de longues gorgées, et un gros cigare artisanal à la braise démesurée dont ils tiraient de profondes bouffées. Cecilia s'était d'évidence *montée*. Elle, ou plutôt quelqu'un, jacassait sans cesse, d'une voix éraillée curieusement bas placée, caractéristique de Ma' Jacinta, un de ses esprits familiers, vieille Lucumi ayant vécu au temps de l'esclavage, une des figures principales de son *cordon spirituel*, c'est-à-dire des morts qu'elle disait l'accompagner, qui comportait aussi une Gitane, un Arabe, un Indien et un missionnaire espagnol, entités composant classiquement à Cuba cet attribut prêté par les religieux à chaque individu.

Cecilia *passait* elle-même sans difficulté ses morts préférés, entrant en transe comme on va se laver, et jouissait de ce fait d'un respect unanime dans le quartier. Petite bonne femme toute en finesse, elle n'avait pas son pareil pour *consulter*. S'érigeant subtilement en porte-parole d'Elegguа, elle pratiquait avec dextérité l'art divinatoire du *dilog-gun*, l'interprétation des messages transmis par ce dernier au moyen des *cauris*, petits coquillages en forme de grains de café sciés d'un côté afin de constituer une sorte d'alphabet binaire selon qu'ils tombent sur l'une ou l'autre face.

Il se souvenait combien il restait autrefois sceptique devant ces manifestations exotiques, jusqu'à ce qu'il observe stupéfait Cecilia, qui ne buvait jamais une goutte d'alcool, avaler sans sourciller au cours d'une messe santorale trois bouteilles entières d'aguardiente, pour se retrouver fraîche comme une rose l'instant suivant sa sortie de transe. Il l'avait vue une autre fois, elle qui peinait à soulever le petit dernier, faire tourbillonner dans les airs à bout de bras sa belle Aitana qui, bien que fort svelte, devait quand même flirter avec les cinquante-cinq kilos…

Longtemps il s'était demandé quelle était la part d'autosuggestion dans ces phénomènes récurrents. Ce qui l'avait le plus troublé, c'était le contexte d'absolue banalité dans lequel s'inscrivaient ces faits, bien plus dérangeant que s'ils s'étaient déroulés selon la vision européenne caricaturale de sorciers mystérieux entourés d'adeptes exaltés. Lors du premier *cajon* auquel il avait assisté, il avait été renversé d'être entouré de Monsieur et Madame Tout-le-Monde, de la charmante petite mamie à l'étudiante proprette, en passant par le respectable cadre d'une entreprise d'État. Toute cette petite société allait et venait du balcon au jardin, qui téléphonant avec son portable, qui mangeant, qui buvant, passant allègrement d'une conversation à l'autre, pour revenir périodiquement dans la grande salle où, répondant à l'appel des tambours *bàtà* et des chants yoruba, les morts chevauchaient de manière apparemment aléatoire tel ou tel participant, corps raidi dans l'instant, yeux révulsés, qui s'empressait alors de purifier l'assistance à grands moulinets de balai en crin de cheval, avant de s'effondrer d'un coup face à l'entrée dans des bras vigilants, brusquement lâché par l'entité.

Jules, couleur de muraille, alla s'asseoir dans un coin, se glissant dans l'espace qu'on venait de lui ménager. En dépit de ses efforts, il ne put s'empêcher de croiser les yeux de Ricardo, n'y lisant à son grand étonnement pas la plus petite nuance de reproche, mais plutôt quelque chose comme de la compassion un tantinet forcée. La logorrhée de l'intarissable Ma'Jacinta continuait à déferler des lèvres de Cecilia, galimatias à peu près inintelligible, mélange de castillan et de langue yoruba, teinté de l'accent rocailleux des vieux esclaves *bozales*, interrompu seulement de temps en temps par les questions posées timidement par l'un ou l'autre des assistants.

Soudain, il sentit tous les regards tournés dans sa direction. Son corps se glaça en dépit de la température tropicale, se mit à trembler sous l'effet de l'émotion, poids écrasant du Destin se dévoilant un fugitif instant, comme pour confirmer la pertinence de sa récente prémonition. Même s'il lui était encore sourd, isolé dans son déni d'acier, il avait bien compris que Ma'Jacinta s'adressait à lui, manifestement assez mal disposée :

– Twa, le Mundele ! Le Blanc quoi, là-bas, oui ! Toi, viens un peu pa' là ! Allez, viens, plus pwès ! App'oche-toi, hi, hi, hi…

Comme mû par une force étrangère, il se leva, avança vers Cecilia, et se figea face à elle :

– À te'er, igno'ant, méc'éant, pwoste'ne-toi ! Là, maintenant, n'attends pas, hi, hi, hi…

Jules s'agenouilla, se pencha, touchant presque le carrelage du front. Mais Ma' Jacinta s'était tue entretemps, écrasant de son lourd silence le garçon frissonnant.

Il ferma les yeux, se sentant tomber à une vitesse affreuse, irrésistiblement entraîné vers il ne savait quel fond dans une chute vertigineuse. Le temps avait disparu, seul demeurait le malaise, soleil noir irradiant ce qui lui restait de conscience. Brusquement, l'éternité prit fin, interrompue par la reprise de la harangue de la Lucumi :

– Eh, le Mundele ! Oui, toi, enco'e toi, à présent, écoutemoi. Tu as gwavement offensé les o'ishas ! Tu dwois wépawé, sans quoi… Tu dwois pwend'e le mal d'Aitana, ca'il est à toi, et tu dwois wécupéwé ton bien, hi, hi, hi…

Il comprenait tout maintenant, comme devant la purée de pois d'un petit jour blême tout à coup dissipée de la timide clarté des premiers rayons. Mi-terrifié, mi-soulagé, il se demandait quels démons allaient lui être opposés.

Ma'Jacinta s'était de nouveau tue, quand le silence fut soudain rompu par un murmure nasillard s'élevant du coin où reposait l'Osain de Cecilia, une vieille calebasse ornée de plumes noires d'épervier, volatile vénéré pour son œil perçant, à qui rien ne saurait échapper ici-bas. Les visages se figèrent dans l'instant. Une peur viscérale, enracinée dans la nuit des temps, avait saisi chacun. Osain le puissant, l'un des *orishas* majeurs, aussi universellement craint que respecté, avait choisi de se manifester et tous se demandaient pourquoi, incapables de s'avouer ce qu'ils devinaient plus ou moins confusément.

Aux dires des croyants, la déférence due à Osain venait du jour où Olorun, le père éternel, partagea l'univers. C'est alors qu'Osain reçut la forêt, El Monte pour les *santeros*, le lieu sacré par excellence. À ce titre, Osain est censé détenir la science des plantes. C'est lui qui choisit celle pour initier, guérir ou tuer. Contrairement à beaucoup d'*orishas*, Osain ne descend pas sur les têtes, ne prend pas possession de mortels, car on ne saurait contenir la forêt dans sa tête. Jules savait qu'on parlait encore chez les *santeros* de l'Osain du père Federico, un vieux *congo* de Guanabacoa, qui celui-là logeait dans une poupée, et pouvait dit-on parler sans s'interrompre pendant des heures. Sans mésestimer les capacités de ventriloque du vieux sorcier rusé, il n'en restait pas moins qu'Osain inspirait des sentiments si violents que le bon sens commandait de s'en méfier. Jules était d'autant moins rassuré qu'il voyait clairement une relation de cause à effet entre son arrivée et cette manifestation peu courante.

La voix profonde de Ricardo entonna alors le salut rituel à l'*orisha* : « *Osain agüeniyé eliséco egüelére nile ayaré obàniyé* », bientôt repris en chœur par l'assistance. On poursuivit par l'imploration au saint : « *Oilé Sài-Sài Babàlogwo oilé Sài-Sài.* » La voix mystérieuse reprit son monologue, auquel il ne comprenait goutte en dépit de son attention soutenue. Puis, le silence revint comme par enchantement sans que ne fut prêtée à Jules la moindre attention. Cecilia déjà debout vint le saluer, son esprit l'ayant enfin quitté. Chacun s'affairait à ranger, comme s'il ne s'agissait plus que de débarrasser les reliefs d'un quelconque repas de famille un peu trop arrosé. Il s'était tout naturellement mis à aider, quand elle l'invita d'un ton ferme à s'asseoir.

– Como anda, Julio? Installe-toi là, Papi, et sois le bienvenu. Nous t'attendions. Repose-toi un peu, tu dois être fatigué, et tant de travail t'attend. Prends des forces, tu en auras besoin!

Trop las pour protester, le Français s'affaissa dans un des gros fauteuils écossais, dont l'incongruité au beau milieu de la Caraïbe l'avait toujours amusé.

Cecilia repris son propos :

– On savait bien que tu viendrais. Eleggua l'a dit la semaine dernière, quand Ricardo l'a consulté en tirant les chabalecos...

Jules sentit un léger frisson lui traverser l'échine. Il connaissait le don de divination du mari de Cecilia, un fils d'Oggùn à la peau si obscure qu'elle en tournait au bleu, par qui les oracles africains parlaient mieux que de toute autre bouche. La tête couverte de cette espèce de bonnet de mitron censé faciliter la communication avec les entités, Ricardo se distinguait par sa facilité à interpréter les messages de l'*orisha* dans la lecture attentive des huit morceaux de noix de coco, fruit sacré par excellence, prestement lancés pour retomber face concave ou convexe. Une peur primaire surgissait des tréfonds de sa mémoire quand il se rappelait cette cérémonie où le colosse noir, chevauché par Oggùn, s'était mis tout à coup à frôler les visages des moulinets sauvages de sa machette effilée, yeux blancs exorbités, corps ruisselant de sueur luisant sous la lune claire, écumant, effrayant.

Il préférait ignorer les talents de *n'gnangulero* de l'intéressé, c'est-à-dire d'initié au troisième grade du Palo Monte, ou Mayombé, la deuxième grande religion afro-cubaine, originaire du pays bantou, dont les pratiques visent autant à se protéger du mal qu'à en infliger, en utilisant un *infumbe*, un mort obscur choisi autant pour sa bêtise qu'en raison de sa méchanceté passée, prêt à obéir aveuglément à celui qui l'aura asservi en soumettant des fragments de son crâne et quelques-unes de ses phalanges, volés au cimetière, à un rituel élaboré. Il se souvint tout à coup de ce jour lointain où il avait remarqué sous la douche ces petits traits incisés dans la peau des épaules de sa belle, à peine cicatrisés, formant un peu comme des grilles de morpion tracées d'une lame de rasoir assurée. Bien qu'ayant compris qu'il s'agissait de quelque sorcellerie, il ne pouvait alors deviner qu'Aitana venait de se faire *rayer*, premier stade de l'initiation du *palero*, qu'on accomplit à toutes fins utiles, sachant qu'elle ne sera plus possible à partir du moment où l'on aura fait ce que les Cubains appellent *tener santo hecho*, c'est-à-dire recevoir dans sa tête le saint qu'on vous aura désigné.

Plus chaleureuse encore qu'à l'accoutumée, Cecilia commença par le remercier d'être venu, qualifiant son geste de courageux. Il savait l'amour qu'elle vouait à Aitana, et se rendait compte un peu honteux que la bonne *madrina*, la marraine en santeria, écartant toute pensée autre que de voir guérir sa filleule, ne le percevait qu'en tant que soignant, le privant même des reproches dont il sentait pourtant avoir le plus grand besoin.

Pressée de questions sur la santé d'Aitana, Cecilia ne se fit pas prier :

– En ce moment, ils disent son état stationnaire… Tu sais, Julio, on a tout essayé pour la sortir de là… On a fait les travaux spirituels les plus élaborés, sans aucun succès ou presque. Un jour, on a cru sentir une amélioration en la voyant réagir à notre présence. Mais c'est resté sans suite. On a même été consulter Jorge Fabelo, le célèbre babalawo, alors que tu sais combien je me méfie de ces gens pleins de mépris pour autrui. Tout comme Ma'Jacinta, il nous a dit qu'Orula avait été offensé, qu'il exigeait réparation ! Et qu'il n'y avait que toi pour ça ! Osain l'a confirmé tout à l'heure. Je t'expliquerai...

Cecilia affectait de longue date une franche hostilité à l'égard des initiés au secret d'Ifa, les disciples d'Orula, qui prétendaient que ce dernier *orisha* devait être placé au-dessus de tous ses homologues, se considérant en conséquence détenteurs d'une vérité supérieure. D'une façon générale, on considérait leurs consultations comme particulièrement fiables, en dépit des préventions de Cecilia. Mais la concordance des conclusions du *babalawo* avec les dires de son esprit avait achevé de lever temporairement celles-ci.

Cecilia, continuant à s'adresser à lui, en vint aux questions purement matérielles :

– Dis-moi, Julio, où vas-tu loger ? Tu ne vas quand même pas aller à l'hôtel ! Allez, va t'installer tranquillement chez Aitana, je sais que c'est ce qu'elle voudrait. Tiens, voilà les clés, et sois prudent dans l'escalier. Nous irons la voir demain, si le cœur t'en dit.

Un peu intimidé à l'idée d'être seul dans l'appartement de sa belle, il balaya ses réticences en déguisant d'arguments pratiques, tout simplement l'éloignement de La Lisa du centre-ville, son envie impérieuse de retrouver la petite maison de leurs amours moribonds.

Il se rappelait, attendri, les circonstances de l'achat, pour une bouchée de pain, de ce petit appartement d'une cinquantaine de mètres carrés, vieille promesse enfin honorée, à la grande surprise d'Aitana, qui n'y croyait pas. Il se souvenait encore avec quel orgueil elle lui avait présenté l'acte notarié alors qu'il venait à peine d'atterrir. Et il avait tant ri au récit de l'astucieux procédé employé pour parvenir à devenir propriétaire dans un pays qui n'autorise officiellement aucun autre marché immobilier que celui dit de la *permuta*, une sorte de bourse d'échange arbitrée par d'habiles courtiers sachant exploiter toutes les failles du système.

Il savait bien que son attachement à la Casa Aitana, au-delà de la splendide vue dont il se délectait, portant jusqu'à Régla, quartier de tradition *santera*, situé de l'autre côté de la baie, où l'on révère une vierge noire éponyme, identifiée à Yemaya, l'*orisha* dont Aitana était devenue fille cinq années auparavant, tenait au fait que son acquisition avait définitivement convaincu cette dernière de l'authenticité de son amour. Elle avait dissipé les derniers voiles d'ombre planant au-dessus de leur union en levant la crainte de n'être guère plus qu'une passade, tout en balayant les dernières scories de vénalité de leur première rencontre.

Il revoyait leur première visite ce même soir, main dans la main, à la nuit tombée, pour éviter que les voisins ne voient l'étranger et que la réputation d'Aitana n'en soit entachée. Il avait alors trouvé le logement fort quelconque, loin de deviner à quel point il s'y sentirait bien une fois installé. De fait, la toute nouvelle propriétaire allait fait preuve d'une énergie indomptable, n'hésitant pas à faire abattre des cloisons pour adapter l'appartement à sa vision déterminée du cadre de vie idéal. Ce n'est toutefois qu'au bout de longs mois qu'elle avait fini par lui proposer de venir y séjourner, soi-disant pour économiser le prix de leur chambre d'hôte. Il s'y était aussitôt senti délicieusement chez lui, insensible aux contraintes d'un confort bien modeste – eau rationnée, incessantes coupures d'électricité et relative exiguïté – surprenant Aitana, dubitative sur les capacités d'adaptation d'un petit Français pourri-gâté aux rudes conditions de vie du Cubain moyen.

Traînant son bagage plus que ne le portant, il parcourut les cent mètres séparant les deux logements sous les regards mi-indifférents, mi-moqueurs, des adolescents du quartier tuant le temps à la nuit tombée d'une partie de *beisbol* improvisée en pleine rue avec des bouts de ficelle, c'est-à-dire sans balle, ni batte, ni gant. Il avait toujours souri en constatant que la Révolution n'avait pas eu raison d'un sport appartenant à la culture de « l'Empire », comme il était de bon ton de le désigner. Elle avait préféré l'assimiler et Fidel lui-même ne dédaignait pas, dans le passé, d'apparaître sur le terrain en tenue réglementaire, le chef couvert d'une de ces casquettes à visière si *american way*.

Il gravit péniblement le raide escalier plongé dans le noir, attentif aux conseils de Cecilia, ouvrit le cadenas de la grille clôturant la terrasse de poupée, glissa sa clé dans la serrure de la porte d'entrée puis, tout ému, lui imprima une ferme poussée. À peine entré, une drôle d'odeur lui sauta au nez, douceâtre relent de maison délaissée. Il trouva l'interrupteur à tâtons, alluma la lumière, et se crut revenu un an en arrière. Mis à part une couche uniforme de poussière, tout semblait inchangé, jusqu'au cendrier plein à craquer, négligemment laissé sur l'accoudoir du canapé.

Avisant les objets cultuels ostensiblement disposés aux quatre coins du séjour, il sentit comme on respire une bouffée la présence d'Aitana, aussi étrange qu'absurde certitude de la voir surgir à tout instant de la pièce à côté. Soudain il sursauta, presque certain d'avoir perçu le mouvement d'une forme à la limite de son champ visuel. Il n'en fut pas plus que cela surpris, ayant été confronté à semblable phénomène dans ce même lieu deux ans auparavant environ, alors qu'en l'absence d'Aitana il s'affairait à la préparation d'un de ces gâteaux français qu'elle adorait. La belle n'y avait vu que banale confirmation des affinités de Jules avec le monde des esprits, opinion étayée par le récit qu'il lui avait fait de la prescience d'un danger imminent alors qu'il descendait en moto une grande avenue parisienne, vision confirmée cinq minutes plus tard par l'irruption sous ses roues d'une petite vieille surgissant de derrière le nez d'un autobus au beau milieu de la chaussée. Il avait réussi à l'éviter d'un cheveu, certain qu'il l'aurait percutée s'il n'avait été sur ses gardes.

Blasé à force d'être confronté au surnaturel, il entreprit le tour du propriétaire, vite conclu en raison de l'exiguïté des lieux. Il pensait, nostalgique, à l'ameublement de l'appartement, effectué amoureusement au gré des pénuries cubaines. C'est la cuisine qui lui renvoyait son meilleur souvenir, celui de cette gazinière qu'il avait insisté pour acheter, transportée à l'arrière d'un triporteur hors d'âge en compagnie d'une Aitana peu rassurée, hilare pourtant, tentant de maintenir l'objet versant dangereusement de cahot en nid-de-poule. L'engin était passé par l'escalier il ne sait trop comment, au terme d'une acrobatique ascension menée tambour battant par le costaud Ricardo.

Son estomac se rappelant à lui, il ouvrit le congélateur, y découvrant un bifteck de cochon rescapé. Il voulut se préparer un peu de riz, fouilla dans les réserves d'Aitana, cherchant à se rappeler le fonctionnement du *rice cooker* chinois qui faisait sa fierté. Pendant que la viande rissolait dans la Tefal apportée d'Europe par ses soins, il déboucha la bouteille de vin cachée au fond du placard. Toujours réticent à la manière cubaine de manger sur les genoux, il se mit un couvert à table, le complétant du pot de sa pâte de piment préférée, religieusement conservé.

Ce condiment dont il était si friand restait pour lui associé à une anecdote un peu irritante, survenue alors qu'invité par un officiel cubain à déjeuner au Centro Vasco, une de ces maisons des provinces d'Espagne d'avant la révolution devenue restaurant, avec sa salle ornée de fresques murales des sports ancestraux, il avait ingénument demandé à ce dernier pourquoi on ne mangeait pas pimenté à Cuba. Celui-ci s'était redressé, presque piqué au vif, rétorquant sur un ton un peu pincé qu'on était ici de culture espagnole, Monsieur...

Jules s'abîma dans la lecture d'un magazine glané dans l'avion, tout en mangeant avec indifférence, occupé surtout à vider son litron. Rapidement assommé par l'alcool, saturé d'émotions, il considéra sage d'aller tout bonnement se coucher, ne prenant pas la peine de se déshabiller. Il brancha juste le ventilateur, esquissant un sourire au souvenir de leur quête obstinée à travers La Havane entière ce jour où nul magasin ne semblait en proposer, pour voir au bout du compte leur ténacité récompensée par l'acquisition du bel objet chromé.

Bercé par le ronronnement régulier de l'appareil ponctué de quelques aboiements et autres chants de coqs décalés eux aussi, il s'endormit presque instantanément, glissant dans un sommeil par trop agité à son goût. Soudain réveillé, comme naturellement, il conservait à l'esprit le rêve dont il sortait. C'était la deuxième fois qu'il le faisait en quelques mois, et il ressentit la même impression de paix et de sérénité. Le songe était d'une simplicité sans fard : il faisait face, si l'on peut dire, à une lumière blanche intense, irradiant d'ondes de bien-être, d'absolu, de compréhension parfaite. Bien qu'il ne s'y passa rien, il éprouva le sentiment d'avoir bénéficié d'une sorte de grâce, accordée peut-être en récompense de ses mérites spirituels…

Méditant sur le fait que le blanc était la couleur d'Obbatala, le créateur de l'univers, l'*orisha* tutélaire des intellectuels, celui dont on lui avait dit qu'il pourrait bien être le fils, ce qu'il espérait secrètement, il se rendormit paisiblement, à son grand étonnement. Nimbé de blanc, aveuglé par la lumière rayonnante, l'apprenti-*santero* contemplait l'intérieur de lui-même, ardoise magique sur laquelle s'inscrivaient des phrases d'abord sans queue ni tête. Puis apparut ce qu'il savait déjà être un commandement : « *Tu iras à la Caridad del Cobre ! Tu lui mettras des tournesols, du miel, un cigare, une chose à toi, et une autre à Aitana ! Et puis tu lui allumeras une bougie ! Jaune, évidemment.* »

Le jour perçant à travers les persiennes de bois mobiles des fenêtres sans vitres à la cubaine tira doucement Jules d'un sommeil qu'il quitta à regret, n'en ayant plus connu de semblable depuis bien longtemps. C'est alors que le rêve émergea de la nuit, le plongeant dans la perplexité. Ne s'agissait-il pas d'un pur produit de son esprit, nourri du souvenir du voyage effectué à Santiago de Cuba avec Aitana, près de quatre ans auparavant, alors qu'elle était encore *tout de blanc* ?

Le rappel de cet épisode charmant des débuts de leur liaison gardait une saveur douce-amère, impression gravée du plaisir corrompu d'une sorte de dérangeant mystère. Il avait certes eu l'initiative du déplacement, mais se demandait si sa volonté n'avait pas été pour partie aliénée… Il revoyait leur arrivée au hangar branlant faisant office de terminal pour les vols intérieurs, conduits par Gustavo, le chauffeur du protocole du Pouvoir populaire de La Havane, curieux couple bénéficiant du respect qu'inspirait l'état présent d'Aitana. Il se souvenait qu'intransigeants sur le règlement, les agents de sécurité désolés les avaient obligés à enregistrer *in extremis* le parapluie blanc dont la belle s'était munie afin de se protéger tant du soleil que de la pluie, comme l'exigeait la règle d'Ocha.

Puis ils avaient embarqué dans l'appareil, lui ouvrant de grands yeux face à l'état de délabrement avancé de l'Ilyoutchine 17, vénérable copie russe du DC4 qui, du haut de ses quarante et quelques années, aurait été mieux à sa place dans un musée qu'à transporter toujours des passagers. Et s'il avait tenté d'évacuer de son esprit les statistiques qui plaçaient la compagnie cubaine parmi les plus dangereuses de la planète, Aitana, montant dans un avion pour la première fois, n'était guère plus rassurée.

Enfin l'avion avait décollé, Jules redécouvrant la suavité de l'envol d'un appareil à hélices s'élevant paisiblement, accordant le temps de s'imprégner du paysage. Au terme de trois bonnes heures de vol, agrémentées si l'on peut dire d'une vague collation organisée autour du sempiternel pâté de soja protéiné, ils étaient arrivés aux abords de Santiago, surpris par la taille modeste de la capitale de l'Oriente. Bientôt posés, tous deux avaient descendu prudemment l'échelle hors d'âge, accablés dans l'instant par une chaleur tropicale poisseuse inconnue à La Havane.

Ils s'étaient fait conduire à l'adresse d'une maison particulière qu'on leur avait indiquée, pour être finalement menés à un autre lieu tout proche, de ces constructions illégales édifiées un peu partout sur les toits des maisons existantes. Typique d'un intérieur cubain des années soixante, plutôt plaisant avec sa petite cuisine équipée d'un électroménager soviétique d'époque, le logement leur parut acceptable. Aitana avait commencé par recouvrir les miroirs de serviettes, révélant un nouvel interdit. Puis ils avaient fait l'amour, étrangement comme toujours, pourtant délicieusement, l'élégance princière de la jeune femme pimentant la relation charnelle d'un on ne sait quoi brûlant en dépit de l'insurmontable distanciation.

Il avait à dire vrai trouvé franchement érotique d'ôter les lourds bas imposés, et plutôt excitante la tête rasée d'Aitana, à peine dissimulée sous le petit bonnet blanc rituel qu'elle devait conserver en toutes circonstances. Il s'était vu vertement rabrouer alors qu'il tentait de caresser celle-ci, chose d'évidence strictement prohibée. Un peu saturé de l'accumulation d'interdictions diverses et variées, il avait proposé de sortir pour se sustenter et entreprendre la visite de la ville.

Après avoir mangé de bon appétit, ils s'étaient mis à arpenter le centre historique, Jules constatant vite qu'Aitana n'avait guère la fibre touristique. Bienveillant, l'amoureux avait préféré écourter la promenade, accommodement facilité par une chaleur si écrasante qu'elle était peu propice à ce type d'activités. Ils résolurent donc d'aller boire un verre à la *Casa de la Trova*, temple du *son* cubain, l'irrésistible complainte du *guajiro* enchaîné à sa terre sous le soleil brûlant. Ravis de constater qu'un petit ensemble s'y produisait en cette après-midi, ils s'étaient installés un peu à l'écart et avaient commandé un rafraîchissement. Vite lasse de chansons un brin vieillottes à son goût, Aitana avait souhaité rentrer. Consentant à regret, alors qu'ils passaient devant les musiciens, il l'avait vue s'agenouiller pour appliquer quelques sonores et respectueux baisers au gros tambour oblong, son propriétaire ne semblant pas plus surpris que cela d'un geste qui l'avait laissé perplexe.

La matinée du lendemain devant être consacrée à la visite, ou plutôt au pèlerinage, s'agissant d'Aitana, de la basilique de Notre-Dame de la Charité du Cuivre, la sainte patronne de l'île, dont le sanctuaire sis près des anciennes mines du métal recherché faisait la fierté de la capitale de l'Oriente, ils s'étaient couchés sitôt restaurés. Au cours de leur léger dîner, Aitana lui avait raconté qu'on y vénérait une statuette en bois trouvée selon la tradition flottant au milieu des flots déchaînés par trois marins perdus dans la tempête, à laquelle ils avaient attribué leur salut inespéré. Elle en avait profité pour lui dévoiler le dessous des cartes du jeu à la cubaine.

Exemple emblématique du syncrétisme local, les *santeros*, et probablement une bonne partie des pèlerins, venaient en fait y rendre hommage à Ochun, la Vénus du panthéon yoruba, archétype de la femme coquette et sensuelle, par ailleurs épouse de Chango, divinité associée à la virilité. Le couple ainsi formé, dont les démêlés amoureux emplissaient des chroniques entières, était considérés comme les *orishas* tutélaires de Cuba. Et tout bon *santero* se devait de venir au moins une fois dans sa vie faire ses dévotions à la Caridad del Cobre, dont le jaune était la couleur officielle. Ochun aimait ainsi le miel, les gâteaux, les tournesols, ou toutes choses belles, douces, sucrées, de couleur plus ou moins dorée, les fidèles ne se faisant pas prier pour l'en combler.

Il se souvenait de leur arrivée un peu solennelle, le taxi empruntant presque au pas une longue allée arborée traversée de profondes ornières, bordée d'un si grand nombre de stands bricolés proposant tous les souvenirs et offrandes que l'on puisse désirer, qu'il n'avait pu s'empêcher de penser aux marchands du Temple agglutinés le long de la rue principale du Mont-Saint-Michel. Leurs emplettes effectuées – deux magnifiques gerbes de lumineux *girasols* et trois reliquaires de la Vierge faits d'une statuette maladroitement sculptée trônant sur un morceau de minerai, le tout recouvert d'une cloche de verre –, les deux pèlerins d'un jour s'étaient dirigés vers le lourd bâtiment, sorte d'énorme pâtisserie rococo érigée au sommet d'une placide colline.

La visite commençait par l'arrière du bâtiment, donnant accès à la chapelle un peu défraîchie où la petite sainte était exposée à la vue des fidèles, drapée dans une robe bouton d'or, la tête couronnée telle une reine de beauté. Les moindres recoins de la pièce croulaient sous les ex-voto les plus variés, chacun désirant offrir à la Vierge du Cuivre ce qu'il avait de plus cher. On raconte qu'Ernest Hemingway, au cours de son long séjour cubain, lui avait confié sa médaille d'or de prix Nobel de littérature. Le regard de Jules avait parcouru, fasciné, cet étrange cabinet de curiosités, tandis qu'Aitana accomplissait ses dévotions, disposant ses fleurs avec précaution, posant délicatement de petits pots de miel aux pieds de la vénérée, avant de lui allumer trois bougies du plus beau jaune-doré.

Son vieux fond de mécréance s'étant rappelé à lui, il avait constaté que lesdits cierges n'auraient pas le temps de s'éteindre, pas plus que les fleurs de faner, un essaim de petites mains se chargeant de faire place aux offrandes suivantes en évacuant les précédentes à intervalles réguliers. Il avait donc préféré entraîner Aitana vers la nef, dans laquelle ils étaient entrés se recueillir un moment. Ils y assistèrent à un morceau de messe, Jules s'étonnant de l'ostentation avec laquelle les fidèles manifestaient leur dévotion, un peu à la façon de l'ancien temps, comme si, tel le buvard l'encre, la religion avait bu la Révolution.

Il s'en rappelait comme si c'était hier, c'était au cours de la petite promenade dans les jardins bordant l'édifice qu'ils avaient évoqué leurs dates d'anniversaire sur un ton léger. Sa compréhension avait d'abord marqué un temps d'arrêt avant d'intégrer le fait qu'Aitana était née le lendemain même de la mort de sa maman, n'évitant pas d'effleurer ses possibles implications. Comme une vision fugace, l'idée l'avait traversé que ce déplacement n'était peut-être pas fortuit, avant d'être prestement rangée au mûrissoir de sa conscience d'un réflexe de la raison.

Et ils s'en étaient allés, bientôt revenus à La Havane comme si de rien n'était, Aitana apparemment peu impressionnée par cette première sortie véritable hors de sa cité natale. La semaine s'était vite achevée, et il avait repris le chemin de l'Europe, pas plus marqué que cela. Mais petit à petit, le tracassin avait fait son chemin, se ménageant un vilain recoin dans son esprit. Puis la vie avait repris son cours, trop impétueux pour se laisser réellement contrarier par des idées aussi farfelues. Mais aujourd'hui, vu de son lit, l'heure de solder les comptes semblait enfin venue.

En dépit de ses préventions, il devait bien admettre que le contenu de son rêve, le commandement d'un retour à l'endroit où ils avaient placé leur amour entre les mains de la petite Vierge, s'emboîtait parfaitement dans le puzzle des événements récents et passés. Il savait par ailleurs que les croyants devaient prendre garde à ne pas désobéir à leur *orisha*, sous peine de graves conséquences. Il repensait ainsi à cette histoire horrible survenue disait-on au vieux Pedro Hortà, fils d'Obbatala, qui affectait volontiers de se moquer de ce dernier, allant jusqu'à envelopper sa pierre dans un linge noir et dégoûtant, lui qui n'aime rien tant que le blanc et la propreté immaculée.

On racontait qu'un jour, bien que réputé bienveillant, capable de pardonner beaucoup à ses enfants, Obbatala ayant fini par se lasser de son insolence, avait monté Pedro sans prévenir et lui avait prescrit seize jours de pénitence enfermé avec ses saints. L'orgueilleux vieillard ayant négligé l'avertissement, un beau jour, alors que passait la charrette des ordures, il s'était brusquement levé, avait saisi la barre assujettissant la porte d'entrée et en avait frappé le charretier sans raison aucune, le tuant sur le coup. En lieu et place des seize jours cloîtré, Pedro avait récolté seize années de prison, Obbatala, dans son infinie mansuétude, ayant fait renoncer les juges au garrot.

Considérant qu'il serait bien temps d'aviser, il entreprit de s'extraire du lit, ne pensant plus qu'à se préparer un bon petit déjeuner. Il s'habilla en un rien de temps et descendit s'acheter quelques fruits au coin de la rue. Revenu dans son nid douillet, il constata qu'il restait une bonne quantité de thé, et s'en prépara. Enfin installé, renouant avec le doux passé à travers son rassurant rituel matinal, il n'en relevait que plus tristement l'absence d'Aitana, tout en continuant d'éprouver le sentiment insistant que quelque chose d'elle était là…

Il était certes familier de ce type d'impression, et croyait sincèrement Babette toujours à ses côtés. Trop honnête intellectuellement pour écarter totalement un reste de scepticisme, il devait cependant bien s'avouer combien la présente sensation était forte, naturelle, évidente aux yeux de cette partie respectée de sa conscience. Peut-être les lieux étaient-ils restés imprégnés de la personne d'Aitana, si attachée à cet appartement dont elle se sentait encore à peine être propriétaire, ou bien son esprit était-il venu le visiter, fuyant l'enveloppe de chair clouée sur son lit d'abandon ?

Il dissertait mentalement, absorbé par sa métaphysique bon marché, quand il s'entendit héler de la rue. Il n'avait jamais pu s'habituer à cette façon vulgaire de s'interpeller d'une maison à l'autre, à grands renforts de sifflements stridents et d'éclats de voix tonitruants, bruyantes manifestations contrastant tant avec l'élégance affectée au quotidien. Il sortit sur la terrasse, aussitôt salué par Cecilia d'amples gestes du bras. Ne comprenant goutte à ce qu'elle lui voulait, il descendit nonchalamment, en prenant son temps, constatant, amusé, qu'il s'était enfin réadapté au sage rythme local.

Après l'unique baiser à la Cubaine, Cecilia alla droit au fait :

– Que penses-tu d'aller voir Aitana cet après-midi ? Ce serait bien, tu sais ! On a déjà perdu trop de temps… Et puis, qui sait ? Peut-être sentira-t-elle ta présence ? Le docteur dit que parfois… il suffit d'une voix, d'une odeur, d'un rien, quoi… Moi, j'ai bon espoir ! Je suis sûre qu'elle finira par revenir ! C'est comme ça… Je ne peux pas t'expliquer, je le sais, c'est tout…

Jules repoussa à plus tard l'envie de lui parler de son rêve. Écartelé entre l'envie impérieuse de revoir son aimée au plus vite et la peur panique de mettre le doigt pour de bon dans l'engrenage de son expiation, il laissa paraître un instant son hésitation, faisant naître dans les yeux de Cecilia comme un éclair de suspicion, si ce n'est un soupçon de trahison. Ce miroir de sa lâcheté eut au moins le mérite d'emporter sa décision :

– Bien sûr, Cecilia, bien sûr ! Je n'en peux plus ! J'ai tellement besoin de la voir ! Et puis ton espoir, tu sais combien je le partage… J'aimerais tellement ne pas vous décevoir ! Si tu pouvais avoir raison… Je donnerais tout pour la rendre à la vie ! J'irai jusqu'au bout ! Tu sais, j'ai compris maintenant à quel point je me suis trompé… Quel imbécile j'ai été ! Mais aujourd'hui c'est fini, ces idioties ! Je suis là, et je ne m'en irai pas sans avoir tout tenté ! J'espère seulement qu'il n'est pas trop tard… Bon, je ferais mieux de me taire pour l'instant. Dis-moi, à quelle heure veux-tu que nous partions ?

Avant même que ne fuse la réponse de Cecilia, Jules, piteux, se rendit compte qu'il n'avait au fond parlé que de lui-même, comme si la malade n'était pas Aitana, mais sa précieuse petite personne. L'indécrottable enfant gâté faisait encore des siennes ! Décidément, rien n'aurait donc raison de son égoïsme à l'occidentale… Il préféra en rester là, et prit congé de Cecilia sur la promesse d'être à deux heures précises chez elle. Aussitôt remonté dans son nid d'aigle, il se dit qu'il avait bien le temps d'aller nager un moment en mer, en profitant des facilités offertes par le Comodoro, hôtel mythique de La Havane des temps prospères et corrompus, élevé sur le front de mer de Miramar dans les années cinquante, où il savait pouvoir jouir en toute tranquillité de la petite plage aménagée et de ses douches d'eau douce, moyennant un billet discrètement glissé dans la main de l'agent de sécurité trop content d'arrondir son maigre salaire.

Il se lança à la recherche de ses affaires de plage dans le désordre d'Aitana, petit matériel qu'il laissait à dessein entre deux séjours, comme sa brosse à dents, en gage superstitieux de son retour prochain. Il s'attendrit un instant au spectacle des habits dans la penderie, pour beaucoup venus de Paris, et pensa ému à ses expéditions dans les boutiques à la mode en quête du vêtement désiré, plongé souvent dans la perplexité face aux choix à opérer, recourant alors aux conseils plus ou moins avisés de vendeuses blasées, se rappelant non sans une pointe de fierté qu'il parvenait au moins deux fois sur trois à contenter sa belle, si exigeante.

Ayant enfin mis la main sur sa serviette, ses lunettes et son maillot de bain, sans oublier le parfum parisien qui ferait peut-être réagir Aitana, il se décida à y aller, non sans avoir soigneusement vérifié que tout était bien fermé. Étrange Cuba toujours, un des pays les plus sûrs du monde, où l'on pouvait se promener en pleine nuit dans presque n'importe quel quartier sans courir de risque aucun, mais où à l'abri des regards tout ce qui pouvait être volé disparaissait à la moindre baisse de vigilance.

Ainsi, dans le passé, quand Aitana s'absentait une semaine pour le rejoindre, avant de le convier à venir habiter chez elle, un ami complaisant gardiennait son appartement. Et il n'était pas question de laisser sa voiture de location stationnée dans la rue de ce secteur paisible de La Lisa, sous peine de la retrouver au matin dépouillée de tout ce qui pouvait être démonté.

Il passa donc récupérer les clés de la Peugeot chez Cecilia, remerciant Ricardo au passage pour s'être comme d'habitude occupé de la mettre à l'abri pour la nuit, s'installa tranquillement au volant et démarra prudemment. Fort de quelques pénibles expériences, il faisait preuve d'une vigilance extrême, sachant que le moindre accrochage signifiait une journée perdue à la station de police du quartier, le temps que soit procédé aux innombrables formalités de rigueur en l'absence de la notion de constat amiable. Et il se souvenait avec hilarité de ce jour où il avait été soumis à l'alcootest à la cubaine, quand une doctoresse lui avait intimé d'un air las l'ordre de lui souffler dans le nez…

Le décor familier de ces quartiers périphériques de La Havane qu'il avait tant sillonnés berçait son regard des mille détails autrefois relevés par un œil constamment à l'affût avant d'être mémorisés dans sa banque de données intérieure pour en jouir à loisir. Il se délectait depuis toujours du paradis perdu que constituait la capitale cubaine pour l'amateur d'art décoratif éclairé qu'il se piquait d'être. En dépit de l'absence à peu près totale d'entretien depuis une cinquantaine d'années, mis à part les soins attentifs prodigués à La Habana Vieja, son précieux cœur historique, la ville présentait encore plus que de beaux restes à ses visiteurs charmés. Il se disait d'ailleurs qu'il suffirait que s'évaporent ses habitants pour croire à une ville-fantôme, abandonnée depuis une éternité, croulant lentement sous l'effet de l'érosion et de la reconquête par la végétation.

Laissant à sa droite la très mussolinienne maternité ouvrière de Marianao, il énumérait les autres bâtiments de La Havane emblématiques des années trente, du gratte-ciel « de poche » Lopez Serrano, comme un Empire State Building en réduction, avec son entrée de marbres multicolores et ses portes d'ascenseur en marqueteries de métal au soleil levant, et plus encore à la somptuosité de l'Edificio Bacardi et sa façade ornée de motifs décoratifs en céramique, surmonté de la fameuse chauve-souris qui aurait inspiré le personnage de Batman.

Jamais il ne pourrait se lasser de l'atmosphère si particulière que dégageait cette cité, gelée dans le passé du fait de la Révolution. Il savait bien pourtant que cet état de fait était éminemment précaire, et que les bulldozers ne manqueraient pas de raser des quartiers entiers dans les prochaines années, dès lors que la transition sera véritablement lancée, c'est-à-dire selon toute vraisemblance après la disparition du *lider maximo*, dont la longue maladie s'éternisait depuis plus d'un an, ponctué de rumeurs variées et d'une peur de l'inconnu sous-jacente à peu près unanimement partagée. Et parmi ses antiennes favorites, figurait en bonne place le conseil de venir découvrir l'île avant qu'elle ne soit tristement normalisée…

Ce n'était certes pas encore le cas du *Comodoro*, bon exemple de l'hôtellerie prétendûment de luxe à la cubaine, curieux mélange de gentillesse extrême et d'un complet laisser-aller, comme en témoignaient les nombreux déchets accumulés au fond de l'espèce de port miniature formant piscine d'eau de mer, qui offrait un accès sans danger à la pleine mer sur cette côte de récifs coralliens acérés. Jules, quasi seul de son espèce à oser s'aventurer au large, s'y régalait de bains prolongés dans l'eau à vingt-huit degrés, nageant tout son saoul, à l'instinct, prenant soin de régler son rythme de mouvements sur celui ample de l'onde, sans plus avoir à se préoccuper d'aucun compte de longueur, pas plus que de rebords carrelés.

C'était Anselmo, le mari de Yohemia, première *iyawo* d'Aitana, devenue à son tour *madrina* peu après la fin de son année en blanc, comme la règle d'Ocha le prévoit, qui lui avait recommandé l'endroit. Il l'avait d'autant plus apprécié qu'il y avait aussi trouvé matière à grossir sa collection d'objets marins divers, en y pêchant de ces grosses boules de corail dont raffolait Aitana, qu'il soupçonnait être à l'occasion mués en fondements d'entités, cette dernière se refusant obstinément à révéler l'emploi qui en était fait quand il s'étonnait de leur disparition.

Il restait marqué par la découverte de ce gros coquillage, joliment patiné d'être demeuré de long mois sous les flots après la disparition du mollusque, parfaitement conservé d'avoir été coincé sur l'extrémité d'une tige d'acier rouillé appartenant à quelque rambarde gisant sous l'eau depuis bien des années. Il l'avait trouvé un jour de quasi-tempête, alors qu'hésitant à franchir la passe en raison du ressac violent et du risque de se voir drosser contre le quai, il eut l'idée de jeter un coup d'œil à l'unique endroit qu'il n'avait pas encore exploré, pour l'avoir jusqu'alors décrété sans intérêt. Et il l'avait vu soudain, un objet magnifique, incrédule devant cette trouvaille.

Or, étrangement, il s'agissait d'une réplique du gros cône qu'Aitana conservait parmi ses objets de religion, espèce bien particulière de coquillage dont on se servait pour fabriquer un *eleggua de caracol*, une incarnation du Maître des chemins moins habituelle que celle modelée dans du ciment. Il n'était pas seul à y avoir vu un signe, le fond de la mer étant un lieu sacré pour les *santeros*, la demeure d'Olokun, l'*orisha* terrible enchaîné sous les eaux depuis les premiers temps de l'humanité, dont les convulsions lors de ses tentatives désespérées d'évasion étaient censées faire naître les tempêtes.

Avisant l'entrée du parking de l'hôtel, il revint au moment présent, gara sa voiture à l'ombre, puis se dirigea vers l'entrée, non sans saluer gaiement l'inévitable *parcador*, digne représentant de ces métiers typiquement cubains, comme les gardiens de sacs à main à l'entrée des magasins ou les vérificateurs de contenu des cabas à provision postés à la sortie des rares supermarchés havanais. Il admirait avec quel sérieux apparent ces travailleurs de l'inutile accomplissaient leur mission, l'air à vrai dire un peu absent. Après tout, se disait-il, ne valait-il pas mieux cela que de rester vautré à ne rien faire devant la télé ?

Sans attendre de réponse à cette interrogation récurrente, il passa devant le cerbère posté à la porte du hall donnant sur les installations balnéaires. Ce dernier ne l'en interpella pas moins, obtenant du Français une réponse d'initié affirmant d'un air entendu qu'il n'omettrait pas de payer son dû. La voie libérée, il alla s'installer, sans oublier d'adresser un signe de connivence à l'agent de sécurité. Puis il passa aux choses sérieuses, bien décidé à délasser son esprit en jouissant sans entraves d'une mer paisible et tiède à souhait.

Il se changea en deux temps, trois mouvements, entra dans l'eau délicieuse, ajusta ses lunettes de natation et, s'échauffant d'un crawl lent, se dirigea vers la sortie du port minuscule Attentif aux coraux tranchants et aux oursins noirs géants hérissés de piquants, il atteignit rapidement la pleine mer, basculant sur le dos pour s'emplir les yeux de la beauté des cieux à peine ennuagés et de la côte s'étendant à perte de vue jusqu'à se fondre dans les lointains d'un horizon brumeux. Retrouvant vite ses points de repères, il parvint à l'endroit où il savait pouvoir observer, toujours émerveillé, le fabuleux spectacle de poissons aux formes et couleurs extraordinairement variées, virevoltant dans un ballet sans fin autour des récifs coralliens, curieux champignons phosphorescents se dressant çà et là sur le fond rocheux.

Apercevant une gorgone arrachée par le courant à son élément, il plongea pour la récupérer, l'assujettissant maladroitement à sa ceinture avant de la déposer sur un recoin de la digue où il savait pouvoir venir la récupérer. Il fit de même avec deux ou trois coquillages sculptés par la houle de longs mois durant, réduits à l'harmonieuse spirale autour de laquelle se développait leur mystérieuse existence. Il ne pouvait s'empêcher d'en ramasser toujours et encore, grossissant une encombrante collection, accumulation insensée évoquant quelque œuvre d'art conceptuelle, une quasi-installation digne d'une galerie tendance.

L'homme-poisson, tout à sa natation, se rendit soudain compte que l'heure avançait rapidement, et qu'il n'était pas question d'être en retard au rendez-vous avec Cecilia. Il reprit donc bien vite le chemin du retour, s'arrachant à regret à son élément favori. Après avoir récupéré ses trouvailles, s'être douché et séché, il se dit qu'il serait aussi simple d'avaler un morceau ici, faisant fi de la modestie des mets proposés. Il alla s'asseoir à une table isolée, rapidement rejoint par une serveuse nonchalante, commanda une Corona et un filet de poisson grillé, puis se plongea dans la lecture de son bouquin de midi du moment pour meubler l'attente du déjeuner.

Celle-ci fut bien plus courte qu'habituellement, réconciliant un peu le râleur caché qu'il restait face à cette mauvaise cantine. Son repas rapidement expédié, une deuxième Corona éclusée, il se leva, attentif à laisser un pourboire suffisant pour bénéficier d'un accueil souriant à son prochain passage. Il plia en quatre un billet de cinq CUC, qu'il glissa discrètement dans la main du vigile alangui sous l'ombre d'un palmier en faisant mine de la lui serrer.

Ses affaires rassemblées, il revint au parking, donna sa pièce au préposé, et se mit en route, vaguement inquiet. Saurait-il se maîtriser à la vue d'Aitana inconsciente, ou bien allait-il donner un spectacle peu digne ? Il se promit de tout faire pour assumer ses responsabilités, quitte à s'effondrer discrètement dans un coin pour pleurer tout son chagrin.

Il était deux heures à peine passées quand il se gara devant chez Cecilia. Cette dernière l'attendait sur le balcon, toute pomponnée, maquillée, coiffée comme s'il s'agissait d'aller célébrer quelque festivité. Elle descendit d'un inhabituel pas pressé et s'installa à ses côtés.

Ils n'avaient que quelques kilomètres à faire pour se rendre à l'hôpital militaire où avait été admise la patiente, privilège dû au statut d'officier du second mari de sa mère, décédé quelques années auparavant, qu'Aitana adorait, pour avoir été son véritable père. L'armée échappant en partie aux pénuries, elle y était à peu près convenablement traitée, évitant le dénuement des hôpitaux civils, dépourvus même de vrais médecins, ceux-ci étant requis pour participer à l'*operacion Milagro*, ce troc de main-d'œuvre spécialisée contre pétrole bon marché mis en place depuis quelques années avec le Venezuela d'Hugo Chavez.

Hébétés d'en avoir trop sur le cœur, peut-être sous l'emprise d'une sorte de respect sacré face aux perspectives immédiates et un enjeu dramatisé à l'excès, Jules et Cecilia n'échangèrent pas une parole sur le chemin de l'établissement médical. Leurs langues ne se délièrent qu'en entrant dans le hall défraîchi aux peintures écaillées du vieil hôpital.

Ce fut elle qui rompit le silence, laissant parler autant son cœur que sa foi :

– Tu sais, Julio, je suis très, très inquiète ! Chaque jour, oui, chaque jour, j'ai prié Yemaya pour qu'elle intercède en faveur d'Aitana, et je suis tellement malheureuse que mes prières n'aient pas été exaucées. Je ne peux pas croire que ce soit si grave ! Je t'apprécie beaucoup, Julio, tu le sais bien, et j'espère que tu ne vas pas me décevoir ! Tu es notre dernier espoir... Alors, s'il-te-plaît, donne-toi à fond, je t'en supplie ! Réfléchis bien à ce que tu vas lui dire, la chance ne se représentera peut-être pas deux fois...

C'était bien là les derniers propos qu'il aurait souhaité entendre. S'il ne pouvait en vouloir à Cecilia de son insistance, il en tirait plus matière à inhibition qu'à inspiration. Il se sentit brusquement paniqué, saisi d'une paralysie de l'esprit, et ne put répondre balbutiant que quelques mots sans portée :

– Cecilia, tu sais bien que je vais faire tout mon possible, c'est promis ! Je n'ai qu'une idée, c'est la sortir de là, autrement pourquoi crois-tu que je serais venu ? Mais c'est vrai que je ne sais pas comment m'y prendre... J'ai si peur de tout faire rater en étant maladroit ! Je n'ai aucun don de guérison et je me sens complètement dépassé par les événements... Ne m'en mets pas trop sur le dos, s'il te plaît, aide-moi plutôt, sans quoi c'est sûr, je n'arriverai à rien !

Et il se mit à larmoyer un peu, honteux, se méprisant. Une nullité, un raté, voilà tout ce qu'il était. Il avait voulu jouer dans la cour des grands, lui, le petit garçon pleurnichard, et il n'avait fait que tout renverser sur son passage. Il se détestait, aurait voulu disparaître dans l'instant. Cecilia l'arrêta dans ses errements :

– Allez, ça suffit, Papi ! Tu as assez fait de bêtises comme ça. Reprends-toi maintenant, mon garçon, et pense à Aitana !

Ces derniers mots trouvèrent curieusement un écho. Il se redressa, piteux, s'essuya les yeux, et, silencieux, suivit Cecilia comme un petit chien à travers les couloirs pisseux. Balloté par le courant de ses pensées, il résolut de faire abstraction de lui-même et de s'en remettre à son instinct. Il savait bien qu'il lui faudrait se sacrifier, peut-être plus que symboliquement. Donner, se donner complètement, c'était là le seul chemin, qu'elle lui avait bien montré, mais qu'il avait comme d'habitude négligé de considérer.

Il était encore plongé dans ces pénibles réflexions quand ils pénétrèrent dans le service de soins intensifs, désormais à trois pas de la chambre d'Aitana. Tout surpris, il sentit son état de tension retomber. Une sensation aussi grave qu'impérieuse venait de le saisir, révélant à ses yeux comme un autre lui-même. Calme, soudain décidé, il allait franchir le seuil le premier mais préféra s'effacer pour laisser passer Cecilia. Il entra à sa suite, jetant un coup d'œil circulaire sur le dortoir à six lits, accablé d'être incapable de deviner laquelle de ces pauvres silhouettes était sa chérie. Un instant de flou, et son regard suivit celui de Cecilia. Il la vit enfin, petite chose recroquevillée sous un mauvais drap.

Ils s'approchèrent presque sur la pointe des pieds, comme s'ils craignaient de déranger la belle endormie. Maintenant il la contemplait pour de vrai, son aimée, abasourdi de la voir dans cet état, tellement étranger à cette scène irréelle. Aitana avait si cruellement changé, et pourtant restait celle qu'il aimait pour jamais, beauté surnaturelle invaincue malgré un teint cireux, ses joues en creux et des yeux cernés d'ombres. Mystères impénétrables de l'amour, se dit-il, tel un enfant dissipé dissimulant son malaise sous quelque futile pensée.

Revenant au concret, il sentit une irrépressible envie d'arracher Aitana à sa couche, de la serrer très fort contre sa poitrine, et de rester ainsi, les yeux fermés, à s'imprégner de la chaleur de son corps, à couvrir son front de baisers. Frustré, il se contenta de lui prendre la main, presque timidement, pris d'une crainte irraisonnée de lui causer quelque douleur muette. Les doigts étaient froids, inertes, mais en dépit de l'évidente absence de toute conscience, il voulait y sentir un peu de ce fluide de vie qu'il désirait tant voir jaillir. Un instant une folle pensée lui traversa l'esprit : il l'avait bien imperceptiblement senti frémir ? Il n'osait pas y croire, incapable de faire la part du vrai entre désir irraisonné et morne réalité.

Subitement tiré en arrière par Cecilia, il secoua la tête comme on se débarrasse des dernières brumes d'un mauvais rêve.

– Bon, Julio, maintenant il faut que tu lui parles ! C'est ce que disent les médecins depuis le début. Ils m'ont dit qu'on en a vu se réveiller, après des mois de coma, au simple son d'une voix aimée. Vas-y, décide-toi, parle-lui ! Eh bien, qu'est-ce que tu attends ?

Muet comme un idiot, privé de toute inspiration, Jules pensa soudain au parfum. Il fouilla fébrilement dans son sac, dénicha le flacon, l'ouvrit, en imprégna un mouchoir en papier qu'il approcha tout doucement des narines d'Aitana, tout troublé aux souvenirs délicieux ressuscités par la grâce des effluves de la précieuse essence qui, se répandant dans la pièce, en chassaient presque l'infâme odeur.

Jules, avalant sa salive, parvint à balbutier quelques mots laborieux :

– Aitana, c'est moi, Jules ! Tu m'entends ? Aitana ! Aitana ! tu m'entends ? Je suis arrivé de Paris hier soir. Cecilia m'a dit que tu étais malade. J'ai pris un avion immédiatement ! Je t'ai apporté un de tes parfums préférés, L'Eau d'Issey, tu te souviens ? Tu le sens ? Ça te fait plaisir ? J'ai bien choisi, j'espère. Il ne devait presque plus t'en rester, n'est-ce pas ? Je me rappelle que tu l'adorais. C'est pas vrai ?

Gagnant un peu en assurance, il poursuivit sur sa lancée, guère mieux inspiré :

– Bon, voilà, Aitana, ma chérie, il faut que je te dise… euh… Enfin, quoi, je suis venu te dire que je t'aimais ! Que je regrettais tellement, tellement ce qui est arrivé ! Pardon, Aitana ! Je te demande pardon pour ce que j'ai fait… Du fond du cœur ! Si je pouvais revenir en arrière… Je suis si malheureux de te voir comme ça… Tout est de ma faute, je le sais ! Alors je suis venu pour te sortir de là… Aitana, ma chérie adorée, crois-moi, tu es mon amour, mon seul amour, je veux vivre désormais avec toi ! S'il-te-plaît, donne-moi un signe, Aitana, si tu m'entends, je t'en supplie !

Bouleversé, de grosses larmes inondant ses yeux, ne trouvant plus ses mots, il se tut bêtement et se réfugia dans un lâche déni, se demandant soudain pourquoi il se prêtait à cette lamentable comédie, face à un corps inerte, sans plus d'ouïe que de vie.

Cecilia et Jules se dévisagèrent un moment, revinrent vite à Aitana, devinant trop bien ce que l'autre ruminait, balançant entre ce triste échange et la quête désespérée d'une réaction sur le visage impassible de la malade apparemment indifférente à ce qui l'entourait. La mort dans l'âme, les deux visiteurs s'apprêtaient à partir quand quelque chose comme un soupir les fit sursauter. S'agissait-il d'une hallucination, du sous-produit d'un espoir dément? Non, bien sûr, et ils lisaient dans le regard de l'autre confirmation de ce qui venait d'arriver.

Ils avaient bien entendu Aitana murmurer quelque chose, timidement certes, mais sans contestation. Ils revinrent prudemment sur leurs pas, comme s'ils craignaient de rompre le charme fragile, guettant une nouvelle manifestation de la jeune malade. Ses lèvres étaient agitées d'un léger tremblement, montrant qu'elle tentait laborieusement de parler.

Jules, dans un état second, s'approchant d'Aitana à la toucher, colla littéralement l'oreille à la bouche de son aimée, fou d'espoir, idiotement euphorique d'avoir déclenché une réaction qui peut-être était un commencement. À moins qu'il ne s'agisse que d'un feu de paille, sitôt soufflé par le vent… Il constatait les tentatives bien réelles de la belle, cette maudite syllabe suspendue aux lèvres, quelque chose comme un *mmm* resté bloqué dans le gosier. Cela jaillit d'un coup, comme une libération :

– Mmm.. Marg… mmm… Marguerita. Habbb… hab.. lar con mmm… Marguerita…

Plus rien. Aucun frémissement n'agitait plus ses lèvres. Épuisée par l'effort, Aitana semblait être rentrée en elle-même, soudain si loin, hors d'atteinte.

D'un commun accord implicite, ils déposèrent un baiser sur son front et sortirent sans se retourner, brûlant d'entendre leur espérance confirmée de la bouche du médecin après ce qu'il s'était passé. Las! Après avoir attendu ce dernier près d'une heure debout devant son bureau, rongeant leur frein, ils virent doucher leur enthousiasme d'un prudent :

– C'est bien, mais cela reste à confirmer. Ne vous emballez pas ! Enfin, c'est mieux que rien... Revenez demain, nous verrons... Si elle dit quelque chose à nouveau, on pourra vraiment parler d'amélioration !

Ils se regardèrent d'un air entendu, saluèrent distraitement le praticien, et s'en furent, résolus à négliger sa tiède vision des faits. En cheminant vers la voiture, ils commençaient à prendre vraiment conscience de ce qu'il venait de se produire, sentant rétrospectivement le poids de l'émotion s'abattre sur leurs épaules. Pris d'une terrible lassitude, ils sentirent qu'il leur fallait se changer les idées et prendre un peu de recul pour examiner sereinement les événements avant de décider de la suite à donner. Il proposa donc à Cecilia d'aller manger quelque chose dans un endroit aussi neutre que possible. Il pensait à *El Aljibe*, restaurant mythique s'il en est, fréquenté autant par des groupes de touristes que par les Havanais aisés.

L'endroit, s'il n'était pas un haut lieu gastronomique, offrait un cadre plaisant et aéré sous la grande paillotte qui l'abritait. Un peu surfait, c'est vrai, on y célébrait le culte naïf de son ancien propriétaire, à qui étaient tressées des couronnes de laurier pour être resté après le *Triomphe de la Révolution* et avoir accepté d'y travailler désormais en tant que salarié. La maison avait pour spécialité le poulet, servi à volonté, mais il l'appréciait surtout pour sa carte des vins, inégalée dans la capitale cubaine.

Après avoir confié leur véhicule au voiturier, détail insolite en terre socialiste, ils se laissèrent conduire à une table tranquille, un peu à l'écart de l'agitation du centre de la salle. Il faussa un instant compagnie à Cecilia pour se rendre aux toilettes, goûtant amusé une fois de plus l'exquise courtoisie du maître des lieux, qui ne faisait pas mystère du caractère bien plus rémunérateur du métier de monsieur-pipi que de celui de diplomate qu'il disait avoir exercé aux temps passés.

Ils passèrent commande distraitement, Jules attentif à choisir une bonne bouteille de Rioja, digne de la célébration du fragile petit succès qu'il venait de remporter. Plus il y repensait, plus il s'en gargarisait, gonflé d'un orgueil disproportionné. Il restait vaguement conscient de la modestie de celui-ci, mais considérait bien mérité un petit moment d'euphorie. Cecilia n'était pas loin de partager ses vues, même si elle refusa obstinément de déroger à son habituelle sobriété, se contentant de trinquer avec un vrai Coca-Cola à la prompte guérison d'Aitana.

– Marguerita, c'est bien le prénom de ta mère ?, demanda soudain Cecilia.

Jules, obnubilé par son triomphe minuscule, eut soudain honte de n'avoir même pas fait le rapprochement.

– Effectivement, c'est bien le prénom de Maman ! Mais c'est très répandu… Ça peut être n'importe qui, une amie ou une connaissance ! D'ailleurs, pourquoi aurait-elle parlé de ma mère ? C'est à peine si je lui ai raconté deux ou trois choses sur elle, et c'était il y a si longtemps ; en plus, je ne sais même pas si je lui ai dit comment elle s'appelait ! Et puis, Cecilia, tu sais très bien que je n'aime pas évoquer ça !

Plus il parlait, plus il sentait à quel point ses laborieuses dénégations sonnaient faux. Bien sûr, il ne pouvait s'agir que de Maman, et seuls les tourments agitant son inconscient pouvaient expliquer qu'il ait refoulé une si criante évidence.

– Bon, d'accord, tu as raison, elle parlait sûrement de Maman… Et alors ? Elle me demande de lui parler ? Mais enfin, Maman n'a rien à voir avec Cuba ! Elle est morte il y a plus de trente ans, de ses propres mains, tu le sais bien ! Et sur le plan spirituel, elle a disparu sans laisser de traces… Je t'ai souvent dit que je ne la sentais pas, tandis que Babette est toujours avec moi. J'ai beau essayer, je n'arrive pas à ressentir la moindre présence, comme si le suicide…

Il s'agita sur sa chaise, engouffrant le contenu de son assiette à pleines fourchetées, cherchant à diluer le malaise qui l'avait envahi.

– Julio, sois raisonnable ! Le temps ou la distance n'ont rien à faire là-dedans ! Le monde des esprits ne fonctionne pas comme ça ! Ta mère veut te parler, c'est tout ! Elle a forcément quelque chose d'important à te dire, pour se manifester à travers Aitana. Il est clair qu'elle veut t'interpeller pour avoir choisi de faire ainsi. Quant à tes histoires d'impossible communication, c'est dans ta tête que ça se passe, les esprits sont au-dessus de cela ! Le plus probable, c'est que ta mère est maintenant une morte obscure, alourdie du poids de vos reproches et souffrances, mais ce n'est pas pour autant qu'on est empêché de chercher à la *descendre* ! Au contraire, elle a grand besoin de lumière, et te demande de lui en prodiguer ! Je ne connais qu'un moyen pour y arriver, c'est de la consulter. Je veux bien essayer de la passer, Julio, mais il me faut ton accord sans réserve, et ta collaboration…

Ce dernier commençait à prendre peur devant l'emballement des événements.

– Et puis d'abord, qu'est-ce que Maman a donc à voir avec tout ça ? *On ferait bien de lui ficher la paix…*, pensait-il confusément, écartelé entre son intuitive conviction qu'il fallait en passer par là et la prescience aussi trouble qu'effrayante d'être sur le point d'ouvrir la boîte de Pandore. *Mais alors, s'il possible d'en appeler à l'esprit de Maman, si elle est bien ce que dit Cecilia, c'est que Marguerite et Aitana sont deux âmes distinctes, et que mon histoire de réincarnation n'est qu'une élucubration de plus, un fourre-tout juste bon à éviter de penser là où cela fait mal !*

Jules, piqué par l'aiguillon de cette idée décapante, vit d'un coup balayées ses dernières préventions :

– Ok, Cecilia, d'accord, on n'a pas le droit de refuser ça à Aitana ! Si elle le demande, c'est qu'elle a de bonnes raisons, et même si l'on ne peut pas les deviner, je me doute qu'il y a quelque chose derrière, quelque chose d'important, forcément !

Soulagé d'avoir tranché, il était désormais impatient d'en finir. L'appétit coupé, fébrile, il ne pensait plus qu'à s'en aller au plus tôt du restaurant, à rejoindre La Lisa pour mettre en application dans l'instant ces fragiles décisions, avant que le balancier de son esprit fatigué ne remette tout en cause d'un de ces absurdes élans dont il savait n'être que trop coutumier. Il lui fallut pourtant ronger silencieusement son frein pendant que Cecilia, désireuse de profiter d'une trop rare sortie au restaurant, se régalait de pain perdu baignant dans un sirop épais. Elle paraissait sereine, et il ne pouvait s'empêcher d'envier sa tranquillité, hésitant entre une certaine forme d'inconscience ou une vraie force de caractère.

L'addition payée, les deux complices reprirent la route de La Lisa, dans une ambiance bien différente de l'aller. Il s'était finalement laissé contaminer par l'heureuse humeur de Cecilia, et c'est sur un ton presque badin, l'esprit dispersé par le vin, qu'il s'adressa soudain à elle :

– Dis-moi, tu crois qu'on peut essayer dès ce soir ? Je suis impatient de savoir ce qu'il y a derrière tout ça ! Et j'ai un drôle de sentiment, que je n'arrive pas bien à cerner, comme s'il se préparait quelque chose de vraiment important…

Cecilia faisait grand cas des capacités intuitives de Jules, et considérait qu'il détenait un don de médium, bien qu'il n'en soit encore que très partiellement conscient. Intriguée par ses propos, elle se voyait renforcée dans sa volonté d'aller de l'avant.

– Pourquoi cette question, Julio ? Tu penses qu'on va se croiser les bras et rester là à attendre ? On ne nous demande pas notre avis, et quand les esprits commandent, on doit obéir immédiatement ! Sinon… Tu vas aller te reposer une heure ou deux, pendant que nous nous préparerons, et l'on commencera la messe spirituelle en fin d'après-midi. Sois tranquille, il n'y a rien à craindre, mon garçon, si ce n'est de ne pas arriver à établir de communication…

Tournant autour du pot de son intuition, il constatait agacé qu'il était incapable de mieux la cerner. Il préféra s'abstenir de répondre à Cecilia et tenta de se concentrer sur sa conduite, repensant nostalgique à la première fois où il était venu chercher Aitana dans ce *barrio* perdu, demandant son chemin à chaque coin de rue dans un espagnol alors bien hésitant. Elle lui avait présenté ce jour-là Cecilia, qu'il s'était jusqu'alors représentée comme une sorte de sorcière mi-exotique, mi-maléfique, imprégné qu'il était d'une ancestrale terreur face aux histoires de vaudou. La brave *madrina* lui avait en fait semblé bien banale, plus que normale, et ses préventions s'en étaient trouvées dissipées. Dès ce moment, ils avaient ressenti cette sympathie mutuelle spontanée, signe de la présence d'affinités électives encore ignorées, dont on devine qu'elles constituent le fondement d'une future amitié.

Parvenu enfin à destination, il gara son véhicule au bas de l'immeuble où Cecilia et les siens vivaient dans ce minuscule appartement faisant aussi office de cabinet de consultation et de lieu de célébration des diverses cérémonies de la famille spirituelle. Les objets cultuels du couple y occupaient une place plus que prépondérante, les moins mal loties n'étant pas les trois poupées-fondements des mortes favorites de Cecilia, qui, richement vêtues, bénéficiaient chacune d'un siège bien à elle, permettant de leur disposer commodément les offrandes du moment, cigares, rhum, parfums, jouets et autres pièces de monnaie. Jules, qui dans les premiers temps ne pouvait détacher ses yeux de ce bric-à-brac haut en couleurs, avait fini par s'y accoutumer, même s'il n'était pas à l'abri de surprises pénibles, comme ce jour où Ricardo, écartant l'espèce de chiffon dégoûtant qui le dissimulait, avait découvert un crâne infect et noir, dont l'authenticité ne faisait aucun doute, affreusement recouvert d'épaisses croûtes du sang séché d'innombrables animaux sacrifiés.

Il se rappelait avec un trouble certain combien Aitana s'était raidie quand il avait abordé le sujet, se contentant de répondre d'une voix hésitante que ces choses-là lui faisaient vraiment trop peur. Il n'ignorait pas que Ricardo était un *padre n'gnanga*, un initié au troisième degré du Palo Monte, et savait quelle mauvaise réputation entourait un culte censé permettre d'infliger à autrui les pires horreurs d'une manière fulgurante. Il pensait au témoignage rapporté par Lydia Cabrera de cette femme qui, lasse des mauvais traitements qu'il lui infligeait, avait fini par décider de se venger de son mari. Le sorcier qu'elle avait sollicité, possédé par la puissance Palo Téngue Malo, la tête couverte d'un tissu noir, portant un morceau de même toile à la ceinture, transperça d'une aiguille un scorpion furieux ligaturé d'un fil noir, et se mit à appeler l'époux violent par son nom. Puis il se saisit d'une canine humaine, d'une branche de chiendent et d'un morceau d'une chemise imprégnée de la sueur de l'homme, ficela l'ensemble et alla le clouer sur le tronc d'un fromager en proférant des imprécations appelant à la mort de celui-ci jusqu'à l'expiration du scorpion. La nuit suivante, l'esprit de l'insecte piqua le mari, qui tomba bientôt malade et mourut peu après.

De retour à la réalité, le Français prit congé de Cecilia, promettant de se tenir prêt pour la fin de l'après-midi. Alors qu'il gravissait lourdement les escaliers menant à son nid d'aigle, il se surprit à jouir de la perspective délicieuse d'aller cuver son vin dans une sieste gourmande, le poids des émotions vécues ces dernières heures semblant avoir pris le dessus sur ses démons. À peine entré, il se dirigea vers la chambre, brancha le ventilateur et s'étendit voluptueusement, goûtant la douce tiédeur de l'air brassé par les pales, bercé par son ronronnement régulier. Il se sentait bien, si bien, comme depuis longtemps il ne s'était senti bien. Tout allait s'arranger, il le pressentait, se dit-il avant de glisser sans prévenir dans le lourd sommeil de la dive bouteille.

Il allait, tourbillonnant dans un univers tout de blanc, sans murs ni sol ni limites apparentes. Seule une surface liquide à l'étendue aux contours flous se différenciait de la lumière onctueuse. Et il filait sur cette immensité lisse comme la glace, tel une toupie sur du marbre poli, entouré de créatures semblables à lui, étrangement familières, dans un vertigineux ballet nullement chorégraphié. Il était en paix, grisé de son propre mouvement, derviche tourneur en transe, loin de toute attache terrestre. Soudain, en bonne logique onirique, il changea complètement d'univers. Il parcourait maintenant sa propre vie, enregistrée sous forme de tableaux vivants disposés au long d'un vaste boyau, comme une bande dessinée faite de souvenirs et d'émotions. L'impression était assez plaisante, jusqu'à ce qu'il parvienne à une zone d'ombre, un trou noir, un endroit illisible, interdit, suintant d'angoisse. Il sut que là était caché ce qu'il fallait éclairer, mais comment ?

Il se réveilla en sueur, regrettant d'avoir cédé à la tentation d'un sommeil qui se révélait plus déstabilisateur que réparateur. Et pourtant... La dernière scène lui revenait confusément, frappée qu'elle était du sceau d'une dérangeante vérité. Il décida de passer outre pour l'instant, et alla se doucher pour mieux dissiper les miasmes de son somme agité. Il se rinçait laborieusement sous le mince filet d'eau quand il s'entendit appeler à grands cris.

Il se précipita hors de la salle de bains, s'habilla avec ce qui lui tombait sous la main, et descendit quatre à quatre le périlleux escalier, si pressé d'en venir au fait qu'il fut à deux doigts de partir en vol plané sur une marche à demi manquée. Pestant contre l'imbécile qu'il était, capable de tout ruiner dans son emportement, il se retrouva au seuil du logis de Cecilia sans avoir eu le temps d'achever cette vaine réflexion. Il frappa, entra, se dirigeant directement vers la pièce du fond. La *chambre de religion* était plongée dans la pénombre et il remarqua qu'un linge recouvrait le miroir. Les meubles avaient été poussés contre les murs, comme pour les grandes occasions, et le sol recouvert de nattes. Cecilia trônait au centre du dispositif, installée aussi confortablement que possible sur deux ou trois coussins. Raulito et Yanaïs, frères de religion d'Aitana, ainsi que Martha, son autre *madrina*, étaient assis qui sur un tabouret, qui sur le bord du lit. Tout ce petit monde discutait paisiblement tandis que Ricardo s'affairait à rassembler les objets nécessaires à l'accomplissement du rituel.

Cecilia salua bruyamment son arrivée, l'invitant à s'asseoir face à elle sans plus tarder. Jules s'amusait de l'atmosphère de légèreté qui régnait lors de ce type d'activité, bien loin de l'ambiance solennelle qu'un candide aurait imaginé. Au moment où l'on s'y attendait le moins, la *santera* fit signe d'un geste discret qu'il était temps de se concentrer. Elle alluma la bougie disposée dans une soucoupe devant son *eleggua*, se passa un peu de parfum sur la nuque et les bras, et posa la main droite sur le grand verre d'eau fraîche qu'on lui avait apporté, accessoire destiné à étancher l'inextinguible soif supposée des morts qu'on désire consulter. Entretemps, Ricardo avait allumé un grand cigare paysan, dont la braise rougeoyait déjà vivement, et versé un peu d'*aguardiente* au fond d'une demi-calebasse. On fit passer l'un et l'autre, chacun prenant tour à tour une bouffée et une gorgée sans piper mot.

Le regard de Cecilia le perçait de part en part, impression presque physiquement ressentie et seule note troublante dans le déroulement plutôt ennuyeux des débuts de la cérémonie. Le corps de la *madrina* était tout juste animé d'une légère oscillation, allant imperceptiblement en s'amplifiant. De fait, rien que de très banal, en tout cas nul signe indiquant qu'il puisse se passer quoi que ce soit de transcendant. Par avance déçu, il voyait ses doutes peu à peu l'envahir et le découragement pointer à l'horizon. C'est alors que Cecilia prit la parole, apparemment normalement, mais de la voix d'une toute autre personne.

Elle semblait nerveuse, agitée, à l'opposé de la tranquille Cecilia que l'on connaissait :

– Ah, enfin, vous vous êtes enfin décidés à m'appeler ! Bon, il était temps, mais je ne vous en veux pas ! Dites-moi, est-ce qu'il est là, mon fils ? Jules ? Jules, c'est toi ? C'est bien toi ? Ah, quand même, te voilà !

Partagé comme toujours entre doute et espoir, celui-ci n'arrivait pas à s'empêcher de se demander si tout cela n'était pas qu'habile simulation. Pourtant, il ne pouvait nier qu'il y avait quelque chose de familier dans la voix sortant de la bouche de Cecilia. Quoi, il n'aurait su le dire, mais assez pour faire pencher la balance dans le sens de la foi :

– Oui, c'est bien moi, Jules. Mais toi, qui es-tu donc ?

Cecilia, manifestement outrée, partit d'un rire strident, se saisit de la bouteille d'*aguardiente* à ses côtés et en lampa d'un trait la moitié. Elle s'en étouffa presque, puis se remit à parler, hilare, après avoir recraché sur tout le monde une bonne partie de ce qu'elle venait d'avaler :

– Qui veux-tu que ce soit, nigaud ? C'est moi, ta mère, tu le sais parfaitement, et j'aimerais bien que tu ne me manques pas de respect !

Gagnant en assurance, il décida de jouer le tout pour le tout :

– Qu'est-ce qui me prouve que tu es bien Marguerite ? Tu pourrais aussi bien être un imposteur, un esprit manipulateur qui s'amuse à se jouer de moi ? Ça ne serait pas la première fois !

Il y eut un silence interminable pendant lequel Cecilia, en proie à une agitation croissante, vida cul-sec la bouteille, se saisit du cigare, en fit un tison incandescent, roulant des yeux furieux sans lâcher un seul mot, grondant quelque chose d'informe, de vaguement effrayant. Il se demanda s'il n'y avait pas été un peu fort, regrettant maintenant la brutalité de ses paroles.

Comme bouillonnant d'une colère contenue à grand-peine, l'esprit reprit la parole :

– Je ne sais pas ce qui me retiens !... Idiot ! Sourd ! Aveugle !... Tu ne comprends donc rien ? C'est bien parce c'est toi, mon petit garçon, mon enfant, que je garde mon calme, mais n'abuse pas de ma patience, sinon... Écoute cela ! On fêtait tes trois ans. Au beau milieu du goûter d'anniversaire, tu es tombé sur la tige en bois de ce jeu d'anneaux qu'on t'avait offert et tu t'es ouvert le front. On a dû interrompre la fête pour t'emmener te faire recoudre. Tu en as fait une colère ! Je t'entends encore d'ici !

Jules en resta sonné quelques longues secondes. Il savait l'épisode authentique. Il était d'autant plus sûr qu'il n'en avait jamais parlé que lui-même l'avait jusqu'à ce jour oublié, et seule sa présente évocation l'avait fait ressurgir des tréfonds de sa mémoire enfantine. Il se rendit compte subitement que Cecilia s'était exprimée en français, langue qu'elle ignorait parfaitement. Il ne pouvait plus que s'incliner, partagé entre peur et soulagement, et écouter attentivement.

– Cette fois, ça y est ? Tu es convaincu ? Quelle tête en bois tu fais, indécrottable mécréant, mais après tout, je devrais peut-être être fier de toi, en souvenir de mon propre passé !

De la bouche de Cecilia sortit alors une sorte de plainte grêle, un affreux rire moqueur, venu des noires profondeurs, tandis que la *santera* se levait, commençant à asperger d'eau tout le monde dans une gesticulation hystérique.

Puis elle retomba d'un bloc, ratatinée sur le sol, la tête inclinée, le menton reposant sur la poitrine. Presque aussitôt elle se ranima, le corps raidi à se rompre, comme sous l'effet d'un électrochoc :

– Maintenant que tu sais, écoute bien ! Puisqu'on a permis que ma voix t'avertisse, sache que rien ne s'est passé comme tu crois ! Rien, je le dis bien ! La clé est là. Cherche, cherche bien, et tu trouveras ! C'est en toi, c'est là, tout près, il ne te reste qu'à trouver le chemin ! Ton chemin ! Et tu t'ouvriras enfin. Sois humble ! Et incline-toi devant les Puissances ! Alors, tu trouveras. Peut-être...

Le silence retomba. Comme hypnotisé, repassant en boucle les mots de Marguerite, il se rendit soudain compte que Cecilia était sortie de transe, et que l'esprit l'avait bel et bien quitté. Cette dernière, marquée par la violence de la possession, s'adressa à lui, un instant troublé d'entendre de nouveau le timbre de voix familier :

– Dis-moi, Julio, qu'est-ce qu'il s'est passé ? Est-ce qu'on a avancé ? C'était bien ta mère, n'est-ce pas ? Qu'a-t-elle dit ? Elle a parlé d'Aitana ?

Il n'osait pas décevoir Cecilia. Mais il se sentait honteux de n'avoir même pas relevé l'absence de toute mention de son aimée, médusé qu'il était devant cette incroyable apparition. Sa mère. C'était elle, sans aucun doute. La preuve fournie était irréfutable. La tête lui tournant, il se reprit un peu et répondit à Cecilia :

– Écoute, oui, c'était bien elle, j'en suis sûr et certain ! Mais je ne comprends pas où elle veut en venir. Attends, que je me rappelle bien... Elle a dit que rien ne s'était passé comme je le croyais, voilà, c'est ça. N'est-ce pas ? dit-il en prenant à témoin les autres participants, qui acquiescèrent.

– Cela veut tout et rien dire, tu ne crois pas ? À quoi donc faisait-elle allusion ? Nous voilà bien avancés…

Il se sentit soudain faible et désemparé. Il avait fondé tellement d'espoir sur cette séance, pour finalement en retirer quoi ? Du vent, rien que du vent, des propos vagues, ambigus, vides de sens.

Il aurait tant voulu se raccrocher à quelque chose de solide. Il avait l'impression de s'être laissé mener dans une impasse, pour se retrouver dos au mur, acculé à reconnaître son échec. Il brûlait d'envie de hurler son dépit à la face du monde, de se révolter contre ce destin sans pitié qui s'acharnait sur lui avec tant d'insistance. Après tout, il était innocent de tout crime. Il n'était pour rien dans tout cela. C'était sa mère, c'était Aitana qui avaient choisi de se mettre dans ces affreux draps. Cecilia interrompit ce flot de noires pensées :

– Tu es bien sombre, Julio. Mais nous avons fait de grands pas, ouvre tes yeux ! Ce qui vient de se passer n'arrive qu'exceptionnellement, tu t'en doutes bien, alors arrête de te décourager ! Il faut se calmer, reprendre mot à mot les propos de Marguerita, et déchiffrer le message qu'ils contiennent. Car il y a forcément quelque chose d'important là-dedans !

Il eut un moment de silence.

– Julio, s'il-te-plaît, ne t'emballe pas, ne te fie pas aux apparences, les esprits ne parlent pas pour rien, mais ne disent jamais non plus les choses clairement !

Il écoutait vaguement mais n'entendait plus. Il avait dépassé le stade de la compréhension, et n'était plus accessible à la raison. Il avait décrété que cela suffisait, qu'il avait avant tout besoin de se changer les idées, et il fallait pour cela recourir aux grands moyens. Il ne songeait plus qu'à filer s'étourdir dans une quelconque boîte de nuit, y noyer son cafard dans le rhum, lever la première fille venue et l'emmener passer la nuit dans une chambre à louer. Déterminé, il prit la peine de saluer tout le monde gentiment, affirma qu'il allait voir son ami Javier et ne rentrerait donc pas ce soir, puis remonta passer une tenue de sortie.

Il jeta un coup d'œil sur sa montre. Dix heures n'avaient pas encore sonné, il avait donc le temps de se préparer tranquillement et d'arriver assez tôt pour trouver une bonne table. Nous étions samedi soir, il fallait compter avec l'affluence des fins de semaine de ces nouveaux riches cubains capables de dépenser en une soirée six bons mois de salaire d'un citoyen lambda. Jules, dépité devant la modestie de sa garde-robe, se résigna à enfiler la seule chemise à manches longues qu'il avait emportée. Il fit le tour de la maison pour vérifier que tout était bien fermé, descendit et monta en voiture.

Il roulait calmement, sans se presser, jouissant naïvement de sa liberté d'un soir, de la douceur de la nuit, de sa dissolution prochaine dans des plaisirs frelatés. Après tout, il était vivant, plutôt en meilleure santé pour l'instant, et n'avait aucune raison de se priver. Saoulé de cette débauche d'arguments, persuadé du bien-fondé de sa virée, il déboucha bientôt sur le Malecon, toujours sensible au spectacle de la baie plongée dans une semi-obscurité de-ci de-là grignotée par le faisceau du phare du Morro et les taches de lumière des lampadaires de style récemment installés. Il tourna bientôt dans Galiano, avenue fantôme aux façades délabrées, dont les boutiques de luxe du temps de la prospérité n'exhibaient plus que des parodies de vitrines encombrées de tristes objets poussiéreux, qu'on dirait échoués là par hasard.

Il se gara bien en vue, à deux pas de la Casa de la Musica, incontournable temple de la salsa cubaine où se produisent les groupes les plus renommés, construit dans les années trente à l'imitation du Radio City Music-Hall de New York. Le *parcador* lui fit signe qu'il veillerait au grain, justifiant par avance le tarif de nuit dont il entendait bien bénéficier. Une petite foule s'agglutinait déjà aux portes de la salle, gamme étendue de toutes les couleurs de peau qu'on puisse imaginer, colosses tout en muscles, aux cous alourdis de chaînes et médailles en plaqué, sapés comme des milords, portable dernier cri à la ceinture ; filles trop apprêtées, nippées à la mode *reggaeton*, guettant du haut de leurs vertigineux talons l'arrivée du chevalier-servant d'une soirée qui voudra bien débourser le prix de leur entrée en échange de quelques heures de tendresse simulée.

Il n'avait pas fait trois pas qu'une petite *negrita* moulée dans un pantacourt et un bustier aux larges mailles laissant transparaître un soutien-gorge rouge fluo, lourdement maquillée, le visage encadré de fines tresses bicolores, semblant aussi culottée qu'effrontée, l'aborda sans détour :

– Holà, papi, que tal ? Tou es seul, tou n'as pas de novia ? Moi pa'eil, ye m'ennuie ! Invite-moi, tou me plais beaucoup, tou sais… Ye sens qu'on va bien s'entend'e ! Tou ne eugwettwas pas, je te le pwomets ! Tou viens d'où ? Canadien, Italien, Fwançais ?

Il acquiesça vaguement à ce dernier mot, tentant de deviner s'il avait affaire à une professionnelle ou à une *jinetera* occasionnelle.

– Oh, j'ado'e la Fwance, ye voudwai y aller ! Ye pa'le un pou fwançais, tou wuas, yai appoui à l'Alliance… Comment tou t'appelles, dis ?

Ses préventions pour partie dissipées par l'enthousiasme léger avec lequel avaient été prononcées ces dernières paroles, trouvant la fille jolie malgré un zeste de vulgarité, il se résolut à lui dire son prénom, apprit qu'elle se nommait Francesca, et la prit par le bras. À vrai dire, il aimait autant qu'elle soit un peu grossière, juste ce qu'il fallait pour ne pas mélanger les genres, pour se donner hypocritement le sentiment de ne cocufier Aitana qu'à moitié.

Il paya sans sourciller les quarante *chavitos* réclamés pour l'entrée, entraînant à sa suite sa trop facile conquête. Pénétrant dans la salle enfumée, ils constatèrent qu'elle était déjà bondée. Les Van Van, groupe mythique s'il en est, à l'affiche ce soir, comme un samedi sur deux ou presque, faisaient toujours autant recette. Un petit billet glissé dans la main d'un serveur permit l'heureuse découverte d'une table. Sans même consulter sa compagne, goujat pour une fois sans savoir pourquoi, il commanda une bouteille de rhum blanc, deux cocas et un seau de glaçons, choix à vrai dire quasi obligé pour affronter les deux heures d'attente avant l'arrivée des musiciens sur scène. Il détestait cette règle intangible qui voulait que l'orchestre ne commençait sa prestation qu'autour d'une heure du matin, après que les clients avaient éclusé une quantité suffisante de boissons alcoolisées.

Pour l'heure il n'y avait rien d'autre à faire que s'étourdir consciencieusement, en tentant de se distraire à la contemplation de couples exécutant avec virtuosité les figures les plus osées de la salsa acrobatique au son de la musique enregistrée, tout d'adresse et de grâce mêlées, jouissant sans pudeur des regards qu'ils savaient rivés sur leurs prestations. Il se régalait toujours de leur incroyable audace, mimant sur la piste une bonne partie du Kama-Sutra, apparemment sans choquer qui que ce soit, chose étrange dans un pays parfaitement pudibond, où l'on ne saurait montrer une femme dévêtue, pas plus à la télé que dans les rares revues, tandis que le monokini était totalement proscrit, à l'exception des grèves réservées aux touristes.

Piètre danseur, il déclina l'invitation de sa partenaire, lui faisant comprendre qu'il ne voyait aucun inconvénient à ce qu'elle se défoule seule. La fille ne se fit pas prier, et fila tout droit vers la piste, se demandant si elle n'aurait pas mieux fait d'attendre un meilleur cavalier que ce vieux paresseux. Indifférent aux sentiments qu'il pouvait lui inspirer, ce dernier la suivit des yeux, fantasmant déjà sur la fin de la soirée. Il s'excitait à imaginer l'odeur musquée de la femme noire, le contraste si troublant de ses chairs, l'affublant bêtement d'un tempérament volcanique à n'en pas douter, d'une faim insatiable qu'il brûlait de satisfaire.

Presque douloureux de désir, il fut sur le point de défaillir quand Francesca, en sueur, se colla à lui en se rasseyant, posant négligemment la main sur son entrejambe. Il ne se rappelait même plus quand il avait fait l'amour pour la dernière fois, et la tension accumulée, soudain révélée, lui fit bouillir le sang, suscitant l'envie furieuse d'entraîner cette femme au lit dans l'instant, de la posséder immédiatement, bestialement, pour se vider en elle dans une ultime poussée.

Le groupe apparut sur scène fort opportunément, le détournant de ses pensées libidineuses. Il avait déjà vu les Van Van trois ou quatre fois, mais ne s'en lassait pas, emporté par l'incroyable pulsation émise par la bonne vingtaine de musiciens présents, reprenant bientôt comme les Cubains les refrains de ces ritournelles que la radio avait gravées dans la tête de chacun. Presque systématiquement, on trouvait dans celles-ci mention des *orishas*, sous forme de ferventes professions de foi, vibrantes déclarations d'amour, ou demandes de bénédiction.

Il se disait que, décidément, il n'était pas question d'échapper ici à l'emprise des saints, se rappelant qu'au fur et à mesure des progrès de son espagnol il avait pris conscience qu'il était bien peu de groupes ne glissant ça et là quelque référence à ces derniers dans l'une ou l'autre de leurs chansons, sans qu'il puisse être fait la part entre effet de mode et réelles convictions. Il savait bien d'ailleurs que si la santeria s'affichait aujourd'hui au grand jour, après avoir connu une longue période de clandestinité au temps de la Révolution triomphante, même si Célia Sanchez, l'égérie de Fidel, faisait autrefois le lien entre les *santeros* et lui, bien peu d'étrangers étaient conscients de son poids réel dans la société cubaine.

Dès les premières notes, le public s'était mué en mer déchaînée, hérissée de vagues furieuses parcourant la salle de la scène à l'entrée, buisson de mains levées, corps ruisselants esclaves des battements du cœur palpitant de la cubanité dans toute sa splendeur. Lui-même s'était levé, incapable de résister à l'appel du rythme lancinant, au charme surnaturel des musiciens-magiciens. Il souriait, heureux, et dansait presque, debout devant sa chaise.

Puis soudain, la magie cessa d'opérer et il se surprit en train de s'ennuyer. Réalisant qu'il était deux heures du matin, il fit signe à sa *novia*, la vit contrariée, mais ne l'entraîna pas moins vers la sortie. Faisant contre mauvaise fortune bon cœur, la petite *negrita* décida qu'après tout, au point où elle en était, il était préférable d'être aimable. Ignorant qu'il connaissait fort bien la ville, elle voulut l'emmener dans une maison de sa connaissance, où elle devait être commissionnée.

Jules, ne voulant pas se laisser mener par le bout du nez, fit comprendre à la fille qu'il avait décidé où aller. Il n'avait nulle envie de se retrouver dans quelque sordide bouge, et savait trouver une atmosphère à son goût au sein de la Casa Marianella, cette belle maison des années trente nichée au cœur du Vedado qui avait jadis abrité ses premiers amours cubains. Décidément, se disait-elle, c'est vraiment le mauvais numéro qu'elle avait tiré là, se consolant au seul espoir de sa possible générosité, persuadée que ce presque petit vieux ne saurait être un amant fougueux.

Ils arrivèrent enfin au pied de la demeure patricienne, salués par le pauvre bougre faisant office de veilleur de nuit. De longues secondes après qu'il eut sonné, le visage familier d'Alberto, grand pourvoyeur de filles devant l'éternel, apparut par le volet entr'ouvert d'une fenêtre à l'étage.

Il reconnut bientôt le Français, affichant l'expression mitigée de celui qui balance entre le plaisir de revoir l'ami et les reproches au client infidèle. Choisissant la première posture, il descendit prestement ouvrir la grille d'entrée, laissant les deux futurs amants pénétrer dans le bâtiment.

Tout en échangeant quelques banalités, Alberto les conduisit dans la chambre attribuée sans omettre de leur remettre deux serviettes de toilette et de percevoir le prix de la nuitée. Aussi peu romantique qu'une fille publique, Francesca se déshabilla sur-le-champ, dévoilant un corps presque parfait. Il admira les formes harmonieuses de la petite poupée, se disant qu'elle ne devait guère avoir dépassé la vingtaine. Il se dévêtit à son tour, suscitant un pouffement avec ses manies de vieux célibataire pliant soigneusement ses affaires. En gamine espiègle, elle lui attrapa le bras, lui faisant presque perdre l'équilibre, pour le basculer sur le lit dans un éclat de rire.

Victime consentante, peau frémissante contre peau frémissante, Jules, sous l'impulsion d'un élan de tendresse, serra si fort dans ses bras la sombre mulâtresse qu'il lui arracha presque un cri. Celle-ci, peu coutumière de ce type de comportement, surprise qu'il n'aille pas droit au fait, se demandait si ce type était bien normal, inquiète de voir confirmé son intuition. Sentant bien qu'il n'était pas au diapason, il s'empressa de lui prodiguer les gourmandes caresses dont il faisait l'ordinaire de ses préliminaires. Ondulant bientôt sous le plaisir montant, Francesca, divinement surprise, voyait s'envoler ses sombres pressentiments.

Sous l'emprise hypnotique du désir, il ne ressentait plus son corps que comme l'instrument d'une virilité presque sacrée, dont avait pris possession l'esprit du mâle universel, dirigé tout entier vers sa propre satisfaction à travers celle de la femelle. Il se laissa aller à ce jeu envoûtant, et consacra toute son attention au dialogue des corps en train de se nouer dans le langage naturel de l'amour charnel. Il jouait son rôle à fond, hors de lui-même, vorace, insatiable, mué en acteur vedette d'une infernale bacchanale. Puis il explosa enfin, laissant la jeune femme haletante, comme au sortir d'un rêve aussi torride qu'humide.

Jules se dit qu'elle allait raconter cela aux copines, qui ne la croiraient sûrement pas. Francesca se blottit contre lui, remontant le drap sur son corps las. Mais il avait déjà quitté la peau de l'amant passionné. Il avait maintenant envie de dormir. Seul. Il avait assez vu cette fille, et ne ressentait aucun scrupule à l'idée de l'envoyer promener. Restant toutefois courtois, il entreprit de lui faire comprendre qu'il souhaitait qu'elle s'en aille. D'abord incrédule, elle se dit que ce type était par trop bizarre, et qu'à tout prendre, il valait mieux éviter de le contrarier.

Il enfila son pantalon pendant qu'elle rassemblait ses affaires, alla appeler un taxi, et revint lui annoncer que la voiture serait là d'ici cinq minutes. Il lui mit dans la main les billets qu'il avait préparés, qu'elle rangea sans mot dire, et la prit dans ses bras pour garder un peu de son odeur. Entendant une voiture s'arrêter, il l'accompagna en bas, demandant au chauffeur le prix de la course, qu'il régla sans discuter.

Au moment de monter, elle lui tendit un bout de papier griffonné d'un numéro de téléphone, déposa un baiser sur ses lèvres, et referma la portière sans autre commentaire. À vrai dire, il s'en était déjà retourné, ne songeant plus qu'à une bonne nuit de sommeil. Épuisé par ses exercices athlétiques, tremblant presque, il se mit en quête d'une couverture, finit par la trouver en haut de la penderie, s'en recouvrit, et se prépara à glisser dans le sommeil. Mais il n'avait curieusement pas envie de dormir, son corps rompu contrarié dans sa soif de repos par un esprit plus que jamais sur le qui-vive.

Tournant et se retournant, perclus de nervosité, Jules essaya tous les trucs qu'il avait l'habitude d'employer pour parvenir à ses fins, en vain. Chaque fois qu'il commençait à partir, un quelconque bruit venu de la rue le rappelait. Et puis soudain, vaincu, il bascula.

Il se trouvait au milieu d'une grande pièce, accroupi sur une natte, entouré d'inconnus. Il ne reconnaissait pas plus la maison que les visages, mais il se sentait pourtant en terrain familier. Un personnage assis à même le sol contre le mur du fond se détachait nettement, sévère et bienveillant, la nuit de sa peau contrastant avec le blanc immaculé des vêtements. Sur ses genoux reposait un plateau circulaire, recouvert d'une fine poussière. Deux individus faisant figure d'assistants allaient et venaient, concentrés sur leur tâche.

L'un d'eux se dirigea vers un placard mural, en sortit un sac noirâtre, l'apporta à l'homme en blanc qui en extirpa un objet impossible à distinguer. L'homme posa délicatement la chose sur le plateau. S'approchant à pas comptés, Jules, parvenu à bonne distance, recula instinctivement, voyant qu'il s'agissait d'un crâne humain parfaitement répugnant, portant encore çà et là quelques lambeaux de chair.

L'homme étendit la main sur le crâne qui, à la stupéfaction de Jules, se mit alors à éructer de la voix de Ma'Jacinta :

– Eh toi, le mundele, ah, ah, c'est enco'e toi ! hi, hi, hi... Écoute, puisque tu es là, écoute-moi ! Il faut que tu t'fasses ouéyer ! Twé vite ! Sans quoi tu twouvewas pas ! Hi, hi, hi... Et peut-êt' tu es en danger aussi ! Hi, hi, hi...

Il ne comprenait pas. Se faire *rayer*, lui ? Pourquoi ? De quel danger pouvait-il s'agir ? Il s'entendit soudain appeler, se retourna vivement, quittant des yeux la scène un instant, et se retrouva expulsé de son rêve sans transition, réveillé en sursaut, ignorant un instant l'endroit où il se trouvait. Il reprit ses esprits, s'étira, tout courbatu encore de ses exploits de la veille, sachant combien devrait être dérangeant leur souvenir. Il n'ignorait pas qu'il s'était mal conduit, mais n'arrivait pourtant pas à se sentir coupable, fier au contraire de ses prouesses sexuelles. Il s'excita même en se rappelant la partie de jambes en l'air, se disant que décidément, pour son âge... Puis il se reprit et sortit du lit, alléché par la perspective d'un bon petit déjeuner sur la terrasse ombragée.

À chaque pas qu'il faisait vers la cuisine, les souvenirs affluaient, bribes d'un bonheur passé, traces de ses premiers séjours comme imprimées dans l'âme de la maison, par lui seul lisibles, composant un poème charmant. Pénétrant dans la pièce, il salua Alberto qui s'affairait devant le plan de travail à presser assez d'oranges pour en remplir un broc. Ce dernier, se retournant, lui demanda confirmation des œufs au jambon, manière de montrer qu'il notait soigneusement les petites habitudes de ses clients.

Il alla s'attabler, savourant la douceur langoureuse d'un beau début de matinée, du passé retrouvé, du plaisir minuscule d'être ici, rien que lui. Bien sûr, ce dérangeant dernier rêve rôdait tout près, mais il savait pouvoir le maintenir encore un moment sous l'édredon de ses très charnelles satisfactions. Il mangea de bon appétit, se régalant de son assiette de fruits, crachant par jeu les pépins de pastèque aussi loin qu'il pouvait, gamin se défoulant. C'était encore la récréation, et il entendait en profiter pleinement. Car il se doutait que ce qui l'attendait serait nettement moins réjouissant.

Repu, il alla se laver, ne voulant pas manquer l'occasion de profiter d'une vraie salle de bains. Il s'enferma dans la pièce carrelée d'azulejos à l'andalouse, appréciant la lumière qui la nimbait, se glissa dans la baignoire et s'abîma au plaisir du fort débit d'eau chaude à souhait ruisselant sur son corps. Soudain, comme un éclair, le rapprochement se fit avec les fines rayures sur la peau d'Aitana aperçues il y a une éternité, ici même. Et le rêve rompit ses digues, envahissant d'un coup sa conscience en s'accompagnant d'un violent sentiment de rejet. *Se faire rayer ? Quelle drôle d'idée. Le Palo, très peu pour moi. Mais comment refuser ?* Effrayé par la sinistre réputation du culte en question, il savait qu'il n'éviterait pas de raconter son rêve à Cecilia, se doutant bien de ce qu'il adviendrait.

Pour l'instant, le mieux à faire était de fermer la parenthèse, revenir à La Lisa, attraper Cecilia au vol et retourner voir Aitana dans la foulée. Il prit congé d'Alberto sur la promesse formelle de revenir bientôt, et se mit en route presque joyeusement. L'espoir montait dans son cœur d'entendre Aitana à nouveau, de voir confirmé le miracle d'hier et démenti le pessimisme obtus du médecin. Il décida d'ignorer purement et simplement la petite voix intérieure qui lui susurrait que c'était là beaucoup demander, qu'il faudrait bien d'autres gages pour mériter ce nouveau don des cieux.

Il décida de remettre à plus tard la définition de ceux-ci, et se mit en route, rayonnant d'enthousiasme béat. Tout semblait presque comme avant, quand il empruntait joyeux cette même avenue pour aller chercher Aitana, après avoir à peine pris le temps de poser sa valise à la Casa Marianella en descendant de l'avion. Il pensa même à s'arrêter acheter une baguette au *Pain de Paris*, rassuré de constater qu'il gardait les pieds sur terre en dépit des circonstances. Il rendit au passage un muet hommage à l'entrepreneur français amoureux de Cuba qui avait apporté ici ce précieux savoir-faire. Il reprit sa route enfin, embarquant une gentille petite famille d'auto-stoppeurs enchantés de l'aubaine, qu'il déposa aux portes de La Lisa. Arrivé à destination, il avisa Ricardo et Cecilia en train de papoter sur le balcon, monta un peu inquiet de leur réaction, vite rassuré par l'absence de toute question. Ricardo, qui tenait dans la maison le rôle de cuistot, s'en fut à la cuisine surveiller son plat sur le feu. Cecilia se tourna alors vers lui, l'invitant à partager leurs sempiternels spaghettis archi-cuits avant de partir voir Aitana.

Acceptant l'invitation de bonne grâce, bien que n'ayant pas vraiment faim, il s'assit sur une des chaises branlantes, tendit la main pour saisir l'assiette fumante et la cuiller de fer, et se mit à manger sans y prêter attention. Il ne vivait plus que pour le moment de retrouver Aitana, rongé par le besoin de voir ses craintes ou ses espoirs confirmés. Il ne put s'empêcher de raconter des bribes de son rêve, suscitant clairement l'intérêt des deux religieux.

« *C'est intéressant, très intéressant, ce qui t'est arrivé là ! Il faut qu'on en reparle ce soir ! Très intéressant, vraiment…* », se contenta de dire Cecilia.

Un peu apaisé par la brièveté du commentaire, Jules en profita pour aller satisfaire un besoin naturel, déposant au passage son assiette dans l'évier, et revint tout pimpant, excité comme un enfant dans l'attente de se rendre chez le marchand de jouets.

Ils se mirent en route, parcourant la distance qui les séparait de l'hôpital dans un état d'esprit autrement plus détendu que la dernière fois. Du point de vue de Jules, la mécanique de la guérison était enclenchée, le reste n'étant plus que péripéties auxquelles il accordait selon toute vraisemblance beaucoup trop d'attention. Fidèle à ses grands élans de pensée, il se laissa emporter une fois de plus par un optimisme tout aussi déraisonnable que l'était son désespoir passé.

Plongé dans un vain tête-à-tête avec lui-même, divaguant plus que marchant au long des interminables couloirs, il respirait comme une atmosphère onirique, se sentant de nouveau tout léger, presque déconnecté de la réalité. Mais sitôt arrivé au chevet d'Aitana, sa belle humeur s'assombrit à la vue du pauvre petit corps immobile. *Et si le médecin avait raison ?* Il chassa cette indésirable pensée et s'adressa à Aitana :

– Aitana, mi querida Aitana, tu m'entends ? C'est moi, Jules, je suis là ! Je suis revenu te voir avec Cecilia ! On t'a écoutée, ma chérie, on a consulté Marguerita ! Tu avais raison, elle voulait me parler, me dire quelque chose qui a à voir avec toi et moi, je

crois ?! Tu sais, c'était bien elle, j'en suis sûr et certain, j'en ai eu la preuve ! Tu m'entends, Aitana ?

Son discours n'entraînant aucune réaction, se disant que la veille elle n'avait réagi qu'à retardement, il se saisit du flacon de parfum et en vaporisa un peu derrière les oreilles et sur les poignets de son aimée.

– Aitana, ma chérie, tu reconnais cette odeur ? Je t'ai mis un peu d'Eau d'Issey, pour te faire plaisir ! Tu te souviens de la première fois où je t'en ai offert ? Tu croyais que j'avais oublié combien tu en avais envie… Comme tu étais heureuse !

Le visage aimé demeurait impassible, mettant Jules et Cecilia à la torture. Cette fois, Aitana n'était pas là, et rien ne semblait pouvoir remédier à cet état de fait. Les deux amis préférèrent abréger l'épreuve, et décidèrent de renvoyer au lendemain ce qu'il leur restait d'espoir. Ils s'en furent, tête basse, silencieux, comme honteux d'y avoir cru trop tôt. Soudain, une voix déchira la gangue qui les enveloppait :

– Señora, señor, por favor, espera un momentico !

Indifférents d'abord, puis se rendant compte que cette interpellation leur était bien destinée, ils furent rattrapés par une infirmière essoufflée.

– Vous êtes bien les parents de la jeune femme dans le coma, n'est-ce pas ?

Devant leur confirmation, l'infirmière poursuivit :

– Vous savez, elle a parlé ce matin, pendant sa toilette ! On s'est regardées, ma collègue et moi ! On n'y croyait pas, on la pensait en coma profond ! Mais je vous assure qu'on l'a bien entendue !

Bouleversés, ils la pressèrent de leur dire si elle se souvenait des paroles d'Aitana.

– Écoutez, je n'ai pas fait bien attention. Mais je crois que c'était un prénom ? Martha ? Myrta ? Margarita ! Voilà, c'est ça ! Elle a dit « Margherita » ! Et quelque chose d'autre, mais je ne sais plus trop quoi. « Heureuse » ? « Furieuse » ? Quelque chose comme ça…

Ils remercièrent leur interlocutrice avec effusion, et voulurent aller voir le médecin du service, un peu par revanche, mais surtout pour entendre d'une bouche autorisée des paroles cette fois encourageantes. Apprenant qu'il était en réunion à l'extérieur et qu'il pourrait ne pas revenir aujourd'hui, ils se rendirent à la raison et résolurent de remettre au lendemain cet entretien.

Ils n'avaient à vrai dire pas besoin de confirmation pour être persuadés que cette fois Aitana avait basculé du bon côté et qu'il n'était plus question que de quelques semaines, voire quelques mois, avant de la voir sur pied. Jules se surprit à reprendre courage, bien décidé à poursuivre dans la voie tracée, à obéir aux commandements qui lui étaient signifiés, quoi qu'il puisse lui en coûter. Sa démarche étant validée, il n'y avait plus qu'à persévérer aveuglément, guidé par l'espérance qu'il tenait enfin. Avec gravité, il se fit le serment de ne plus céder aux crises de remise en question qui le frappaient si souvent, même s'il n'était pas dupe de sa toute relative capacité à respecter cet engagement.

Se disant qu'il fallait maintenant vider son sac, il conduisait si lentement qu'il se fit bientôt klaxonner par un de ces innombrables automobilistes stressés qui peuplaient les rues de La Havane, comme si le volant possédait le pouvoir universel d'abêtir ses usagers. Il se remit dans le rythme de la circulation, sans renoncer à raconter son rêve par le menu. Cecilia réagit à son récit avec énergie :

– Te faire rayer ? Bon, je ne sais pas ? Autant la santeria, mais le Palo, pour un Blanc ? Après tout, pourquoi pas ? Attends, je veux d'abord savoir ce qu'en pense Ricardo. C'est sûr, au point où on en est… Mais ce n'est pas sans danger. Je t'aime bien, tu sais, je ne voudrais pas qu'il t'arrive malheur !

Galvanisé par ses récentes résolutions, il parvint à faire l'impasse mentale sur les derniers commentaires de Cecilia. Ils poursuivirent leur route comme si de rien n'était, n'échangeant plus guère que des banalités. S'il voulait croire posséder la volonté d'aller jusqu'au bout de tout ce qui pourrait lui être réservé, il avait l'honnêteté de s'avouer que la curiosité y était pour beaucoup, notamment en ce qui concernait le Palo Monte, depuis toujours objet de fascination pour le fouineur qu'il était. Il n'avait plus rien à perdre, il était trop tard pour reculer, et tout renoncement à ce stade serait pire que le pire châtiment.

Réalisant qu'ils étaient presque arrivés, il se concentra sur sa conduite, impatient de connaître l'opinion de son ami *palero*, qu'il devinait pourtant, mais plus encore d'aller de l'avant, d'en finir avec ses hésitations en se jetant à l'eau pour de bon. Il s'apaisait en pensant qu'à tout prendre, il préférait encore se débarrasser tout de suite du fardeau des terreurs mystérieuses, et qu'une fois franchies ces étapes, si douloureuses soient-elles, il ne pourrait que se sentir mieux. Il acheva sa réflexion en se disant que, décidément, il devait y avoir bien peu d'êtres aussi torturés que lui sur Terre, en tirant presque motif à fierté…

Il prit le dernier tournant et se gara devant l'immeuble. Ricardo était sur le balcon, affairé à réparer la pompe permettant de remplir l'indispensable réservoir d'eau de la maison, dans ce quartier dont les réseaux n'étaient alimentés que deux fois par semaine. Emboîtant le pas à Cecilia, il salua bientôt son ami avec effusion, l'abreuvant sur-le-champ des moindres détails de leur visite à l'hôpital.

Ricardo, assis maintenant, écoutait tout en gardant un œil distrait sur la télévision. Puis soudain, il coupa la parole au Français.

– C'est bien ! C'est très bien ! Vous avez bien travaillé ! Mais dis-moi, tu n'avais pas quelque chose à me dire ?

Non sans une pointe d'agacement de voir ses plans éventés, Jules s'employa à raconter par le menu son rêve à Ricardo, qui n'en perdit pas une miette. Au fur et à mesure du propos, on sentait monter l'attention du *santero*, tandis que son visage affichait un air vaguement inquiet. Le récit achevé, il s'accorda un moment de réflexion, puis prit de nouveau la parole.

– Bon, Julio, c'est sûr, ton rêve est intéressant, mais il faut faire très attention… C'est sérieux le Palo, tu sais ! Ce n'est pas que ce soit si différent du saint, mais c'est beaucoup plus violent ! Attention, le *palero* n'est pas vraiment sorcier, mais il tient de ce dernier ! Et ce n'est pas seulement parce qu'il travaille la nuit, utilise des bougies noires, et traîne la réputation de tuer des enfants ! Les puissances *palo* sont dangereuses, je ne sais pas si un Blanc…

À vrai dire, celui-ci n'en menait pas large, se rappelant trop bien certaines rumeurs effrayantes sur le fait que les entités *palo* poussent leurs adeptes à tuer des êtres humains pour s'en alimenter, ou pire encore sur le mythe de la *prenda juive*, habitée par l'esprit ivre de rage d'un sorcier défunt, nourrie de sang humain, terriblement puissante et destructrice, dont le propriétaire connaît toujours une fin tragique…

Ricardo reprit son propos :

– Ce crâne, ce doit être la représentation d'un de tes *infumbes*, un de tes morts, si tu préfères ! Je pense qu'il a emprunté la voix de Ma'Jacinta pour t'impressionner, car tu ne le connais pas encore… Bon, d'accord, tu n'as pas le choix ! Tu dois lui obéir, c'est certain ! Autrement le danger serait encore plus grand !

Ricardo s'interrompit, réfléchissant un moment, manifestement partagé :

– Écoute, Julio, d'accord, je veux bien accepter de te parrainer, mais je veux d'abord qu'on aille consulter Fabelo pour être sûr de ne pas faire une bêtise ! Après tout, il y a bien un *babalawo* dans ton rêve, et je crois que c'est un signe…

Plutôt satisfait de l'interprétation de ses songes par Ricardo, il ne savait que penser de ses conclusions, balançant entre le contentement d'avoir été entendu et la crainte panique d'aller cette fois trop loin. Il avait déjà tant joué avec le feu, et s'y étant brûlé, était tenté de déclarer forfait. Il se rappela toutefois ses récentes résolutions, et décida de ne rien décider pour l'instant. Aller voir Fabelo n'engageait à rien, après tout, et promettait même d'être distrayant.

Il n'avait qu'une connaissance livresque du *secret d'Ifá*, et sentait sa curiosité monter à la perspective d'y mettre le nez.

Pour des raisons obscures, tenant probablement à l'extrême liberté de croyance laissée par les religions afro-cubaines, poussée jusqu'à l'élaboration de son petit système divin personnel, en règle générale Cecilia et Ricardo ne voulaient même pas entendre parler des disciples d'Orula, assurant qu'ils se fourvoyaient dans une sorte d'hérésie malsaine. Pour autant, comme ils l'avaient déjà montré, ils étaient parfaitement capables de faire preuve d'ouverture d'esprit quand les circonstances l'exigeaient, et Cecilia n'avait ainsi pas hésité un seul instant à aller consulter Fabelo dans le contexte exceptionnel qu'ils connaissaient.

Pour l'heure, il trouvait la coupe pleine, et n'aspirait qu'à aller se reposer. Il prit congé, promettant de revenir en début de soirée, et fila rejoindre ses pénates. Sitôt entré, il s'affala sur le canapé et laissa dériver ses pensées. Il se sentait plus léger, un peu apaisé, jugeant de son état de tension mentale à l'aune de ses souvenirs les plus récents. Il allait mieux, incontestablement. Finalement, se disait-il, cela n'avait pas été si dur jusqu'ici. Il s'en était fait une montagne, puis s'était laissé faire, et les choses avaient commencé à s'arranger comme naturellement.

Légèrement euphorique, Jules cherchait vaguement la présence d'Aitana dans l'appartement, constatant, contrarié, qu'elle s'était comme diluée dans une sorte de brume éthérée. Bientôt assoupi, il naviguait entre deux eaux, à mi-chemin du sommeil, quand il ressentit comme le toucher d'une caresse intérieure, quelque chose de profondément affectueux qui, il l'aurait juré, n'était pas que le produit de sa pensée. Reprenant ses esprits, ému, persuadé que cela venait bien d'elle, il voulut lui répondre, et ne sut comment faire. Il tenta bien de penser à une grosse bulle d'amour, mais il n'avait pas d'adresse où la lui envoyer. Frustré, se disant qu'après tout les esprits doivent savoir lire dans nos têtes, il se leva pour vérifier s'il ne restait pas un peu de vin au fond de la bouteille. Content de constater que c'était bien le cas, il s'en versa un verre, pinçant le nez à l'aigre saveur du breuvage éventé.

Il décida d'écourter sa médiocre sieste, et de retourner voir dès maintenant Ricardo et Cecilia, afin de les presser d'aller voir Fabelo au plus tôt. Il voulait en finir, ne plus se sentir balloté par les flots de la volonté d'autrui, reprendre en main sa vie et celle d'Aitana au passage. Après tout, leur amour n'appartenant qu'à eux, ils étaient bien assez grands pour s'en occuper seuls. Il décida que c'était là l'interprétation correcte de sa toute récente vision, et qu'il ne s'en laisserait plus compter. Aitana l'avait aiguillonné, il l'avait entendue, et elle pourrait compter sur lui. Satisfait de sa détermination, il sortit sur son élan.

Au son des voix venant de chez Cecilia, Jules comprit qu'elle avait de la visite. Probablement des personnes venues consulter, qui n'avaient cure de ses problèmes à lui, assez chargés des leurs, et qui entendraient bien prendre leur temps, sans égards pour son empressement. *Quel sale gosse égocentrique je fais, décidément!* se dit-il, un peu honteux de ce puéril sentiment. Rebroussant chemin, il alla se chercher un bouquin et revint, s'installant sur le balcon, dans l'attente de la fin de la consultation.

Il relisait Borges, fasciné par ces courts textes ciselés comme pièces d'orfèvrerie, sans un mot dépassant, presque dérangeants dans leur étrange perfection, autant que par le questionnement sans fin qu'ils induisaient. *Pourquoi n'ai-je pas reçu un pareil don?* se disait-il, rattrapé un instant par ses complexes d'adolescent. Il était alors certain de n'être qu'un bon à rien, incapable de se fixer sur une quelconque passion, jusqu'à ce que son brutal passage à l'âge d'homme ne mette un terme à cette quête inutile en l'obligeant à gagner son pain quotidien.

Levant les yeux du livre, il vit que les visiteurs étaient en train de prendre congé. Louant ce départ, il leur adressa de sa chaise un salut distrait. Sans attendre, il se mit sur pied, entra dans l'appartement et se dirigea vers la pièce du fond où Cecilia, manifestement épuisée, s'affairait à ranger ses accessoires religieux. À voir ce visage creusé, il se sentit coupable de son sans-gêne, petit despote capricieux, comme toujours. Il ne l'en interpella pas moins, allant droit au sujet qui l'obsédait :

– Alors, Cecilia, qu'est-ce qu'on fait ? Quand est-ce qu'on va voir Fabelo ? Je ne peux plus continuer à être dans le doute, tu sais, c'est trop dur, il faut que je sache ce qui m'attends !

Cecilia répondit d'un air las :

– Calme-moi, Julio, calme-toi, voyons ! Tu es bien trop sur les nerfs ! Ça ne sert qu'à te faire du mal, ça n'avance à rien, et c'est fatiguant pour moi ! Je ne suis plus toute jeune, tu sais, et avec toutes ces émotions…

Prenant conscience du ridicule de son agitation, il s'apaisa, s'assit, et reprit :

– Tu as raison, tu as raison, excuse-moi ! Mais j'aimerais tant que tout ça soit fini…

– Écoute, mon garçon, répondit Cecilia, Ricardo a parlé avec Fabelo pendant que je consultais les Mexicains. Il est intrigué par notre affaire et accepte de te voir dès ce soir. Alors, tu es content ? Tu vois que ce n'était pas la peine de t'exciter comme ça !

Jules, surpris, balançant entre honte et reconnaissance, tomba dans les bras de Cecilia sous le coup de l'émotion. Décidément, il ne saurait jamais se tenir ! Quel piètre exemple il donnait! Il se maîtrisa pourtant, la remercia chaleureusement, et s'absorba dans la contemplation de la *novela* du moment à la télévision pendant qu'elle terminait ses rangements et que Ricardo préparait le repas du soir. Il avait peine à comprendre la fascination des Cubains pour ces romans-feuilletons à l'eau de rose, dégoulinants de bons sentiments, dont les derniers rebondissements, commentés dans les conversations du lendemain avec flamme et passion, magnétisaient leurs spectateurs au point que le manquement d'un seul épisode faisait pour eux figure de drame authentique.

Il repensait à *La Loterie à Babylone*, une de ses nouvelles préférées du maître argentin, qui décrit une société où l'intérêt du public pour ce jeu de hasard est porté à son paroxysme par l'application de châtiment aux perdants, dans une effrayante symétrie. Et il se disait que l'affaire dans laquelle il était engagé y ressemblait diablement. À ce moment, une assiette fumante d'*arroz congri* agrémenté d'un petit bout de cochon lui fut mise dans la main, interrompant le cours de sa réflexion. Il ressentit une joie enfantine à la vue de ce riz à la cubaine dont il raffolait, une des rares recettes de la cuisine traditionnelle du pays ayant survécu à la Révolution. Cuisinier lui-même à ses heures, il savait apprécier le savoir-faire de Ricardo, dont les crabes à la *criolla* étaient une autre goûteuse spécialité.

Ce dernier vint s'asseoir à ses côtés, mangeant de bon appétit lui aussi. Il s'interrompit toutefois pour s'adresser au Français :

– Bon, Julio, Cecilia t'a dit, je crois, que Fabelo nous attendait ce soir ? Alors, écoute ! Il vit à Guanabacoa, de l'autre côté de la baie. Dans un quartier comme celui-là, mieux vaut éviter de se faire remarquer avec une voiture portant une plaque de location ! Le mieux est de louer celle d'Angelo, qui demande dix chavitos pour la soirée.

Jules sortit de sa poche une poignée de billets, en tendit un à Ricardo, qui s'en saisit :

– Ok, attendez-moi. Je ne serai pas long !

Après un laps de temps qui lui parut interminable, on entendit enfin la pétarade d'un moteur hésitant. Cecilia lui fit signe de la suivre. L'auto était une vieille Lada rafistolée de partout, sans teinte bien définie, au pare-brise fendu, tableau de bord inexistant, sièges défoncés, affligée d'un pot d'échappement crachant spasmodiquement des pets de fumée noire. Il embarqua, à moitié rassuré, se disant que la mise en place d'un contrôle technique à Cuba ne serait pas chose aisée. Silencieux, ils firent route vers la vieille ville, la contournèrent, arrivant finalement après trois bons quarts d'heure de cheminement hoquetant aux portes de ce quartier excentré traînant une solide et justifiée réputation de bastion religieux.

Mettant à profit les quelques minutes qui leur restaient, Ricardo entreprit de brosser à Jules un tableau succinct du contexte dans lequel il allait se trouver :

– Écoute-moi, Julio, que tu saches un peu où tu vas ! D'abord, dis-toi que Fabelo ne t'ordonnera rien. Les *babalawos* ne font que donner les conseils qu'Orula leur suggère. Ils sont là pour vous guider vers ce dont vous avez besoin, le Saint, le Palo, les Abakuas, que sais-je encore… Il faut que tu comprennes qu'ils sont un peu comme des médecins et que, comme eux, ils ont énormément de savoir ! Ils connaissent toutes les religions, mais aussi la cartomancie, les astres et le Zodiaque. Car c'est Orula qui dirige tout ça !

Tout, je dis bien ! Alors, sois attentif, et fais ce qu'on te dira ! C'est tout…

Jules écoutait distraitement, ne voulant pas priver Ricardo du plaisir d'étaler sa science en lui révélant qu'il savait tout ça fort bien. Il n'ignorait pas non plus le statut exceptionnel des *babalawos*, auquel seuls les hommes avaient la possibilité d'accéder, ne pouvant être possédés par nulle entité, pas plus que tirer les coquillages, et dont la dépouille faisait l'objet d'une cérémonie particulière afin que leur esprit ne puisse être passé, et ainsi révéler le *secret d'Ifà* aux non-initiés. Il souriait aussi en pensant aux disputes interminables entre ceux qui plaçaient les disciples d'Orula au firmament de la religion et les autres qui les traitaient d'imposteurs, arguant qu'il ne saurait être question de faire passer Chango après Orula, alors que selon les textes sacrés *pataki* c'est bien Chango qui a donné le *tablero* à ce dernier en échange des tambours. Ils ajoutaient que le *babalawo* n'a pas le pouvoir de passer le mort, qu'Orula naît pourtant du mort, et que c'est à partir du mort que tout s'engendre… N'entendant pas trancher ces querelles byzantines, il préféra en rester là.

Au bout d'une ruelle plus défoncée que jamais, ils s'arrêtèrent enfin devant une demeure gardant un peu de sa splendeur passée en dépit de l'outrage des années. On descendit de voiture, Jules tentant de contrôler les battements de son cœur en attendant que s'ouvre la porte d'entrée. Enfin, une vieille femme apparut dans l'embrasure et demanda l'identité des visiteurs. Satisfaite, elle leur ouvrit le passage et les fit pénétrer dans un couloir faiblement éclairé. Une drôle de petite odeur imprégnait la maison, comme un mélange d'herbes médicinales et de poussière ancestrale, le mettant mal à l'aise.

Il suivit Ricardo et Cecilia mécaniquement, pénétrant derrière eux dans une pièce si sombre qu'il mit quelques instants avant de constater que quelqu'un s'y trouvait déjà, installé dans la même posture que le *babalawo* qu'il avait vu en rêve. Sous le choc de cette vision, il s'entendit présenter à Fabelo, répondit vaguement, et se laissa conduire à la chaise prévue pour les personnes venues *se fouiller*. Il obéit à l'injonction de se déchausser et resta ainsi, assis, pieds nus posés à même le sol, impatient.

L'homme devisait gaiement avec ses compagnons, comme le font des amis de toujours. Se détendant progressivement à ce spectacle rassurant, il se demanda même un moment en souriant intérieurement s'ils n'allaient pas en venir à évoquer la *novela* du moment. La conversation s'interrompit soudain. Fabelo, se coiffant de l'espèce de bonnet censé faciliter la communication avec les entités, entonna une longue litanie en yoruba. Il se rappelait plus ou moins qu'il s'agissait là de saluer Ifa, les *orishas* et les morts, et de solliciter leur contribution. Un assistant s'approcha, tendant au *babalawo* un petit flacon. Fabelo s'en saisit et versa son contenu sur le *tablero*, une sorte de plateau circulaire posé sur ses jambes allongées. Il étala régulièrement celui-ci, une poudre fine comme du talc, faisant disparaître à la vue le soleil, la croix et les quartiers de lune peints aux quatre points cardinaux de l'objet qu'il avait fugitivement aperçus. Le voyant attrapa alors une poignée de noix, les approcha de la bouche de Jules, lui soufflant de leur *demander*. Puis il les lança en l'air d'un geste sûr et léger, tentant d'en rattraper le plus possible de l'autre main. Il les compta, et traça de la pointe du doigt un petit trait sur le haut du *tablero*.

L'opération se répéta huit fois, le plateau maintenant couvert de signes cabalistiques. Fabelo appela, et deux autres individus coiffés de bonnets similaires s'avancèrent. Les trois hommes se lancèrent dans une discussion animée sur la correcte interprétation de l'oracle d'Orula. Enfin mis d'accord, les deux se levèrent et s'éclipsèrent sur le champ. Fabelo se tourna alors vers lui, souriant, et commença à délivrer le message :

– Vous avez de la chance, Julio, beaucoup de chance ! Et votre *aché* est puissant !

Celui-ci trouvait que cela commençait mal. Autant pour l'*aché*, ce mélange de bonne étoile et de force vitale, il pouvait approuver, mais en ce qui concerne la chance… Le *babalawo* poursuivit, son sourire nuancé d'un soupçon d'ironie, comme s'il voyait clair en lui :

– Votre ange gardien s'occupe beaucoup de vous ! Écoutez-le attentivement et suivez ses recommandations ! Il ne vous veut que du bien ! Quand il vous parle, en rêve généralement, réfléchissez très attentivement à ce qu'il essaie de vous dire ! Voilà ce que dit Orula ! Il ajoute aussi, et c'est là le plus important, que ce que vous cherchez n'est pas ce que vous croyez… Et que vous finirez par trouver ce que vous ne cherchez pas, si vous cessez de regarder là où il n'y a rien ! C'est tout. Aché Orula !

C'est tout ? Ne comprenant rien, déçu une fois encore, plus profondément que jamais, il se dit que Fabelo n'était qu'un habile charlatan, capable d'embobiner les crédules d'un discours plus ou moins cohérent fait de généralités où chacun peut trouver quelque chose à manger, comme ces astrologues suffisamment intelligents pour broder autour de ce que leur visiteur aura inconsciemment révélé au fil des propos apparemment banals tenus durant la consultation.

La femme qui leur avait ouvert apporta quatre tasses de café, et la conversation reprit comme si de rien n'était. Il se sentait las, si las. Il voulait bien croire qu'il y avait quelque chose à glaner là-dedans, mais il était infiniment trop fatigué pour y réfléchir maintenant. Il savait que la réputation de Fabelo ne pouvait être usurpée, et cette pensée lui rendit un peu espoir. En attendant, il n'avait plus qu'une idée : rentrer à la maison au plus vite, en prenant quand même le temps d'acheter une bouteille de vin au passage, se doucher, en boire une bonne moitié et s'endormir sans plus penser à rien.

Après avoir décliné l'invitation à dîner, Ricardo se leva, entraînant Cecilia et Jules à sa suite. S'avançant vers Fabelo, qui s'était levé pour le saluer, le Français ne put se retenir :

– Jorge, dites-moi, je ne comprends pas bien. Vous me parlez de mon ange gardien et de suivre ses conseils ? Mais je ne sais pas qui c'est ! Je ne l'ai jamais vu, pas plus en rêve qu'ailleurs !

Visiblement agacé, bien que tentant de n'en rien laisser paraître, le *babalawo* lâcha quelques mots :

– Mon ami, ce n'est pas moi qui parle, c'est Orula ! Réfléchissez attentivement à ce qu'il a dit ! Il n'y a rien à ajouter, tout est là. Orula ne se trompe jamais ! Bonne chance !

Jouant la comédie lui aussi, il remercia l'homme et se dirigea vers la voiture sans se retourner. *Décidément, pourquoi faire simple quand on peut faire compliqué ?* se disait-il, lassé de ces énigmes à répétition. Le cartésien revenait à la charge, se convainquant qu'il n'y avait rien d'extraordinaire à ce qu'une personne dans le coma finisse par prononcer quelques mots en réponse au stimulus de la voix d'êtres chers. Cela arrivait tous les jours, aux quatre coins de la planète, sans l'aide d'aucune magie. À ce scepticisme grandissant venait s'opposer le souvenir du dialogue avec Marguerita, difficile à balayer d'un revers de manche. Il tourna la page mentale sur l'évocation de son récent vœu de renoncement à ses incessantes remises en question.

– Tu es dans ta logique d'Européen, mon pauvre Julio ! Pense à la mentalité de l'Africain ! Pour lui, les apparences comptent peu. Ouvre ton esprit, sors de ta vision rationnelle des choses ! Le monde est plus compliqué, plus nuancé que tu ne le crois !

Irrité d'être sermonné par Ricardo comme s'il était un parfait ignorant, il se rebiffa :

– Arrête, Ricardo, s'il-te-plaît ! Cette histoire d'ange gardien, c'est n'importe quoi ! Ça me rappelle ce que disait le curé à mes copains qui allaient au catéchisme !

Le ton de Ricardo monta d'un cran :

– Méfie-toi, les *orishas* n'aiment pas qu'on se moque d'eux ! Personne ne t'a obligé à aller consulter Orula ! Tu ne peux pas tout avoir, mon garçon, et maintenant il est trop tard pour faire marche arrière ! Tais-toi un peu et réfléchis, ne fais pas l'enfant !

Il se le tint pour dit, et ils poursuivirent leur route.

Ils s'arrêtèrent devant l'une de ces petites gargotes ouvertes jour et nuit, Jules désirant toujours acheter son vin. Les Cubains descendirent aussi de voiture, suggérant, avec ce sans-gêne léger qu'ils affectaient parfois en pareilles circonstances, qu'après tout on pourrait bien acheter quelques croquettes de poulet, un Fanta ou encore un Coca, histoire de se caler l'estomac. Il s'en fichait bien, n'étant plus à ça près. Il attendit qu'ils aient fait leur choix, fit rajouter sa part, sans oublier une bouteille de rouge chilien, paya, et tous revinrent au véhicule.

Bien que détestant ces espèces de fast-food à la cubaine, il plongea les doigts dans le sachet, attrapa une boulette graisseuse et la croqua l'air songeur. Il décida de garder le reste pour plus tard, se disant que cela passerait mieux avec un bon verre, et démarra. Ils étaient à la hauteur du grand carrefour tout près de la maison quand Jules, avisant la patrouille de police toujours stationnée de l'autre côté, sentit qu'ils n'éviteraient pas les ennuis cette fois-ci. S'ennuyant probablement, le policier en faction jeta en effet sur eux son dévolu, leur intimant de se garer d'un geste qui ne souffrait pas contestation.

Il devinait Ricardo et Cecilia se raidissant, comme tout Cubain en pareil cas, sachant que le plus parfait arbitraire régissait le comportement de certains policiers zélés, recrutés dans les campagnes reculées du lointain Oriente pour leur vision manichéenne des choses. Détestant les Havanais jugés corrompus, ces *guajiros,* traités comme coqs en pâte par le régime, appliquaient à la lettre des règles qu'ils semblaient parfois avoir inventé l'instant d'avant. Sachant bien qu'il était inutile de protester, jugeant selon la plus élémentaire morphopsychologie qu'ils étaient tombés sur un individu borné, il descendit de voiture, alla vers lui et, tendant la main avec un large sourire, le salua d'un sonore :

– Hola, compañero, que pasa ?

Le policier, légèrement déstabilisé par cette assurance, déclara qu'il s'agissait d'un contrôle de routine. Il se saisit des papiers du Français, les examina longuement, comme s'ils recélaient quelque vilenie cachée. Il se tourna vers les Cubains, demandant leur *carné* sur un ton bien différent de celui presque correct qu'il venait d'employer pour l'étranger. L'air mauvais, l'homme demanda ce qu'ils faisaient là. Jules savait combien les rapports avec les touristes étaient mal vus de ce genre d'individus, et voyait bien qu'il s'agaçait de ne savoir quoi leur reprocher. Il recourut à son argumentaire habituel, expliquant qu'il était de longue date ami de Cuba et appartenait à une ONG française dédiée à la solidarité avec le peuple cubain.

Saisissant l'occasion d'en finir sans perdre la face, le policier exprima maladroitement sa sympathie pour la France, pays ami de la Révolution à l'entendre, lui rendit ses papiers, et lui dit que pour cette fois ça irait. Le trio ne pipa mot, et s'éclipsa sur-le-champ. Encore tremblante, Cecilia le complimenta pour son sang-froid, pestant contre cette maudite police et ses incessantes brimades, stigmatisant cette caste de privilégiés prospérant sur le dos d'une population tenue en sujétion.

Jules, travaillé par l'éternel questionnement sur l'après-Fidel, se disait qu'il y avait là les germes d'un affreux bain de sang. Il n'ignorait pas qu'on avait coutume de dire que chaque Cubain en voulait à chaque Cubain, comités de défense de la Révolution aidant, présents dans chaque quartier, notant consciencieusement les habitants selon leur orthodoxie politique, les mauvais éléments se voyant interdits jusque récemment d'acheter un téléviseur ou une Lada à prix subventionné, et qu'il était hautement souhaitable qu'une éventuelle «transition» s'effectue très progressivement. Sans quoi un déchaînement de violence n'était pas à exclure. Le mélange des sangs et cultures espagnols et africains avait certes produit un peuple d'une magnifique fierté, mais le caractère sanglant des guerres d'indépendance rappelait quel pouvait être le prix d'une telle alliance.

Il lui revenait l'histoire de Carlos, ce haut fonctionnaire cubain de ses amis, de passage à Paris, qu'il avait tenu à honorer en l'invitant à une bonne table, et qui lui avait raconté d'un air détaché, entre poire et fromage, comment, alors qu'en poste en Irak dans les années soixante-dix, aux limites du Kurdistan, il conduisait des chantiers de construction, lassé de la façon dont les tribus locales se faisaient quelque argent en enlevant les expatriés pour obtenir une rançon, il avait fini par ordonner qu'on capture un de leurs chefs, dont il avait fait renvoyer la tête dans un panier… Carlos était alors parti d'un grand rire en expliquant qu'ils n'avaient dès lors plus jamais été embêtés, tandis que Jules restait coi face au contraste surréaliste entre la violence du récit, amplifiée par le ton léger avec lequel il avait été fait, et l'ambiance paisible d'un restaurant parisien !

Dès qu'ils furent arrivés, il demanda à ses amis de l'excuser, arguant de son épuisement. Pas plus Cecilia que Ricardo ne crurent bon d'insister, ce dernier lui demandant seulement s'il aurait encore besoin de la voiture, afin de la mettre en lieu sûr. Répondant par la négative, il tendit les clés et prit congé, se contentant de vagues remerciements. Le couple, désolé, lui souhaita une bonne nuit et le suivit du regard tandis qu'il s'éloignait à pas lents.

Sitôt dans l'appartement, il alluma la télévision pour s'empêcher de penser. Il se sortit un verre et une assiette, déboucha la bouteille, et sans même prendre la peine de les réchauffer, se mit à picorer les croquettes de poulet, tentant de fixer son attention sur l'insupportable *Mesa redonda*, l'émission politique infligée quotidiennement à l'heure de grande écoute, qui, tel un disque rayé, remettait chaque soir le couvert avec les mêmes discours usés sur l'*Empire*, l'embargo, les «terroristes de Miami», et autres thèmes usés. Il partageait l'indifférence de bien des Cubains à l'égard de ce triste programme, mais se figurait le suivre au second degré. Il admirait presque l'énergie dépensée à traiter comme de l'actualité des événements vieux de plus de cinquante ans, un peu comme si l'on faisait de la Résistance à l'occupant nazi le point central de l'actualité en France aujourd'hui.

Il tombait de sommeil, luttant encore de peur d'être entraîné dans de nouveaux rêves porteurs de futures difficultés. Il se versa un énième verre de vin, se nourrissant de l'illusion que celui-ci le vaccinerait contre pareille perspective. *Un somnifère là-dessus, peut-être?* Il cherchait désespérément la recette miracle, se doutant bien qu'il n'en existait pas. Faute de mieux, il décida d'aller s'allonger pour lire un peu. Mais le poids du vécu de cette dure journée triompha charitablement de ses angoisses en l'entraînant dans un sommeil profond malgré la lumière restée allumée.

Il sursauta à la pétarade d'un camion, ouvrit un œil et vit qu'il faisait déjà jour. Non seulement il n'avait pas eu conscience de s'être endormi, mais il ne gardait aucun souvenir d'avoir rêvé. Satisfait, il s'extirpa du lit, s'étirant voluptueusement, tout ragaillardi à ce constat. Après une courte escale dans la salle de bains, le temps que se remplisse le seau faisant office de chasse d'eau, il sacrifia à son rituel matinal en allant goûter l'air et la lumière du matin sur la terrasse minuscule. Est-ce la dissipation des dernières brumes laissées par le sommeil profond qui fit surgir des tréfonds un drôle de sentiment? Toujours est-il qu'il sentit que quelque chose clochait. Quoi, il n'aurait su le dire exactement, mais sans nul doute un élément sérieusement dérangeant. Troublé, frustré d'être privé du ressenti délicieux d'une bonne nuit, il se raisonna et alla petit déjeuner.

Tout en préparant mécaniquement sa collation, Jules cherchait vainement à cerner ce qui s'entêtait à rester une vague impression de malaise, sans forme bien définie, échappant à toute description rationnelle. Il se dit qu'après tout, il y a des jours comme ça, qu'il devait s'agir du sous-produit d'un trop-plein d'émotions, une sorte d'indigestion spirituelle, et négligea d'insister. Pourtant, la sale petite voix que nul ne saurait faire taire lui susurrait que c'était là un ultime signe. Faisant fi de l'instinct, bien qu'averti de sa pertinence, il trancha en faveur du mépris, et s'attabla avec sa lecture du moment.

Il essaya bien de se concentrer sur celle-ci, mais son esprit s'obstinait à virevolter de pensée en pensée, incapable de se concentrer sur le texte. Il mangea ses fruits de bon appétit, apprécia son thé délicat, laissant son cerveau divaguer.

Récapitulons : il m'a dit que mon ange gardien me parlait en rêve, qu'il me voulait du bien, et qu'il fallait l'écouter. En gros, c'est ça ? Arrivé là, il se demandait s'il devait considérer tout rêve comme un message de celui-ci, ou encore trouver un moyen de séparer le bon grain de l'ivraie.

Passant en revue les épisodes les plus marquants de ces derniers jours, il élimina les songes délirants de l'avion, considérant qu'ils étaient vraiment par trop décalés. Apparemment, le premier rêve correspondant aux critères qu'il s'était fixés était celui de la première nuit chez Aitana, celui de la lumière blanche. Il se rappelait la force qu'il possédait, la merveilleuse impression de bien-être qui s'en dégageait, et se souvint de sa deuxième partie, celle du commandement d'aller à la Caridad del Cobre. Puis venait celui de la sieste, après la première visite à son aimée, avec cet affreux trou noir dans la galerie de tableaux de sa vie.

Il eut un mouvement de recul à cette évocation. *Quel con ! Bien sûr que c'est là qu'il faut chercher ! C'est de ça que parlait Orula !* Mal à l'aise face à ce constat, il n'en poursuivit pas moins ses investigations. Après un bref moment d'hésitation face à une mémoire rétive, lui revint l'irruption de Ma'Jacinta dans son sommeil, incarnée dans ce crâne hideux posé sur le *tablero* de Fabelo, et son impérieux conseil de se faire rayer, assorti d'une mise en garde d'un danger le guettant. *Au fait, Orula n'a pas parlé de ça ?* Une fraction de seconde, l'idée l'effleura selon laquelle il était tout simplement en train de devenir fou. Après tout, se dit-il, ce serait peut-être mieux ainsi…

Au terme de cette revue de détail, Jules se dit qu'il n'était guère plus avancé. Fallait-il suivre à la lettre les conseils glanés ? Il ne se voyait pas trop aller à Santiago, à mille kilomètres de La Havane, et pourtant… Quant à se faire rayer… C'est peu dire qu'il manquait d'enthousiasme à cette idée. Alors, quelles options lui restait-il? Tourner en rond? Attendre que cela tombe du ciel tout cuit? Ou encore repartir bredouille à Paris, toute honte bue, échec admis…

En procédant par élimination, il commença par écarter la dernière solution. Le *rayamiento*, lui, pouvait bien attendre. Après tout, l'avertissement de Ma'Jacinta ne semblait pas présenter un caractère d'urgence? D'autre part, il savait qu'il ne pouvait pas rester les bras croisés. Restait donc une seule voie, celle du pèlerinage en Oriente. Il n'aurait pas été si fatigué… Il entreprit de rechercher les arguments propres à accompagner sa décision. *Un petit voyage, ce ne serait pas si désagréable, comme une façon confortable de me changer les idées… Et puis je pourrais aller faire un tour à Baracoa, que j'ai envie de connaître depuis si longtemps!*

Le sort en était jeté. Il remonterait aux sources de son amour, irait rendre hommage à la Virgencita, lui apporterait les présents suggérés, et verrait bien de quoi il retournait. Il serait alors grand temps d'aviser. Jugeant que l'obéissance aux rêves habillait d'une manière fort seyante ce qui aurait diablement ressemblé à une nouvelle fuite en avant sans ce commode travestissement, il se sentit déchargé d'un poids. Il se dit que, quand tout cela serait fini, il rirait probablement de sa théâtralisation des événements, de cette fâcheuse tendance qu'il avait à tout dramatiser, alors qu'en définitive, il ne s'était agi jusqu'ici que d'une quasi-promenade de santé, au cours de laquelle les portes s'étaient toutes ouvertes sous son amicale pression.

Et pourtant, de la petite intuition venue de très – de trop – profond, suintait une mauvaise bave de soupçon. Mais il en avait assez. Il se dit qu'enfin, bien que sachant la mort inéluctable au terme de la route terrestre, on n'en continuait pas moins son chemin. Il était donc parfaitement inutile de se mettre perpétuellement à la question. Se disant qu'il était décidément aussi doué pour la masturbation intellectuelle que pour l'autosuggestion, il mit un point final à ses divagations, et revint au concret.

Il ne pouvait aller à Santiago qu'en avion. Il aurait bien pris le fameux *tren frances*, mais il savait les pannes bien trop fréquentes. Depuis longtemps, il pensait à traverser l'île en 4x4, mais les circonstances ne s'y prêtaient vraiment pas. L'avion, donc. Au fait, aurait-il assez d'argent ? Il voulait à tout prix éviter d'emprunter à Cecilia, et se dit qu'il devait bien lui rester trois sous sur le compte autrefois ouvert à la Banco de Comercio. Il pesta en constatant qu'il avait oublié la carte correspondante à Paris, et qu'il n'éviterait donc pas l'heure de queue obligée avant de parvenir au guichet…

Il n'y avait pas de temps à perdre, il fonça donc se doucher, constatant dépité au mince filet d'eau qu'il avait oublié de demander au voisin préposé d'effectuer le remplissage du *tanque*. Il se contenta donc d'une toilette de chat et se mit en route. Dès qu'il fut parvenu chez Cecilia, il annonça sa décision à la cantonade, recueillant une bienveillante approbation générale. Cecilia lui demanda si cela ne le dérangerait pas de lui ramener une pierre d'*ochun*, de ces fragments de minerai brillant de mille paillettes cuivrées, vendus là-bas autant comme souvenir que comme objet de vénération à usage santoral.

Jules, de belle et bonne humeur, approuva tout ce qu'on lui demandait, et prétexta des nombreuses démarches à accomplir pour s'éclipser. Alors qu'il s'apprêtait à monter en voiture, Cecilia l'interpella du balcon :

– Tu ne m'as même pas laissé le temps de te dire que cette nuit, j'ai rêvé de toi et d'Aitana ! C'était si bon de vous voir réunis ! J'espère que c'est prémonitoire…

L'esprit déjà ailleurs, il esquissa un sourire et répondit distraitement :

– C'est vrai, Cecilia? C'est formidable! Cela m'encourage beaucoup d'entendre ça! Mais il faut vraiment que j'y aille! Nous en parlerons plus tard, si tu veux bien…

Cecilia, qui avait espéré une tout autre réaction, se renfrogna et disparut dans la maison. *Encore maladroit!*, se dit-il, incapable de s'en vouloir vraiment, obnubilé qu'il était par l'organisation de son déplacement. Il irait donc d'abord à la Cubana de Aviacion, ensuite à la banque, puis enfin s'acheter deux ou trois vêtements pour compléter sa piètre garde-robe. Chemin faisant, il prit en stop une jolie demoiselle, qui se révéla peu causante, malgré ses tentatives appuyées d'engager la conversation. Dépité, se disant qu'elle devait lui prêter de scabreuses intentions, il se résigna à la déposer sans même oser lui demander ses coordonnées.

Il arriva bientôt sur Rampa, avisant avec un soupir las une queue décourageante s'étirant sur le trottoir devant les bureaux de la compagnie d'aviation, et se félicita d'avoir anticipé l'attente. Il se disait que le pays n'avait gardé de l'époque du grand frère soviétique que les pires habitudes, comme cette obligation quasi générale de patienter des heures durant pour la moindre démarche. Encore autrefois y avait-il des *coladors*, pauvres hères s'assurant une piécette en gardant votre place dans la file.

Jules s'aperçut bien vite, mi-soulagé, mi-gêné, que la multitude était constituée de ceux désirant acheter leurs billets en *moneda nacional*, les heureux possesseurs de devises bénéficiant d'un guichet bien à eux, devant lequel ne patientaient guère que deux ou trois personnes. Moins d'un quart d'heure plus tard, tout content, il repartait muni d'un billet pour le vol de 14 heures 30, méditant sur les tensions générées par ce système à deux vitesses, étrange produit du socialisme tropical ayant pour fâcheuse conséquence de susciter l'émergence d'une classe de privilégiés au sein d'une population paupérisée par les effets de la *période spéciale*.

Il reprit sa voiture, non sans avoir échangé deux ou trois mots avec le *parcador* de service, et s'engagea dans Linea pour rejoindre sa banque. En passant devant l'église du Vedado, un instant arrêté au feu rouge, il admira de futurs mariés descendant d'un interminable cabriolet Cadillac des années cinquante crème et rouge sang, parfaitement restauré, aux pneus à flancs blancs et chromes rutilants. Il s'amusa de la robe à longue traîne de la jeune femme et de l'habit gris perle de son galant, semblant tout droit sortis des pages de la chronique people d'un magazine de mode.

Sitôt rendu aux portes de l'établissement financier, il sut qu'il n'échapperait pas cette fois à une interminable attente. Il n'avait plus qu'à prendre son mal en patience, à dissoudre les longues minutes dans l'échange de banalités convenues avec les inconnus qui l'entouraient. Il y avait là une petite vieille tout en blanc, porteuse des colliers des saints, particulièrement loquace, qui se lança bientôt dans des considérations aussi générales que passionnées sur les mérites comparés des filles d'Ochun et de Yemaya :

– Tu sais, mon garçon, les têtes dont personne ne veut, c'est Yemaya qui les recueille, c'est elle qui conseille Ochun ! C'est une grande sainte ! Et ses filles ont de la chance, car elle les conseille aussi, et les protège, toujours, toujours...

Son tour finalement arrivé, il fit le pénible constat que son solde était loin d'être au niveau qu'il espérait. Il retira ce qu'il pouvait, et repartit en grommelant, agacé de son côté panier percé, sous le regard compassé de la vieille *santera*.

Intrigué, il en resta pourtant là, ne cherchant même pas à décrypter un signe éventuel dans cette rencontre. Ses pensées étaient désormais accaparées par son nouvel objectif, et rien ne comptait plus sinon brûler les étapes l'en séparant encore.

Bien que détestant s'acheter des vêtements, il se prit par la main et poursuivit sa route en direction de la galerie commerciale du Melia Cohiba, hôtel de luxe moderne à l'architecture prétentieuse, qui offrait quelques boutiques un peu mieux achalandées que leurs homologues du centre-ville. Il fit l'achat d'un jean, d'un pantalon un peu plus habillé, d'un polo, de trois caleçons assortis et d'une paire de chemisettes à manches courtes. Soulagé d'être débarrassé de cette corvée, il prit le chemin du retour vers La Lisa, caressé d'une sensation de divine légèreté.

Il avait bien pensé aller au marché réputé de la *calle 19* acheter un beau morceau de viande pour ses amis, mais y renonça après s'être rendu compte qu'il lui restait à peine le temps de se préparer avant de filer à l'aéroport. Fidèle à ses mauvaises habitudes, il se mit de nouveau à la torture, regrettant de ne pas avoir eu la présence d'esprit de prendre le vol du lendemain afin d'aller voir Aitana avant son départ, lui raconter son rêve et les espoirs qu'il fondait sur ce pèlerinage aux sources de leur bel amour, pourquoi pas même lui proposer de l'accompagner en pensée. Il finit par trancher en faveur du statu quo, tout surpris de sa détermination, se disant qu'au moins il avait suivi son instinct, posture qui avait plutôt porté ses fruits jusqu'ici.

Cette heureuse conclusion coïncidant avec son arrivée à la maison, il récupéra ses paquets, monta les escaliers quatre à quatre, et entreprit de composer son bagage. Celui-ci bientôt ficelé, il eut l'heureuse surprise de constater que le plein d'eau avait été spontanément fait, et s'offrit le luxe d'une bonne douche. Se sentant prêt à affronter les éléments déchaînés, envahi d'une euphorie presque enfantine, il vérifia n'avoir rien oublié, sortit, fermant soigneusement la porte derrière lui, effleuré un instant par le désagréable sentiment qu'il ne la franchirait peut-être jamais plus. Il chassa cette mauvaise pensée et s'en fut.

Il voulut aller embrasser Cecilia, s'excuser aussi de son départ précipité du matin, mais il trouva porte close. Contrarié, il se dit que l'incident serait oublié d'ici son retour, et que s'il n'en était rien, les présents qu'il rapporterait se chargeraient d'adoucir la *madrina* vexée. Il n'avait plus le temps d'attendre et partit donc vers l'aéroport. En chemin, il se surprit à chantonner *Veinte Anos*, un de ces vieux *boleros* qui le faisaient vibrer, concluant que c'était là le corollaire de son excès de gravité, qu'il n'y avait pas grand mal à y sacrifier de temps à autre ; qu'au contraire, il s'agissait d'une salutaire soupape de sécurité.

Il continua donc à psalmodier son air préféré, chantant parfaitement faux, s'en réjouissant comme un innocent. Trop concentré sur la quête des paroles à moitié oubliées, il rata la bretelle qui menait au terminal national, se perdit, pour se faire remettre sur le bon chemin par un brave type qui proposa gentiment de l'accompagner, monta, et se fit déposer peu avant d'arriver à l'espèce de hangar faisant office d'aérogare pour les vols intérieurs.

Il n'avait pas eu l'occasion d'y revenir depuis ce fameux départ avec Aitana, et l'émotion remplaça vite toute réflexion. Rien n'avait changé, des guichets hors d'âge aux panneaux d'affichage antédiluviens, en passant par les hauts-parleurs grésillant d'inaudibles annonces, pas plus que la cafétéria à la décoration toute droit sortie des années soixante où ils avaient alors siroté un *cafecito* avant d'effectuer les formalités.

Il alla s'enregistrer, presque étonné de ne subir aucun contretemps, l'hôtesse aux formes généreuses lui tendant sa carte d'embarquement sur-le-champ. Jules, émoustillé par ces chairs débordant gaiement du décolleté profond, sentit brutalement la sève monter. Il tenta de refréner ses ardeurs, dans l'incapacité qu'il était de les assouvir pour l'heure, et se dirigea faute de mieux vers le comptoir du bar pour se calmer à l'aide d'un mojito bien tassé.

Avec elle, je ne buvais pas, ou si peu… Il savait que ce faisant il s'éloignait d'Aitana, et refusa tout net la proposition du serveur de renouveler sa consommation. L'appel à se présenter en salle d'embarquement appuyant cette sage résolution, il s'avança vers les contrôles de sécurité, tatillons dans un pays se considérant toujours en guerre contre son grand voisin. Il s'y plia de bonne grâce, se disant qu'au fond ils avaient raison, sachant quelques fâcheux précédents d'avions détournés par des illuminés restés à l'époque de la baie des Cochons.

À peine sorti sur le tarmac, il ressentit une légère déception en avisant l'avion, un biréacteur russe flambant neuf, rien qui puisse rappeler le parfum d'aventure du vol avec Aitana dans le coucou cinquantenaire. *Décidément, il est déjà en cours, ce fameux changement…* Jules s'installa, grognon, se consolant à la pensée d'un vol bien plus court que le précédent. Il en profita pour mettre un peu d'ordre dans ses pensées et envisager le programme des jours suivants.

Il n'avait pas encore décidé s'il irait à l'hôtel ou préférerait une maison particulière, tenté de s'offrir le luxe du palace local. Il n'était point besoin de penser au pèlerinage à la basilique de la Caridad del Cobre, à effectuer dès le lendemain matin évidemment, mais il hésitait à faire un tour dans la Sierra Maestra, et plus encore à rejoindre Baracoa, pour lui ville mythique, eldorado poursuivi toujours et repoussé encore, et restait partagé entre sa furieuse envie d'en finir et celle d'assouvir sa curiosité.

La ville de Baracoa, coincée entre mer et jungle, justifiait pleinement son impatience. Accessible uniquement par bateau jusqu'aux années cinquante, elle était réputée pour sa charmeuse authenticité et l'on disait que sa région demeurait le dernier refuge des Taïnos, ces indigènes exterminés par les conquistadors. Il rêvait en particulier de séjourner à l'hôtel *La Rusa*, établissement mythique ayant appartenu à une réfugiée de la révolution d'Octobre échouée là on ne sait trop comment, dont on disait qu'elle avait accordé un soutien financier aux *Barbudos* en lutte contre le régime de Batista.

Il s'assoupit doucement, glissant dans une somnolence parcourue de mille pensées désordonnées. Il se projetait enfin dans un futur radieux, où Aitana lui donnait un enfant, elle pourtant dépourvue au plus haut point d'instinct maternel ! À vrai dire, sa belle avait déjà un petit garçon, dont elle ne s'occupait guère, l'ayant confié à sa propre mère, chose qu'il réprouvait passivement, considérant qu'il ne lui appartenait pas de se mêler de ses affaires, et ce d'autant plus que la notion de famille à Cuba n'a pas grand-chose à voir avec celle de nos contrées. Il n'en était pas moins désireux de faire fructifier leur amour, et caressait cette idée de longue date, sans avoir jamais su aborder franchement le sujet avant leur séparation.

Après tout, Aitana n'ayant que trente-cinq ans, ils avaient encore le temps… Entendant le bruit familier du chariot des boissons, il ouvrit un œil pour accepter le rafraîchissement proposé, constatant un peu pincé que l'en-cas d'antan n'avait pas résisté au rabot du progrès. Certes, le vol était écourté de moitié, mais cela témoignait bien du changement de mentalité. N'ayant plus du tout sommeil, il se plongea dans sa lecture, retrouvant avec un bonheur toujours renouvelé Borges l'enchanteur. Hors du monde, absorbé par *L'autre mort,* nouvelle parmi ses toutes préférées, il prit tout à coup conscience que le fantastique destin du péon Damian, mort en lâche dans une obscure escarmouche au fin fond de l'Uruguay, à qui Dieu octroya le privilège de changer son passé pour mourir en héros dans la mémoire des témoins d'alors, lui irait comme un gant. Rappelé à la réalité par l'annonce du prochain atterrissage, il fut traversé d'un souffle de gravité à l'idée d'être sur le point de satisfaire au commandement reçu en rêve, et plus encore de vérifier sa réelle portée. Une fois de plus pourtant, bousculé à la perspective de plonger dans l'inconnu, il se trouva assailli de vilains doutes. L'avertissement… N'aurait-il pas fallu l'écouter ?

Ce pénible questionnement fit rapidement place à la satisfaction de constater l'aéroport inchangé, lui permettant de se projeter aisément dans sa précédente arrivée, sentiment renforcé par la moiteur bien particulière de l'air de l'Oriente, toutes choses jetant un pont entre passé et présent, vite traversé d'une multitude de souvenirs délicieux. Ainsi il la revoyait, majestueuse, le blanc de sa tenue écrin de son élégance innée, de cette magie de l'être qui l'avait tant fasciné. Aitana… La larme à l'œil, il déglutit pour étouffer un sanglot, et se reprit plus ou moins.

C'était décidé, il irait au *Melia Santiago*, afin d'éliminer toute tentation de céder aux appels de la chair, l'accès des hôtels pour étrangers étant interdit aux Cubains. Il prit place dans la file des taxis, tout fier de sa résolution. Après tout, il pouvait bien entamer sa maigre tirelire. Et puis, un peu de luxe ne lui ferait pas de mal. Il éprouvait juste une légère réticence à l'idée d'être entouré de touristes, mais finit par se dire que cela aurait quelque chose d'exotique, au fond…

Il embarqua dans une énorme Oldsmobile, indiqua sa destination à un chauffeur hilare, avec qui il fit un brin de conversation. Bien vite, l'homme, aussi affable qu'intéressé, ayant deviné qu'il souhaitait se rendre à la Charité du Cuivre, lui proposa de lui faire un bon prix pour l'y convoyer. Le temps de négocier un tarif convenable – vingt CUC une heure d'attente comprise –, l'homme comprenant qu'il n'avait pas affaire à un touriste ordinaire, et ils arrivaient au pied de l'édifice de quinze étages, étrange verrue multicolore plantée au beau milieu d'une ville à l'architecture traditionnelle, ressemblant furieusement à un Lego géant.

Après avoir convenu de l'horaire, alors qu'il se dirigeait vers la réception, il se rendit brutalement compte n'avoir rien à faire à cet endroit. Il s'était complètement égaré, avait perdu de vue l'objet même de son déplacement, imbécile qu'il était. Il s'agissait d'un pèlerinage, non d'un voyage d'agrément. Il ressortit aussi vite qu'il était entré, bien décidé à retrouver la maison où ils avaient séjourné quatre ans auparavant. Il se jeta plus qu'il n'entra dans une vieille Lada, et ne sut quelle adresse donner. Le conducteur l'assura connaître les meilleures chambres aux meilleurs prix de la capitale de l'Oriente et Jules, fatigué, se dit que c'était peut-être là sa chance. La ville n'était pas si grande et le hasard guiderait peut-être heureusement ses pas.

Il pensa qu'il n'avait qu'à faire le difficile, ne trouver aucune proposition à son goût, jusqu'à tomber sur la maison. Trois arrêts infructueux plus tard, il lui sembla enfin reconnaître la rue qu'ils empruntaient. Ils passèrent tout à coup devant une façade familière. Il cria au chauffeur de stopper, ce dernier assurant qu'il n'y avait pas de chambres à louer par ici. N'écoutant pas, il descendit, fonça vers la grille de fer, et remarqua aussitôt qu'il manquait l'autocollant à chevrons signalant une maison autorisée à héberger des étrangers. Une femme sans âge en robe informe vint lui ouvrir, dont le visage parfaitement inconnu n'augurait rien de bon. Il s'entendit dire que l'endroit avait changé de propriétaire et ne recevait plus d'hôtes. Mais qu'à deux pâtés de maison, il trouverait son bonheur, à n'en pas douter.

Il se résigna à cette solution de substitution, pensant qu'il pourrait au moins remettre ses pas dans les leurs d'alors, à défaut de retrouver le lit de leurs amours passées. Il n'osa même pas demander de jeter un coup d'œil là-haut, cédant à l'intuition qu'il y aurait danger à ne faire qu'effleurer ce lieu si chargé en souvenirs charmants, ou pire encore à subir la cruelle déception de constater que son son décor avait changé.

Il se fit conduire à l'adresse indiquée, demandant au chauffeur, déçu à l'idée de sa commission partie en fumée, de l'attendre un instant. La maison était plutôt avenante, et l'accueil souriant. On lui montra une chambre proprette, sans caractère, pourvue d'un climatiseur récent. Il fit affaire, et retourna chercher son bagage. Il proposa au taxi de l'emmener le lendemain au *Cobre*, histoire de compenser, sur les mêmes bases que son collègue, dont il imaginait le dépit quand il constaterait le lendemain qu'il s'était éclipsé. Marché conclu, non sans mal, il alla s'allonger un moment pour se remettre de ses émotions. Il mit la climatisation, activa le ventilateur du plafond et s'étendit voluptueusement, goûtant la soudaine fraîcheur.

Qu'allait-il faire de sa soirée? Aller à la *Casa de la Trova* bien sûr, temple du *son* cubain, cette musique campagnarde dont les mélodies enlevées faisaient vibrer sa fibre la plus sensible. Quant à se restaurer, s'il ne gardait pas un souvenir ému des adresses qu'ils avaient fréquentées, il se rappelait un pseudo-italien tout proche, si tant était qu'il existât toujours, pensant qu'une pizza le changerait agréablement, se remémorant l'agrément d'une terrasse au deuxième étage bénéficiant d'un peu d'air. Satisfait d'avoir établi son programme, il descendit au salon, afin de papoter un peu avec les propriétaires des lieux.

Tout sourire, ces derniers l'invitèrent à s'asseoir dans l'un des inévitables fauteuils à bascule meublant toute demeure cubaine. Il s'exécuta, déclina le café offert, et se raconta un peu, suscitant un intérêt de plus en plus vif chez ses interlocuteurs à mesure qu'il exposait l'objet de ses pérégrinations orientales. Il n'avait pas manqué d'apercevoir l'*eleggua* posé dans sa soucoupe près de la porte d'entrée, comme il se doit, et se crut donc autorisé à aborder le thème de la religion. Il apprit que la statuette appartenait à la défunte mère de son hôte, qu'on la gardait par respect, mais qu'on n'était pas vraiment croyant.

Le maître de maison, prénommé Alejandro, lui confirma l'existence du restaurant italien, approuva son choix et prit congé non sans le mettre en garde contre l'insécurité régnant de nos jours, à l'entendre, dans sa bonne ville de Santiago. Il promit d'être vigilant, et en profita pour filer dans sa chambre se préparer. Il était près de neuf heures et, s'il tardait trop, il craignait de trouver porte close.

Cinq minutes plus tard, Jules remontait la rue, cherchant fébrilement des repères susceptibles de faire revivre ce passé si convoité. Mais les maisons restaient obstinément étrangères, tout autant que l'atmosphère d'un quartier sans caractère. Enfin, il arriva à la maison abritant le *paladar* qu'il cherchait. Cette fois, ça y était ! L'enseigne au nom de *Don Tomaso*, exécutée dans d'approximatives couleurs transalpines, trouva un écho immédiat dans son album de souvenirs, le plongeant dans un état délicieusement euphorique. Il franchit le seuil avec empressement, monta quatre à quatre les escaliers menant à la terrasse, et déboucha dans une salle miraculeusement inchangée. Il chercha leur table d'alors, la constata libre, demanda à s'y installer, et resta ainsi un moment, parfaitement immobile, immergé dans un temps retrouvé, apaisé d'être enfin dans le vrai.

La serveuse, une dame d'un certain âge plutôt affable, le rappela à la réalité en lui demandant s'il désirait boire quelque chose, déposant au passage le menu. Jules, lisant avec facilité dans le livre ouvert de son passé, commanda un Frangelico, cette liqueur au goût de noisette qu'adorait sa fiancée, qu'il n'appréciait guère, mais dont il espérait bien amplifier encore les ondes de bonheur qui le parcouraient, en insufflant un peu de vie à ces instants de complicité d'antan alors qu'il trempait ses lèvres dans le verre de la belle, fronçant invariablement le nez à la saveur excessivement sucrée du breuvage.

La femme lui apporta son apéritif, et il commanda les mêmes spaguettis à la carbonara qu'Aitana autrefois, et une Bucanero, sa bière locale préférée. Puis il resta ainsi ce qui lui parut une éternité, comme statufié, le regard perdu dans les lumières de la ville sans même les voir, tout à sa jouissance d'avoir cru vaincre la fuite des années.

Affamé, il mangea l'assiette de pâtes de bon appétit, ne prêtant nulle attention à la préparation, son esprit envolé dans l'azur de ses pensées. Le présent le tirait par la manche, lui arrachant un sourire à l'idée de se voir demain, lui, l'ancien athée, l'ex-communiste orthodoxe formé à la rude école du matérialisme dialectique, allant solliciter l'intercession divine de la Virgencita sans ressentir de gêne aucune. *D'une religion à l'autre…*, se dit-il un tantinet cynique.

Il vit qu'il était dix heures passées, déclina la proposition tant du dessert que d'un café, paya et partit vers le centre-ville d'un bon pas. La chaleur nocturne oppressante poussait nombre d'habitants à faire salon dans la rue, qui regardant la télévision par la fenêtre, qui jouant bruyamment aux dominos, passe-temps national s'il en est, tandis que des grappes d'enfants allaient et venaient, s'interpellant joyeusement, vivant de palpitantes aventures mises en scène de trois bouts de ficelle, dans un pays pour ainsi dire sans jouets.

Jules goûtait fort l'ambiance provinciale si paisible de la cité orientale, tellement reposante après la bourdonnante Havane, et se disait qu'un jour, il se verrait bien poser son baluchon par ici. Un peu perdu, il demanda son chemin et fut remis sur la bonne direction. Il arriva enfin aux portes de l'établissement légendaire, acquitta le prix de l'entrée et monta s'asseoir sur une mauvaise chaise de plastique dans la salle quasi nue où se donnaient les concerts. Il avait oublié combien le cadre était austère, alors que l'aspect extérieur de la vieille maison coloniale n'inspirait que du bon, et devina qu'il lui faudrait patienter, comme toujours, avant l'entrée en scène des musiciens.

Il se laissa aller à rêvasser, histoire de tuer le temps, passant en revue les événements de la journée, plutôt satisfait de ses premiers pas *santiagueros*. Il se dit qu'il faudrait qu'il donne le lendemain de ses nouvelles à Cecilia et Ricardo, qu'il téléphone aussi à la compagnie aérienne pour confirmer l'avion du retour. Il était encore perdu dans ses pensées quand il s'aperçut que le spectacle allait commencer. L'orchestre du jour, baptisé Los Guanches, venait de s'installer sur l'estrade, contrebasse, *tres* cubaine – l'incontournable guitare à trois cordes du *son guajiro* –, percussions, violon, sans oublier une chanteuse à la présence imposante avec son faux air andalou.

Les premiers accords remplacèrent bientôt le brouhaha des conversations, la voix profonde de la femme emplissant la salle de la complainte du pauvre paysan enchaîné à ses champs. Il était au septième ciel, transporté par cette musique tellement charnelle, cet élixir de vie extrait du plus profond de l'âme cubaine.

La fatigue le gagnant peu à peu, Il se décida à regret à retourner vers sa couche accueillante et la si désirable fraîcheur dispensée par le climatiseur. Sitôt sur le trottoir, se sentant épuisé, il se rappela qu'il n'était pas guéri du vilain crabe, seulement en rémission, qu'il lui fallait se ménager un peu, et résolut de prendre un taxi pour rentrer. On lui conseilla de tenter sa chance sur la grand-place pour en dénicher un à cette heure-ci, alors que ployant sous le joug de la chair rompue, il n'aspirait qu'à un repos bien mérité.

Il gagna l'endroit indiqué, encouragé par la douce perspective d'aller dormir d'un sommeil qu'il devinait profond, parcourant d'un pas traînant les rues désertées. Tout content il avisa un taxi déglingué stationné devant l'hôtel *Libertad*, s'approcha et réveilla le chauffeur assoupi. Celui-ci l'invita à monter d'un grognement bougon, doublement contrarié d'être réveillé pour si peu à l'annonce d'une destination trop proche à son goût. Ils restèrent silencieux durant le court trajet, Jules consolant le pauvre vieux d'un pourboire généreux.

Après avoir peiné à faire fonctionner la serrure de la porte d'entrée, à moitié endormi, il renonça à se laver les dents, mit le ventilateur à fond, régla la climatisation, et se glissa voluptueusement sous le drap un peu rêche. Dressant le bilan de sa journée, il se sentit fier de sa détermination, et décréta ce déplacement fort plaisant. Il remit au lendemain la décision de poursuivre jusqu'à Baracoa, et se laissa dériver au gré de ses pensées. Il s'endormit bientôt, caressé par la brise légère que soulevaient les pales de l'engin, son corps supplicié par l'accablante chaleur de la journée s'abandonnant à la merveilleuse fraîcheur régnant à présent dans la pièce.

Il marchait dans une rue d'un quartier qui lui rappelait Centro Habana, chaussées défoncées aux béantes ornières, façades décrépies rythmées des dents creuses laissées par d'anciennes constructions effondrées, petit peuple affairé à passer d'une maison à l'autre, devisant bruyamment de balcon à balcon, oripeaux mis à sécher formant de baroques guirlandes suspendues aux balustrades rouillées, comme un concentré d'un Cuba misérable côtoyant la vieille ville restaurée à grands frais.

Il allait, sans savoir où à vrai dire, mais d'un pas assuré, comme si l'instinct suffisait seul à le guider. Il allait, confiant, en paix, quand il entendit au loin le martèlement des tambours, presque imperceptible. S'orientant à l'ouïe, il suivit la piste sonore, distinguant plus nettement à chaque enjambée l'envoûtante sonorité. Le rythme des instruments sacrés l'emportait, l'aspirait dans les remous d'un impalpable tourbillon. Il arriva enfin devant une maison étayée d'impressionnants madriers, sut qu'il pouvait entrer, poussa une porte faite de planches mal ajustées, se rendit compte que le son provenait des étages, gravit un escalier branlant de marbre noirci par les années, atteignit le palier du deuxième, et vit la porte ouverte de l'endroit où l'on frappait les tambours *bàtà*.

Il hésita un instant sur le seuil d'un appartement étrangement désert, retenu par un sursaut de l'instinct. Il passa outre, s'avança dans un interminable couloir, fébrile maintenant qu'il touchait presque au but. Le battement rythmé devenait assourdissant, à présent mêlé de chants liturgiques yoruba scandés par un chœur étoffé. Poussé par une force irrépressible, ondulant sous l'impérieuse pulsation, il pénétra dans la salle où se tenait l'activité spirituelle, croisant de pâles silhouettes apparemment inconscientes de sa présence.

Une vingtaine de personnes s'y trouvaient, visages inconnus curieusement familiers, formant cercle autour du maître de cérémonie, un Noir gigantesque coiffé du bonnet traditionnel, les joueurs de tambour installés légèrement sur le côté. Au beau milieu de la pièce, à même le sol carrelé, une natte disparaissait sous une multitude de soupières, d'*elegguas*, de tout un attirail appartenant à un grand nombre de *santeros*. On salua les *orishas*, en commençant par celui qui ouvre les chemins, suivi d'Oshun, Yemaya, Chango, Oggun, Oya, Olokun, successivement invoqués dans une interminable litanie. À l'appel de chacun, un officiant se présentait, tenant fermement différents volatiles, qu'il sacrifiait sur-le-champ, tranchant d'une lame acérée le cou d'un coq se débattant vigoureusement ou arrachant à main nue la tête de malheureux poulets, pigeons et autres pintades, arrosant du sang giclant de leurs derniers spasmes les ustensiles disposés à terre, jetant à chaque fois sur ceux-ci quelques poignées de plumes ôtées aux oiseaux.

La tête tournait à Jules, à la limite de la transe, les pieds comme pris dans du béton, parfaitement incapable de se déplacer. On lui tendit une demi-calebasse emplie d'*aguardiente*, dont il but une longue gorgée avant de la passer à son voisin immédiat. Un malaise montait du fond de sa conscience, lui intimant l'ordre de fuir sur-le-champ. Mais il ne pouvait désormais plus bouger, paralysé par une mauvaise nausée. Le cœur battant la breloque, il allait demander de l'aide quand le chanteur se mit à appeler Obbatala. L'étau du mal relâchant un peu sa pression à l'invocation de son *orisha* préféré, il vit qu'on traînait à présent vers le centre de la pièce quelque chose qui ressemblait à un animal de grande taille, un bouc selon toute vraisemblance. Il avait peine à distinguer à travers l'obstacle des corps ce qu'il en était exactement. Enfin, son regard forçant le cercle des têtes se balançant follement, il vit horrifié qu'il s'agissait d'un être humain, visage masqué par l'ombre. Il voulut intervenir, appeler au secours, dire de tout arrêter, mais aucun son ne sortit de sa gorge figée.

Terrifié, au bord de l'évanouissement, condamné à assister passivement au spectacle inouï, il vit le sacrificateur agripper d'une main assurée les cheveux mi-longs du malheureux, rejetant brutalement sa tête en arrière pour mieux plonger le coutelas dans la jugulaire offerte. Et cette fois son cri jaillit en un hurlement d'épouvante parfaitement inhumain. L'homme, c'était lui…

L'horrible plainte se mêla bientôt des coups frappés par le logeur à la porte de la chambre, tendant une perche vers la réalité qu'il saisit désespérément. Baignant dans sa sueur, essayant à grand-peine de reprendre son souffle, il tenta de se mettre sur pied, sentit le sol se dérober sous sa jambe ankylosée, et s'effondra, heurtant lourdement de la tête l'angle vitré de la table de nuit. Entendant le bruit mou, suivi d'un silence pesant, l'homme n'hésita plus et pénétra dans la pièce obscure pour le trouver allongé par terre de tout son long. Il appela sa femme à l'aide, et, constatant que leur locataire n'était pas blessé, ils parvinrent péniblement à le remettre au lit.

Jules reprit un peu ses esprits, assura qu'il n'y avait pas à s'inquiéter, qu'il ne s'agissait que de l'un de ces cauchemars dont il était coutumier. Il déclina fermement la proposition d'appeler un médecin, remercia le couple avec effusion et demanda qu'on le laisse un moment se remettre d'aplomb. Visiblement contrariés, les Cubains préférèrent s'éclipser de crainte d'un nouvel accès, n'en pensant pas moins. Ils considérèrent qu'il devait s'agir d'un fou, ou pire encore d'un drogué, et résolurent de lui faire savoir que la chambre était réservée pour les jours à venir.

À vrai dire, un peu calmé, il avait exactement la même idée, se disant que cette fois la coupe était pleine, qu'il fallait en finir pour de bon avec cette manipulation démentielle. Il rentrerait le lendemain à La Havane sur le vol de la fin de journée, quitte à devoir graisser la patte de l'hôtesse, mais irait tout de même en coup de vent à la Caridad del Cobre, histoire de ne pas trop en rajouter sur le front des regrets.

Terrorisé à l'idée de retourner à l'abominable scène en cédant au sommeil, il se leva, tint debout à sa grande surprise, et descendit à la cuisine se concocter un petit café. La logeuse sortit de sa chambre alors qu'il empruntait le couloir du rez-de-chaussée, s'enquit de son désir et proposa gentiment de le lui préparer. Un quart d'heure plus tard, ragaillardi par le puissant breuvage, il remonta dans sa chambre après s'être confondu en remerciements, se sentant déjà un peu mieux.

Il s'assit dans son lit, évitant la position allongée de peur de glisser sans s'en apercevoir dans les bras de Morphée, et entreprit de mettre un peu d'ordre dans ses pensées. Il y avait de quoi faire, à commencer par l'interprétation du songe monstrueux. C'était un message d'une violence inouïe, et il en était à accorder un égal crédit à deux hypothèses diamétralement opposées.

D'un côté, il pouvait s'agir d'une sorte de métaphore onirique du danger dont Ma'Jacinta l'avait averti en l'incitant à se faire rayer. Mais il était tout autant recevable de considérer la chose comme une ultime mise en garde, une forte incitation à déguerpir au plus vite. La curiosité et la peur se livrèrent une joute incertaine dans le huis-clos de ses chaotiques pensées, la première finissant par l'emporter d'un rien, en quelque sorte aux points, orgueil hypertrophié aidant.

Pas tranquille pour autant, il poursuivit sa besogne en tentant de rassembler le plus possible d'arguments propres à étayer sa fragile résolution. Il pensa à Babette la combattante, considérant qu'il devait se montrer digne d'elle. Il n'allait pas déclarer forfait maintenant, alors que la lutte finale paraissait engagée, s'enfuir lâchement, comme un couard sans rien dans le pantalon. La référence à *L'Internationale* lui arracha un sourire et relâcha un peu l'étau de la tension intérieure qui l'oppressait toujours aussi douloureusement. Puis il sortit le joker de l'amour. Aitana. Évidemment, il mourait d'envie de la revoir, de l'embrasser, de la prendre comme autrefois. Il s'était engagé et devait à son aimée d'aller jusqu'au bout de la présente entreprise. Il n'allait quand même pas se défiler une deuxième fois !

Ce dernier élément eut pour effet d'emporter sa conviction, appuyé qu'il était sur l'égoïste sentiment qu'il ne survivrait pas à la honte d'un renoncement. Il n'avait donc pas le choix, ou plutôt savait avoir depuis longtemps déjà pris sa décision. N'était-ce pas d'ailleurs Ricardo qui lui avait rappelé que personne ne l'avait forcé à consulter, mais qu'il était trop tard pour reculer ? Apercevant les premières lueurs de l'aube, il décida de clore le chapitre pour l'instant et d'aller faire un tour en ville.

Il s'habilla un peu n'importe comment et sortit dans la foulée, caressé de l'éphémère fraîcheur du petit matin. Se dirigeant au jugé vers le bord de mer, rectifiant sa trajectoire de temps en temps en interrogeant les rares passants, il déboucha enfin sur le Malecon, et fut frappé de la différence avec son homonyme havanais. Ici tout était calme, paisible, comme assoupi dans un éternel présent sur lequel le temps aurait renoncé à peser. Il chercha une cafétéria, finit par en dénicher une ouverte à cette heure matinale, s'attabla face à la baie et commanda un petit noir bien serré. Tout en sirotant le breuvage épais, il établit son programme, d'abord un coup de fil à la *Cubana*, puis un autre à Cecilia, enfin direction la Caridad, d'où il se rendrait directement à l'aéroport.

Rassuré à présent qu'il disposait d'un cadre sur lequel s'appuyer, il décida de rentrer à la maison pour y prendre un petit déjeuner. Après avoir eu toutes les peines du monde à dénicher un taxi, il retrouva ses pénates d'un jour et ses hôtes tout surpris de le voir déjà levé. Il alla faire un brin de toilette avant de redescendre dans la salle à manger, pressé de se restaurer. La collation lui parut convenable, en dépit de l'infect jambon Viking reconstitué, et il se dit que l'endroit méritait d'être recommandé. Son regard balaya la pièce, caractéristique de ces intérieurs cubains mi-cossus, mi-dépouillés, d'une petite bourgeoisie au train de vie maintenu à grand-peine, souvent grâce aux *remesas*, l'argent envoyé par les membres de la famille ayant fui le pays, avec ses assiettes décoratives au mur, son mobilier de bois dur du siècle précédent et ses hideuses barbotines dégoulinantes de mièvres couleurs.

Un premier coup de klaxon, bientôt suivi d'autres plus appuyés, lui rappela soudain le rendez-vous fixé la veille avec le chauffeur qui l'avait amené là. Il l'invita à patienter, l'homme grommelant, agacé par ce retard non conforme aux termes du contrat passé. Il n'avait plus qu'à se laver les dents, et reparut bagage en main dans la minute. Cette célérité inattendue eut pour effet de ramener l'homme à de meilleures dispositions, et, sans même prendre le temps de saluer les propriétaires, ils prirent la route du sanctuaire de Notre Dame de la Charité du Cuivre.

Celui-ci n'était distant que d'une vingtaine de kilomètres, niché contre le flanc de la colline cuprifère, dans l'écrin d'une luxuriante végétation. Il engagea la conversation pour tuer le temps, son conducteur se lançant dans de virulentes diatribes contre le régime, les pénuries, et tout ce qui s'ensuit. Il se lamenta des prix de la tête d'ail, de la livre de porc ou des tomates, à vrai dire astronomiques en regard des salaires de misère, se mit à déplorer la fuite des touristes, las de la mauvaise qualité des services, affirmant bien haut qu'il ne pensait qu'à émigrer, à rejoindre au Canada ceux des siens qui avaient déjà franchi le pas.

Jules approuvait, nuançant toutefois l'image d'Épinal que le brave homme se faisait du monde capitaliste, lui assénant son éternelle rengaine selon laquelle entre une vie avec le salaire minimum dans quelque lointaine banlieue parisienne et celle dans les mêmes conditions au sein d'un quelconque *barrio* havanais, il choisirait sans hésiter la deuxième solution. L'homme n'appréciant guère qu'on écorne son rêve de Cocagne, tous deux se turent un moment, et Jules en profita pour admirer le somptueux décor d'arbres colossaux envahis d'inextricables réseaux de lianes aux feuilles aussi découpées que bariolées, palmiers royaux dressant fièrement leur fût argenté vers l'azur, touffes de bambous géants formant de puissantes gerbes dont la rectitude entêtée lui évoqua soudain le très républicain symbole du faisceau de licteur.

Ils arrivaient maintenant aux abords immédiats de la basilique, et s'engagèrent dans la longue allée qui y menait. Il signala à son chauffeur qu'il désirait effectuer quelques achats chez les petits marchands du temple installés de part et d'autre du chemin. L'homme gara la voiture sur le bas-côté, et descendit dans la louable intention de lui éviter de se faire rouler, constatant pourtant rapidement que celui-ci ne s'en laissait pas conter. Le Français fit l'achat des deux plus gros bouquets de tournesols, admirant l'art consommé avec lequel les petites mains disposaient en éventail parfait les fleurs préférées d'Ochun, acquit le miel et les bougies pour la Virgencita, puis la pierre promise à Cecilia.

Ils rangèrent tout cela dans le coffre et parcoururent tranquillement les quelques centaines de mètres qui les séparaient encore de l'imposant édifice, grosse bâtisse blanc-gris et jaune pisseux ressemblant à ces gâteaux décorés de crème colorée typiques des pâtisseries cubaines, échoué là on se savait trop pourquoi. Sitôt après qu'ils se soient garés derrière le monument, il fouilla dans son sac, à la recherche du bracelet plaqué or d'Aitana et de la petite médaille héritée de Babette dont il avait choisi de faire offrande à l'*orisha*, dans le scrupuleux respect des consignes du message onirique.

Le chauffeur lui tendit les fleurs, le sac contenant les douceurs, et il s'avança les bras chargés en direction de la chapelle miraculeuse. Il avait l'intention de reproduire fidèlement la visite effectuée avec Aitana, suivant un rituel par lui-même instauré. Il prit place dans la file des pèlerins, se disant ironiquement qu'il s'agissait vraiment d'un sport national ! Un peu narquois, il réfléchissait au poids de l'influence des fidèles sur le clergé face à cet exemple éloquent d'un culte marial si couru, auquel la hiérarchie catholique fut pourtant longtemps plus que réticente. *Ces événements nous dépassent, feignons d'en être les organisateurs…* La phrase prêtée à Sacha Guitry lui semblait en la circonstance particulièrement pertinente !

Après, tout, se dit-il, on n'en est jamais resté qu'à la déesse-mère, que ce soit Isis, Ishtar, Rosmerta ou Maria, l'image de ces statuettes votives de l'âge de pierre, Vénus callipyges à la vulve proéminente, lui traversant l'esprit. Jules, à présent dans la chapelle, mit à profit l'attente pour détailler les lieux d'un œil rigoureux. Il se souvenait de l'abondance et variété des objets offerts à la petite vierge, mais n'en restait pas moins muet devant ce spectacle baroque d'une improbable accumulation de béquilles par dizaines et autres prothèses patinées, de bijoux, diplômes, photos passées, décorations clinquantes et uniformes poussiéreux, cherchant vaguement à repérer les médaillons déposés en d'autres temps par une certaine Doña Castro Ruz demandant que ses fils bien-aimés Fidel et Raul reviennent sains et saufs de leur équipée en Sierra Maestra.

Enfin, son tour arriva. Chassant ses blasphématoires pensées de peur d'être privé du bénéfice de son pèlerinage, il disposa avec soin les petits godets emplis de miel, déposa délicatement le bracelet et la médaille, puis alluma les bougies. Il se concentra sur l'imploration à Oshun la toute-puissante, sollicitant de toute la force de son cœur blessé qu'elle daigne étendre sa bénédiction sur son Aitana adorée, s'offrant en sacrifice si cela était ce qu'elle exigeait pour prix de la guérison de son aimée. En un éclair, la pensée lui traversa l'esprit qu'il pourrait bien être pris au mot, frissonnant à cette dérangeante idée. Il n'eut pas le temps de poursuivre, poussé vers la sortie par l'inertie du flot des dévôts suivants.

Suivant toujours la piste à ses yeux seuls visible de leurs pas d'alors, il fit le tour de la bâtisse, entra dans la nef et alla s'asseoir à peu près là où ils avaient amoureusement pactisé. Il resta un moment prostré sur son banc, pris d'un soudain chagrin à l'absence soulignée de l'aimée. Emporté par ses noires pensées, il se dit qu'il ne la reverrait peut-être jamais et qu'il ne faisait que se bercer d'illusions en imaginant pouvoir renverser le cours du destin. Le sort en était jeté. Le pacte ici passé, il l'avait déchiré, et il n'était plus question de revenir en arrière.

Il se leva, se dirigeant vers la sortie, certain qu'il n'avait plus rien à faire en ces lieux. Il alla droit à la voiture, constata que le chauffeur n'était pas là, s'agaça, le fit chercher et, le voyant bientôt revenir au petit trot, reçut ses excuses embarrassées. Il demanda à être conduit directement à l'aéroport. Chemin faisant, il s'aperçut qu'il avait oublié de téléphoner tant à la *Cubana* qu'à Cecilia, comme un écho du choc ressenti après le cauchemar de l'autre nuit. De fait, rien ne s'était passé comme il l'avait espéré, et le bilan de sa visite lui paraissait bien modeste. Avait-il été assez naïf pour croire qu'un miracle se produirait? Encore une fois travaillé par sa paranoïa latente, il se dit qu'il n'avait été que le jouet des Puissances, qu'il s'était laissé une fois de plus mener par le bout du nez, pauvre pantin dérisoire jouant un rôle qui le dépassait.

Perdu pour perdu, il irait jusqu'au bout, dignement à sa façon, se traînerait la corde au cou au pied de l'échafaud, y laisserait la vie sans sourciller puisqu'il n'y avait désormais plus rien à espérer. Il s'effraya soudain de ce noir désespoir. Puis, reprenant un peu pied, il se vit un instant devenant fou pour de bon, se dit qu'il devenait son propre bourreau, pris dans les fers d'un autodénigrement idiot. Il s'était mis dans de sales draps, ce n'était pas nouveau, mais ce n'était pas une raison pour jeter le bébé avec l'eau du bain. Las comme jamais, il se rendait compte qu'il n'arrivait plus à prendre de recul face aux événements récents.

Avisant les panneaux annonçant l'aéroport, il pensa qu'il allait recourir aux services de son assommoir habituel, s'étourdir de quelques mojitos bien tassés, et qu'il y verrait plus clair après, enfin, façon de parler… Le chauffeur le déposa devant l'entrée principale, lui demandant gentiment si tout allait bien en voyant sa pâleur spectrale. Il fit comme s'il n'avait rien entendu, régla le prix convenu, auquel il ajouta un pourboire substantiel, comme pour se faire pardonner il ne savait quel péché.

Jules fonça au guichet de la compagnie aérienne, n'imaginant pas une seconde passer une nuit supplémentaire à El Cobre. Alors, comme une éclaircie survenant au milieu de la tempête, la préposée lui annonça d'un large sourire qu'il n'y avait aucun souci, Monsieur, qu'il restait autant de places qu'il voulait dans le vol de 16 heures, lui demandant s'il préférait le couloir ou le hublot. Tout surpris, il rendit son sourire à la jeune personne, préféra le hublot, sortit son portefeuille et paya, presque enthousiaste, se disant qu'il avait rarement été aussi heureux de dépenser son argent.

Revigoré par cette divine surprise, il n'avait plus du tout envie de s'alcooliser. Il ne s'en dirigea pas moins vers le bar, mais se contenta d'un nouveau café, qu'il renvoya sitôt arrivé, jugeant qu'il était assez nerveux comme ça. Il restait quatre bonnes heures à attendre avant l'embarquement, mais il ne désirait rien d'autre que rester là, sans faire quoi que ce soit, sinon se projeter dans le futur immédiat. Il n'avait nulle envie de retourner en ville, et préféra continuer à remâcher ses pensées tourmentées.

Il fit quand même l'effort d'appeler Cecilia, se sentant coupable d'être resté silencieux, comme s'il s'était écoulé une éternité depuis son départ. Mais il n'obtint pas de réponse.

Les sonneries se perdaient dans le vide, résonnant douloureusement à ses tympans, alimentant son anxiété au souvenir de la porte close de la veille. Que s'était-il donc passé ? Il échafaudait les hypothèses les plus diverses, n'en trouvant aucune à son goût. Un accident ? Une invitation ? Quelque chose en rapport avec Aitana ? Il savait la *madrina* casanière, et ne la voyait guère partie ainsi au débotté. Pour le reste, il n'avait pas d'arguments à faire valoir.

Il entreprit d'arpenter le hall de l'aérogare, passant en revue les vitrines rébarbatives des quelques rares boutiques, essayant de tuer un temps suffisant avant de renouveler son appel. Pestant contre ces minutes s'étirant comme des heures, bien vite il n'y tint plus et recomposa fébrilement le numéro. Cette fois quelqu'un décrocha à l'autre bout de la ligne, une voix qu'il ne sut d'abord reconnaître. Enfin, il comprit que c'était Teresa, la bru de Cecilia, qui lui raconta que celle-ci était partie faire un saint du côté de Boyeros, expliquant être chargée de veiller sur la maison en son absence.

Cecilia devait revenir le lendemain, il n'y avait pas à s'inquiéter. Quant à Aitana, Teresa n'en savait rien, sinon que l'hôpital n'avait pas appelé pour signaler quelque événement particulier. Mi-déçu, mi-rassuré, il la remercia, l'assura de mille bonnes pensées, et raccrocha un peu trop rapidement. Il n'avait jamais vraiment rompu la glace avec la jeune femme, sans trop savoir pourquoi. Affinités électives d'un côté, indifférence spontanée en pendant, se dit-il pour clore ce chapitre contrariant. Content toutefois d'être fixé sur la raison de la porte close la veille, il se laissa entraîner par cet accès de meilleure humeur.

Il se dit que faute de mieux il pouvait toujours meubler l'attente en prenant des nouvelles de France, de son père notamment, et du bureau dans le même temps. Il avisa sa montre, calcula qu'il était un peu plus de cinq heures et demie à Paris, et décida de tenter le coup. Il commença par la maison de retraite, dont il parvint à joindre le standard. Il se présenta, demanda qu'on lui passe la directrice, tomba sur son adjointe. Celle-ci lui fit part de sa préoccupation, le personnel ayant constaté une dégradation de l'état de son père depuis deux ou trois jours, illustrée par une vive nervosité et une inhabituelle agressivité.

– Vous devriez venir le voir, Monsieur, je vous assure qu'il ne va pas bien ! À priori, il ne souffre de rien en particulier, mais il est tellement agité... Je ne sais plus quoi faire ! Le médecin lui a bien proposé un calmant, mais il ne veut pas en entendre parler ! Devant vous, peut-être sera-t-il plus raisonnable ?

Jules se dit qu'il ne manquait plus que cela à son parfait bonheur...

– Écoutez, je suis en déplacement à l'étranger ! Il faut vous débrouiller sans moi pour le moment !, répondit-il d'un ton pincé.

C'est invraisemblable, quand même, des incapables pareils ! Après tout, ils sont payés pour gérer ce genre de problèmes !, pensa-t-il un instant. Se rendant compte aussitôt qu'il exagérait, il fit l'effort de se reprendre :

– Bon, passez-le-moi ! Je vais voir ce que je peux faire... Mais au téléphone, je ne garantis rien, je vous préviens !

Un peu soulagée, se disant que ce garçon était plus odieux encore que la moyenne de ses clients, elle lui demanda sèchement de bien vouloir patienter un instant.

Cinq longues minutes plus tard, il entendit enfin le timbre familier de Francis dans le combiné :

– Allo, allooo ! Qui me dérange à cette heure-ci ? Vous ne voyez pas que je suis en train de me reposer ?

Il se dit que c'était mal parti.

– Papa, c'est moi, Jules, je t'appelle de Cuba ! Écoute-moi, je t'en prie !

Le vieux monsieur se calma un peu.

– Dis-moi Papa, comment ça va ? L'adjointe de la directrice me dit que tu ne te sens pas bien...

À ces mots, son père s'emporta :

– Cette vieille chouette, qu'elle aille se faire... où je pense ! Et d'abord, qu'est-ce qu'elle en sait, de mon état ! J'en ai assez, vous m'emmerdez tous !

En désespoir de cause, Jules invoqua l'éloignement pour l'amadouer :

– Calme-toi, Papa, je suis à Cuba, dès que je serais de retour, s'il y a quelque chose qui ne va pas, je te promets de m'en occuper !

Le vieillard reprit, furibond :

– Quelque chose qui ne va pas ! Tu te moques de moi ! Je n'en peux plus d'être ici, c'est tout ! Et ce cauchemar qui revient ! Je n'en peux plus... Je veux m'en aller de cette prison, et rentrer chez moi, chez moi !

Maintenant inquiet pour de bon, il préféra ne pas en rajouter et tenta de calmer le jeu :

– Papa, je te répète que je suis à Cuba, à huit mille kilomètres de toi ! Mais je rentre bientôt, dans trois ou quatre jours au plus tard ! Et dès que je serai là, je m'occupe de te trouver une solution.

Nullement calmé, le père en avait clairement assez de cette conversation :

– Ça va, ça va, toujours les mêmes bobards, et je continuerai à moisir ici après que tu m'auras expliqué avec tes belles paroles qu'il n'y a pas d'autre solution… Amuse-toi bien ! Et il raccrocha.

Jules resta un moment hébété, comme un boxeur sonné par un coup mal placé. *Quel vieil enquiquineur, quand même ! Il ne manquerait plus maintenant qu'il me demande de le prendre à la maison… Et cette histoire de cauchemar…* Il se rendit compte qu'il tremblait d'énervement, qu'il ne fallait pas rester là-dessus, que le mieux était de continuer ses appels. Mais il n'y avait pas que son père qui avait besoin d'un calmant, se dit-il, alléché à l'idée d'un bon petit mojito, à présent non seulement justifié, mais ô combien indiqué !

Il fila vers le bar, s'installa au comptoir, commanda et s'amusa du rituel bien réglé exécuté par le serveur, celui-ci commençant par piler la menthe presque amoureusement, avant de faire valser les bouteilles en l'air d'une main sûre, tel un jongleur échoué derrière le zinc pour quelque faute commise au cours de sa carrière. Il but d'un trait la moitié du cocktail, complimentant l'homme sur sa qualité, relevant avec satisfaction l'emploi de jus de citron frais. La chaleur de l'alcool l'envahissait peu à peu, relâchant progressivement sa tension.

Se sentant mieux, il se rendit compte que l'heure tournait, qu'il n'y aurait bientôt plus personne au bureau à Paris, et se demanda ce qu'il allait bien pouvoir raconter, craignant de passer au mieux pour complètement cinglé, au pire pour un glandeur-né, ce qui n'était peut-être pas très éloigné de la vérité. À tout prendre, cette dernière lui parut la moins mauvaise solution, celle qui lui éviterait de s'embrouiller dans des explications alambiquées, piètre menteur qu'il était.

Il composa le numéro et tomba sur Malika, la secrétaire de son patron, s'étonnant de la trouver encore là à une heure pareille. Celle-ci lui expliqua qu'elle terminait un travail urgent, ajoutant que tout le monde était en réunion, et qu'il vaudrait mieux rappeler demain matin. Tout en essayant de distinguer derrière les mots convenus une éventuelle nuance de gêne ou un quelconque indicateur de l'appréciation portée ses chefs sur sa subite absence et le niveau de leur contrariété, il assura qu'il ferait ainsi, et prit congé de la jeune femme.

Que pouvait-il faire maintenant ? Il avait déjà tué une paire d'heures, il en restait autant à patienter avant d'embarquer. Ne sachant trop comment les employer, il aurait bien dormi un peu, mais craignait de manquer son avion s'il s'assoupissait, si profond risquant d'être un sommeil compensatoire de celui dont il avait été privé la veille. Il avisa sur un comptoir le numéro du jour de *Granma*, l'un des deux seuls quotidiens du pays, couramment affublé de l'éloquent sobriquet de *Pravda*, et se plongea dans cette lecture baroque.

Il était à présent accoutumé au traitement de l'information très « premier degré » de la gazette officielle du régime. Il n'en restait pas moins soufflé par le culot d'acier de la rédaction et sa présentation aussi inlassable que sentencieuse des triomphes de la Révolution. Il se rappelait non sans un petit frisson y avoir lu voilà un jour le compte rendu du procès d'un haut dignitaire du parti, membre du Comité central, accusé de corruption, condamné à douze années de prison, qui remerciait obséquieusement ses juges tant de la peine prononcée à son encontre que du traitement qui lui avait été réservé...

Le choix de cette lecture ne se révéla guère judicieux, son caractère soporifique entraînant vite Jules dans des songes un peu délirants, de ceux qu'on fait dans cette sorte de semi-conscience des grasses matinées.

Il patientait à l'orée de la forêt, heureux de voir le jour enfin se lever. Fourbu d'avoir beaucoup marché, las d'attendre l'aurore, il entra sous le couvert d'une végétation si dense qu'il lui sembla que la nuit retombait. Puis il sortit de sa besace la fiole d'eau de vie de canne, le morceau de tabac à chiquer et les quelques pièces de monnaie composant son tribut à Osain. Il récita l'invocation yoruba destinée à demander la permission au puissant orisha de prélever les plantes qu'il était venu chercher là. Il déposa les objets au pied du premier arbre qu'il rencontra, comme il se doit, et se mit en quête. Le moment n'était pas fortuit, car il est bien connu en effet que les arbres ont à l'aube des pouvoirs bénéfiques, tandis qu'à midi, à six heures du soir, ou encore à minuit, ils deviennent maléfiques.

Il errait, perdu, ne s'en inquiétant même pas, implorant seulement le maître de la forêt de mettre sur son chemin la racine dont Eleggua avait dit qu'elle guérirait Aitana. Soudain, il trébucha, s'étala de tout son long et reprit conscience instantanément dans le monde des vivants, gisant sur le sol de la salle d'attente, bien loin de toute forêt, après avoir bêtement glissé du siège en plastique sur lequel il s'était assoupi.

Tout grognon, il jeta un coup d'œil à sa montre, et fut soulagé de constater qu'il ne lui restait plus qu'une heure à attendre. Sachant qu'il n'arriverait pas à se concentrer sur son livre, il se résigna à rester là sans rien faire. Le corps endolori – sa chute, sans nul doute –, il se mit à gigoter sur son siège, incapable de trouver une position confortable.

À la sempiternelle visite du magasin des souvenirs, il préféra l'examen de sa vie conjuguée au futur, à moyen terme au moins. Il se dit qu'il fallait quand même qu'il pense à ce qu'il ferait si Aitana ne se réveillait pas, pensée aussitôt suivie d'une réprobation coupable face à ce blasphème. Pourtant, il savait bien qu'il faudrait un jour arrêter de se la jouer. S'il consentait à redescendre sur terre un instant, il était bien obligé d'admettre en effet que cette hypothèse n'était pas à négliger. Mais le tabou se révélait impossible à transgresser. Et il préféra une fois de plus la fuite en avant, construisant en pensée les châteaux en Espagne qui hébergeraient bientôt leur amour ressuscité.

D'abord, il l'emmènerait en convalescence pas trop loin de La Havane, louerait le *bohio* de Guanabo, appartenant à son ami Javier, tout proche des plages de l'est, pour qu'elle puisse récupérer, tandis que ses connaissances pourraient facilement venir la visiter. Puis ils auraient recours à la *permuta*, assortie d'un confortable dessous de table, pour acquérir la maison du Vedado dont il rêvait, celle de leurs futurs enfants, du foyer chaleureux qu'il recherchait depuis si longtemps. Quant au nerf de la guerre, aucun souci à se faire ! La vente de son studio y pourvoirait, et après il finirait bien par trouver un travail, dans l'hôtellerie peut-être pour commencer…

Tout cela était bel et bon, même s'il restait conscient qu'il se berçait de douces illusions, que les obstacles étaient légion. À commencer par son père, sur qui personne d'autre que lui n'était en mesure de veiller. Mais il faisait si bon imaginer jeter enfin l'ancre dans le port de sa vie idéale, chose après tout méritée après tant de tribulations… Voyons, il ne s'agissait que d'une bagatelle ! Transmuter simplement un rêve en réalité, une magie à la portée de toute volonté bien chevillée, évidemment !

Alors qu'il dérivait ainsi doucement, l'annonce tant désirée retentit enfin :

– Les passagers du vol Cubana 533 sont invités à se présenter immédiatement à la porte B pour procéder à l'embarquement.

Distrait de sa dernière utopie, il se leva d'un bond, content de mettre un terme à une étape qui s'était révélée décevante. Il croyait toucher là les limites de cette aveugle obéissance aux messages des songes préconisée par Fabelo, et reprit du même coup un peu pied sur le sol plus ferme de sa rationalité.

Après la bousculade habituelle, assortie des non moins rituels contrôles, il gravit l'échelle d'un pas décidé, soulagé à l'idée de quitter la moiteur de l'Oriente, répondit d'une mimique aimable au sourire de l'hôtesse, et s'installa nonchalamment à la place qui lui avait été assignée, se laissant cette fois complètement aller. Bientôt l'avion roula, décolla, Jules savourant comme toujours la poussée des réacteurs à pleine puissance.

À peine contrarié par la perspective d'un vol plus long qu'à l'aller en raison de l'escale à Holguin, serein en dépit de l'absence de tout résultat crédible, il voyait avec satisfaction se profiler à l'horizon la conclusion de son voyage improvisé. Loin de culpabiliser, il se disait qu'il s'agissait là plutôt d'une nouvelle manifestation de la foi inébranlable qui l'avait si longtemps accompagné au cours de son itinéraire militant, justifiant à elle seule cette étrange équipée. Après tout, Aitana finirait bien par guérir, et lui par retrouver son équilibre. La phrase imbécile selon laquelle « Ils se marièrent et eurent beaucoup d'enfants » le fit même rire intérieurement.

Naïvement confiant dans cet avenir idyllique, il se concentra sur le spectacle de ses compagnons de vol, attendri devant l'enthousiasme bruyant d'une fratrie d'enfants surexcités d'accomplir ce qui était à l'évidence leur premier voyage aérien. Une demi-heure plus tard, ils entamaient leur descente sur Holguin, ville dont on lui avait toujours dit le plus grand bien, sans que cela l'ait jamais décidé à la visiter. Après l'atterrissage, il dut se plier avec agacement à l'obligation de descendre de l'appareil, pestant contre l'absurdité de la consigne. Décidément, se dit-il, s'il avait bien fait sien ce pays, jamais il ne s'habituerait aux rigidités imbéciles qui l'engluaient comme à plaisir dans une inefficacité aussi chronique que systématique.

Il eut à peine le temps d'aller satisfaire un besoin naturel et de boire un café qu'on rembarquait à destination de La Havane. Jules écarta d'une pichenette sa contrariété et se focalisa sur les jours à venir. Dès ce soir, il ferait savoir à Ricardo qu'il était maintenant décidé à se *rayer*, espérant seulement que les préparatifs n'exigeraient pas un trop long délai. Ce n'était pas qu'il ne sache quoi faire de ses journées, mais l'impatience le rongeait. Et puis, il ne voulait pas trahir l'engagement pris envers son père d'être de retour dans les prochains jours, plus d'ailleurs de peur que la situation n'en devienne ingérable que par éthique personnelle.

De fait, il était temps qu'il rentre. Et puis, au bureau, on allait finir par mal prendre la chose. Or, les années passant, rien n'était plus comme avant, il le savait bien et, lente agonie du Parti aidant, il risquait comme tout un chacun de se retrouver viré du jour au lendemain. Qu'adviendrait-il alors de lui ?

S'il concluait en se disant que ce serait peut-être là enfin le coup de pouce attendu du destin, qui le mettrait enfin sur son vrai chemin en l'obligeant à aller vivre pour de bon à Cuba, ce qu'il n'oserait probablement jamais faire sinon, il n'était pas dupe du drame que cela constituerait dans un premier temps… L'annonce de l'atterrissage mit fin fort à propos à cette digression, et il en profita pour revenir à l'actualité du moment.

Celle-ci était bassement matérielle. Il fallait d'abord penser à acheter de quoi manger, et donc s'arrêter dans l'une des détestables épiceries de station-service encore ouverte à cette heure-ci, proposant au prix fort les produits bas de gamme dont les Cubains étaient bien obligés de se contenter. Quelle perversité, se répéta-t-il pour la millième fois, que celle d'un système où l'on vend aux pauvres des denrées de *hard-discount* au tarif de boutiques de luxe… Mais pour le moment, il fallait bien faire avec, conclut-il résigné, en attendant d'hypothétiques changements toujours repoussés.

Déjà, les roues avaient touché la piste, et il se prit à lutter pour ne pas se lever avant l'arrêt complet, ne pouvant plus supporter la contrainte de l'enfermement dans cette carlingue soudain si oppressante. Se moquant de paraître grossier, il se faufila entre les rangs dès la disparition du signal lumineux, et réussit à descendre dans les tout premiers. Traversant en flèche le hall d'arrivée, il se précipita vers le parking, monta dans sa voiture, et fila sur le champ.

En route vers La Lisa, il s'arrêta faire ses petites courses à l'*Oro Negro* tout proche de l'aéroport, frustré de ne pouvoir s'acheter aucune denrée fraîche. Comment pouvait-il aimer ce pays déjanté, où le remplissage du frigo suppose un vrai parcours du combattant, la farine ou autre toute chose banale ne se trouvant que dans tel magasin, et non dans tel autre – si par chance il a été approvisionné ; fruits, œufs et légumes seulement au marché ; poisson, crevettes et langoustes uniquement sous le manteau, ce sur une île possédant cinq mille kilomètres de côtes, et tout à l'avenant !

Chassant ces pensées, il se remit en route, l'œil vissé sur la chaussée semée de nids plus adaptés aux dinosaures qu'aux poules, à l'affût du cycliste sans lumière pouvant à tout moment surgir au détour des vastes avenues à l'éclairage parcimonieux. Enfin, il tourna à l'angle signalé par la naïve petite chapelle autrefois érigée par ses soins en marqueur intemporel de l'imminence des retrouvailles avec Aitana. Sitôt garé, apercevant avec soulagement un rai de lumière entre les persiennes, il monta embrasser Ricardo et Cecilia.

Leur accueil tout sourire consola son cœur meurtri :

– Hola ! Julio ! Enfin te voilà ! Ça fait plaisir de te voir ! Teresa nous a dit que tu avais appelé. On est désolé, je ne sais pas comment on a pu oublier de te prévenir qu'on devait s'absenter pour le saint de Cosme…

– Ça ne fait rien, ça ne fait rien, je comprends, répondit-il, manifestement peu loquace.

– Allez, assieds-toi un moment et raconte-nous comment ça s'est passé ! Tu veux boire quelque chose ? Un rhum ? Une bière ?

– Non, rien, je te remercie, Cecilia, vraiment rien...

Il se sentait tellement fatigué, comme si de la violente vague de tension des jours précédents ne subsistait après son reflux qu'une écume de complet épuisement.

– Non ? Tu ne veux rien ? Tu es sûr ? Bon. Alors, maintenant, dis-nous, qu'est-ce qui t'est arrivé là-bas ? Et La Caridad, tu y es allé bien sûr ? Tu crois qu'elle t'aura écouté, la Virgencita ?

Jules, assommé sous cette avalanche de questions, ne trouvait plus ses mots :

– Oui, oui, bien sûr j'y suis allé, et j'ai fait ce qu'il fallait ! Quant au reste, rien d'important... Maintenant, pardonnez-moi, mais il faut que j'aille me reposer ! Je ne sais pas ce que j'ai, mais ça ne va pas trop bien... Si vous voulez bien, je vous raconterai tout ça demain...

– Bien sûr, bien sûr, ne t'en fais pas, je comprends ! C'est le voyage, et toutes ces émotions ! Va te reposer, tu en as grand besoin, ça se voit !

Cecilia l'embrassa, Ricardo l'étreignit d'un *abrazo*, et il prit congé. Il s'éloignait déjà, quand il se rendit compte qu'il avait complètement oublié de leur parler de sa décision.

Il s'en faisait déjà reproche, mais il n'eut pas le cœur de remonter pour les en informer, se tranquillisant en jurant sur tous les saints de la Terre être là le lendemain matin dès potron-minet, afin d'assouvir leur légitime curiosité.

Il serait alors bien temps de parler des modalités de son initiation.

Il poursuivit son chemin un peu penaud, et retrouva ses pénates. Sans même prendre le temps de défaire son maigre bagage ou de se doucher, il prépara de quoi se caler l'estomac – en l'occurrence un banal plat de pâtes à la purée de tomate – et, pendant que l'eau chauffait, se mit à grignoter un sachet d'écœurantes boules soufflées au fromage.

Il aurait tant voulu, ce soir, ne plus penser à rien. *Heureux, les simples !*, ricana-t-il jaunâtre, plus sérieusement pourtant qu'il ne voulait bien se l'avouer… Plutôt que de poursuivre, il déboucha son incontournable bouteille de vin et s'en servit un grand verre, certain de l'effet à jeun. Bientôt il s'attablait, dévorant à grandes fourchetées la plâtrée insipide.

Ce soir, il avait le vin triste. Il revenait à son père, croyant deviner que l'obsédant cauchemar qui l'affligeait n'était rien d'autre que l'effet de la culpabilité qui devait le ronger depuis tant d'années. Pensée d'orfèvre, se dit-il, lui qui avait dû tant batailler contre pareil sentiment, taraudé de n'avoir pas su deviner le terrible geste de sa mère. Il croyait bien avoir fini par s'en libérer, après une longue et laborieuse autothérapie, point dupe pourtant des quelques méchants reliefs traînant çà et là dans les recoins les mieux cachés de son inconscient.

Si l'on pouvait deviner les conséquences pour les siens, cette peine de remords à perpétuité infligée, sans remise possible, probablement y réfléchirait-on à deux fois avant de commettre sur soi-même l'irréparable ? Il repensait à l'impressionnant témoignage écouté par hasard voilà quelques années des enfants de cette femme au caractère bien trempé qui, arguant de son droit à refuser la déchéance et l'outrage des années, mais considérant l'inexistence de celui de désespérer ses proches, avait méthodiquement préparé ces derniers à sa disparition volontaire, leur épargnant, à les en croire, une grande part de souffrance. Lui qui ne pouvait jusqu'alors entendre parler de suicide sans se braquer, en avait été profondément remué.

Soudain, ce fut comme s'il revenait à lui, réalisant qu'il s'était dissous dans la gravité de ses pensées. Avisant la triste assiette de pâtes, il constata qu'il n'avait plus faim du tout et que le niveau de la bouteille était à l'étiage bas. L'exaltation de l'ivresse creva comme une bulle, lui laissant à peine la force de se traîner jusqu'à sa couche.

Jetant ses habits en désordre, il tomba comme une masse dans le lit défait et perdit conscience en s'abandonnant à la douce pensée qu'il entrerait demain dans la dernière ligne droite de ce voyage expiatoire. Mais aux premières heures d'un sommeil profond, reconstituant, sans rêve aucun, succéda un pénible état de semi-somnolence et demi-conscience, ponctué de mille retournements, grevé de douleurs lancinantes dans les jambes qu'aucun changement de position ne parvenait à soulager.

Au tout petit matin, alors que coqs et chiens saluaient bruyamment les premières lueurs, il finit par se mettre debout, et alla droit sur la terrasse respirer à pleins poumons l'air soyeux de l'aurore. Il adorait l'atmosphère de cette fuyante demi-heure où les réverbères encore allumés étoilent le clair-obscur de la ville, luttant dérisoirement contre le rayonnement encore timide de l'astre du jour. Elle lui rappelait ces levers anticipés des jours d'activité spirituelle, où Aitana bondissait comme un diable à ressort de la couche tiède en quête d'un immédiat petit café et de la première cigarette de la journée.

Il l'entendait s'agiter, suivant à leur petite musique les gestes familiers de ses premières minutes de réveil, écoutant les borborygmes de la cafetière libérant bientôt l'odeur un peu frelatée du traditionnel jus de chaussette à la cubaine coupé de pois chiches torréfiés. Alors il se levait, déposait un baiser sur la nuque encore moite des nocturnes buées, sachant prudemment contourner l'humeur exécrable au sortir du lit de sa moitié, qu'il savait pertinemment devoir être dissipée dans les instants qui suivraient l'ingestion de ses stimulants préférés. Aussi délicieuse que rugueuse, Aitana ! Sans concession, droite comme un I, traversant l'existence auréolée de la rayonnante évidence d'un éclatant bon sens, rétive au moindre renoncement à sa ligne de conduite définitivement exempte de tout compromis.

La douceur de l'évocation ne tarda pas à faire cruellement contraste avec le silence régnant dans l'appartement. Pour meubler celui-ci, il mit *Radio-Taïno*, pas tout à fait aussi fort qu'Aitana, qui se complaisait dans le vacarme assourdissant d'un *reggaeton* à faire trembler les cloisons. Un peu diverti de ses mauvaises pensées par la gaieté des dernières ritournelles sucrées, il petit-déjeuna distraitement, fit une toilette de chat, et descendit voir ses amis sans oublier la pierre d'Ochun pour Cecilia, pestant de constater ses pieds lestés d'une fatigue que la nuit n'avait su dissiper.

Cecilia et Ricardo étaient installés devant la télé, perles et aiguilles en main, occupés à la fabrication des colliers de saints, de ces parures sacrées nourries de sang dont les assortiments de couleurs variées indiquent à quel *orisha* elles appartiennent, qu'on arbore parfois un peu trop ostensiblement dans les rues de La Havane depuis que la santeria est à la mode.

– Hola, Julio, comment va ? Tu t'es bien reposé ?

– Ça, va, ça va Cecilia, merci ! Et toi ? Tiens, voilà ce que tu m'as demandé. C'est bien une comme ça que tu voulais ?

Cecilia saisit l'objet pailleté avec respect, le soupesant d'un air satisfait :

– Qu'elle est belle ! Merci beaucoup, c'est parfait !

Il s'assit, décidé à vider son sac, et détailla par le menu son court séjour. Il insista sur son cauchemar, voyant les fronts de ses interlocuteurs se plisser à mesure qu'il contait l'affreuse scène.

– Ça fait un peu Grand Guignol, n'est-ce pas ?

Puis il en vint au fait :

– Bon, maintenant je suis décidé, je suis d'accord pour me rayer ! J'ai bien réfléchi, je suis sûr de moi ! Combien de temps croyez-vous qu'il faudra pour tout préparer ?

– Pourquoi ? Tu es si pressé de nous quitter ?, répondit Cecilia d'un air un peu pincé.

– Attention, Julio, attention, l'impatience ne fait pas bon ménage avec la religion ! Tu sais que j'ai accepté d'être ton parrain, mais il faut que tu respectes les règles ! Sinon, on n'en parle plus ! ajouta Ricardo d'un ton sentencieux.

Consterné de ce malentendu, il évoqua son père, jura ses grands dieux qu'il était si bien ici, voyons…

Alors, se radoucissant, Cecilia trancha :

– D'accord, d'accord, on va faire au mieux ! Qu'est-ce que tu en penses, Ricardo ? Trois, quatre jours peut-être, ça devrait suffire ?

Ricardo approuva d'un hochement de tête, apparemment moins qu'à moitié convaincu.

– Bon, ok, on peut essayer. Mais attention ! Même si l'on arrive à tout rassembler à temps, en fin de compte, c'est Eleggua et Eleggua seul qui dira si l'on peut y aller ! Et je te mets en garde une dernière fois ! Dans le Palo, tu donnes ton sang, tu donnes ta vie… En échange, ton *infumbe* te donne des pouvoirs, comme de tuer ou de sauver, de rompre une sorcellerie ! Mais il exige obéissance en retour ! Sinon, il peut se venger…

À ces paroles, Jules réprima un haut-le-cœur. Expiatoire, expiatoire… le mot résonnait dans sa tête, si fort, si convaincant, comme un cadenas verrouillant la porte du renoncement. Il ressentait une vraie griserie à s'en imprégner, et aussi un petit plaisir malsain à la saveur douce-amère si séduisante du poison enjôleur.

– Je sais, je sais très bien, Ricardo, merci ! Mais je suis décidé ! Ce n'est pas maintenant que je vais renoncer ! Je sais tout ça, les *chiens de prenda* et tous les autres dangers, mais c'est trop tard, je ne veux plus reculer ! C'est d'abord Aitana ! J'ai promis, Ricardo, j'ai promis de tout faire pour la sauver ! Alors, j'y vais ! Voilà. C'est comme ça !

En fin de compte, se dit Ricardo, *ce petit n'est pas si mal que ça…*

Cette réflexion eut pour heureux effet de balayer ses dernières réticences :

– Bon, Julio, ça suffit ! Ok, j'ai compris… Alors, bravo, tu es courageux, plus que je le pensais ! C'est bien, on y va ! Et maintenant on n'a vraiment pas de temps à perdre ! Il faut prévenir tous les membres de la rama, et acheter les animaux : on a besoin de trois poules, d'un coq, d'un chevreau, d'un pigeon et de deux pintades. Il faut aussi trouver les herbes : du *chamico*, de l'ouvre-chemin, du jagüey et du gagne-bataille ; et puis on doit penser au riz, aux haricots, aux épices ; et aux fruits : de la coco, des oranges, des mangues, des goyaves. Il y a encore les cigares, et l'*aguardiente*… Et aussi de la poudre de coquille d'œuf, et de la *cascarilla*… Et ne pas oublier les fleurs, girasols, gladiolos…

Soulagé, il ne prêtait qu'une attention lointaine à cette interminable énumération. Non, pour l'instant, ses pensées étaient accaparées par la jouissance un peu bête d'avoir fait triompher ses vues ! Égo, quand tu nous tiens… Il faut dire que dans cinq jours, tout au plus, il serait fixé. Enfin ! Dans le flou des futurs possibles, une certitude se dégageait : quoi qu'il arrive, il repartirait alors sur Paris. Et puis, en fonction de la tournure que prendraient les événements ici, il serait temps là-bas d'aviser.

– Eh bien dis-moi, Ricardo, ce n'est pas rien, hein ! Vraiment, il faut tout ça ? Je n'aurais jamais pensé que c'était à ce point-là ! Bon, alors, on s'organise comment ? Ça va coûter combien ? Tu veux que je te laisse de l'argent ?

Ricardo ne voulut pas relever la balourdise de son futur filleul, et se contenta de le moucher discrètement :

– Pour toi, je ne prendrai que deux cents chavitos. Tu es un ami, c'est différent… Tu les mettras quand tu voudras dans mon chango. Pour les courses, on va se les partager. Mais, en gros, avec mille ou mille cinq cents pesos, on devrait y arriver !

Jules fouilla dans ses poches, tirant de celle de droite quatre billets neufs de cinquante CUC, qu'il glissa sous les épées de bois reposant en haut de l'espèce de pilier en forme de tour crénelée servant de fondement au viril Chango de Ricardo. Puis il sortit de la poche de gauche une grosse liasse de monnaie nationale, sur laquelle il préleva la somme demandée. *Quelle histoire, quand même, ce truc des deux monnaies ! Encore heureux qu'ils aient remplacé le dollar*… Il tendit l'argent à Ricardo, qui lui en rendit la moitié.

– Garde ça pour l'instant ! Je t'ai dit qu'on allait se partager. Chico, tu ne t'imagines tout de même pas que je vais tout faire !

Il remballa prestement son affaire, désolé de sa nouvelle maladresse, jurant tant et mieux qu'il n'avait jamais pensé… Soudain, aussi sincère que soulagé, il changea opportunément de sujet :

– Au fait, et Aitana ? Vous êtes retournés la voir ? Vous avez des nouvelles ?

– Non, rien de plus que ce que Teresa t'a dit. On est rentrés tard hier, tu sais, et pour joindre l'hôpital, c'est un vrai combat…

Il croyait percevoir entre les lignes le germe d'une lassitude, hélas naturelle après des semaines de coma et un si fragile espoir. Saurait-il y résister lui-même, si les choses devaient durer ?

Ils convinrent d'aller voir la jeune malade l'après-midi même, et se quittèrent sur cette décision consensuelle. Il reprit donc son petit train-train havanais, alla nager, rentra se reposer. L'heure venue, ils se rendirent à l'hôpital sans trop savoir quoi se dire, à part quelques banalités. L'état d'Aitana ne semblait guère avoir évolué, marqué des signes ténus d'un lent progrès, bien loin de ce qu'il pensait être en droit d'espérer après avoir effectué le pèlerinage ordonné. Certes, elle réagissait de plus en plus souvent aux stimulations extérieures, là grognant vaguement en écho à une interpellation, ici serrant fugitivement la main placée dans la sienne, mais ces progrès qui l'auraient transporté de joie il y a peu restaient décevants eu égard à ses espoirs impatients d'une guérison imminente.

Entre le médecin et Jules, les rôles s'étaient inversés, et l'optimisme du premier prenait maintenant le pas sur l'abattement du second.

– Ce n'est plus qu'une affaire de temps ! Soyez patient, le plus dur est fait ! Continuez ! Ne vous relâchez pas ! Bientôt, elle parlera… Vous verrez !

Le praticien, satisfait d'un début de guérison dont il s'enorgueillissait secrètement, craignait que la démobilisation du garçon ne vienne ralentir, si ce n'est interrompre, le processus. Mais, à trop en faire, il n'aboutissait qu'à saper sa propre crédibilité.

Il faut dire qu'en dépit des courses et démarches en tout genre à effectuer, l'écoulement du temps de ces journées semblait à Jules douloureusement figé. Que n'aurait-il donné pour l'accélérer, mis au supplice par le goutte-à-goutte des heures ? Tous les subterfuges étaient bons pour tromper sa perception tourmentée. Ainsi, il tenta de rompre son corps à grand renfort de natation, faisant plus que doubler sa dose réglementaire, dans l'espoir d'augmenter ses besoins d'oublieux sommeil. À cela il ajouta un recours abusif à la dive bouteille, forçant le trait dès le déjeuner, pour se vautrer dans de poisseuses siestes dont il avait le plus grand mal à s'extirper.

Lui qui depuis toujours détestait ça, bricola même un peu dans l'appartement d'Aitana, changeant enfin ce carreau fêlé, passant le coup de peinture dans l'entrée depuis si longtemps repoussé. Il alla voir son ami Javier, éternels complices jubilant à s'égarer dans d'inextricables débats politico-philosophiques tournant invariablement autour de l'éloge critique de la Révolution. Il s'aperçut pourtant que leur relation dans le présent contexte lui pesait presque autant qu'elle le soulageait. Javier faisait certes figure de passeur entre ces deux univers, et en cela le rassurait. Mais d'un autre côté, ayant pleinement assumé son choix de la cubanité, il lui renvoyait l'irritant reflet de son incapacité à en faire autant…

Il se confia à son ami, recevant en retour plus que des encouragements. Javier était-il lui-même *palero* ? Il n'en aurait pas juré, mais… Peu lui importait, en fait. La seule chose qui comptait était leur commun intérêt pour toutes les formes de religiosité afro-cubaine, espace partagé où ils jouissaient du semblable point de vue d'un Européen confronté au mystère. Il lisait bien entre les lignes de leur conversation la fascination de Javier pour le spiritisme, et supposait qu'il avait dû entrouvrir d'une façon ou d'une autre la porte privilégiée du monde des esprits, celle des puissances Palo.

Enfin, il décida de recourir à un truc tout bête, consistant, comme autrefois dans les jours précédant son départ, à faire avec application ses petites courses en tout genre, des colifichets du marché appréciés de ses connaissances féminines à ce vin chilien d'exception qu'il aimait tant, en passant par le dernier numéro d'*Opus Habana*, la formidable revue de l'historien de la ville, un ou deux bouquins en espagnol et quelques barres de goyave, cette goûteuse spécialité locale. Or, cela fonctionna parfaitement. Sur sa lancée, il alla réserver son vol vers la France, bataillant victorieusement avec l'employé moins que coopératif, téléphona dans la foulée pour confirmer sa date de retour à la maison de retraite, puis au bureau. Satisfait d'avoir pris le dessus en débloquant la situation, il se surprit à considérer presque sereinement les heures qui le séparaient de sa cérémonie d'initiation. Tout aurait été bien s'il ne s'était senti faible, sans appétit, sensations qu'il mit sur le compte de l'appréhension.

Jusqu'ici, pendant ces deux longues journées d'attente, Cecilia et Ricardo n'avaient pas cru bon de le solliciter. Mais alors qu'en cette veille du grand jour il débarquait au petit matin les saluer, son ami le prévint qu'il aurait besoin de lui toute la journée. Un peu gamin, il avait fini par s'imaginer qu'il n'aurait finalement qu'à apparaître comme une fleur le jour dit, pour se laisser faire presque passivement. Certes déçu de devoir renoncer à son programme de plage, mais finalement content d'être un peu plus impliqué, il acquiesça immédiatement. :

– Eh bien, qu'est-ce qu'on attend, alors ? On y va ?

Ils montèrent donc tous trois en voiture, démarrèrent, Ricardo prenant soin de le guider à travers La Lisa, tournèrent un moment, puis s'arrêtèrent à proximité d'une espèce de marché clos d'une enceinte grillagée.

– Attends-nous là ! On ne sera pas long, assura Ricardo.

Devant l'air déçu du Français, Cecilia intervint :

– Il peut bien venir ! Après tout, il n'y a pas de raison…

Soulagé, il les suivit, se demandant ce qu'ils pouvaient bien être venus chercher là en avisant les étals misérables proposant un bric-à-brac invraisemblable, des semelles de chaussures aux robinets de bouteille de gaz en passant par des vêtements d'occasion.

Il comprit vite l'objet de leur visite en avisant une échoppe bien différente, une sorte de capharnaüm digne du rêve d'un sorcier fou, débordant d'une accumulation sans rime ni raison d'objets dont on se demandait quel usage pouvait bien en être fait. Ici s'étalait une armée de statuettes en faïence de toutes tailles, grossièrement décorées de couleurs criardes, où se pressaient dans une étrange assemblée des Indiens, des Vierges de la Charité, des mulâtresses cigare au bec, des San Lazaro appuyés sur leurs béquilles. À même le sol, une collection de pots à couvercle diversement ornés, les uns incrustés de coquillages, les autres de porcelaine à l'européenne, voisinaient avec des piles d'assiettes de terre crue en équilibre précaire. Dans le fond de la boutique se dressait une sorte d'immense casier aux niches marquées d'étiquettes manuscrites, regorgeant de ce qui semblait de vulgaires bouts de bois, tandis qu'une table disparaissait sous une multitude de boîtes emplies de graines aux couleurs et formes variées, de fioles au contenu mystérieux, de sachets de poudres inconnues. Du plafond pendaient de gros paquets de colliers, des éponges aux formes torturées enfilées sur un cercle de fil de fer, des bâtons ornés de perles de verre, prolongés d'un plumet de crins ébouriffés, et dans les moindres recoins se serraient des paniers de coquillages poussiéreux, de fers à cheval rouillés, de cornes d'animaux variés. Sur une étagère de côté, des outils métalliques miniatures, attributs d'Oggùn, côtoyaient des *osun*, ces petits récipients sur pied censés contenir votre *aché*, qu'on ne doit en aucun cas renverser.

Au milieu de tout cela trônait un petit vieux, tassé sur une chaise rafistolée, fumant tranquillement son cigare paysan. Ricardo et Cecilia le saluèrent et entamèrent une discussion animée. De temps en temps, le vieillard se levait, allait farfouiller ici ou là, revenait, repartait chercher au fond de son antre de quoi satisfaire les deux compères à la moue contrariée, durs en affaires, comme tout Cubain normalement constitué. Enfin les discussions s'achevèrent, et une poignée de main fut échangée. Ricardo s'adressa à Jules, sans faire de manières :

– C'est bon, on a tout ce qu'il faut ! Cela fait six cents pesos…

Celui-ci s'exécuta, un poil froissé par la rudesse du ton. Il tendit les billets, l'air constipé.

– Il y a quelque chose qui ne va pas ?

Cecilia semblait contrariée, la mine renfrognée…

– Non, non, tout va bien, c'est juste que je suis fatigué !

Les bras chargés, aidés d'un petit commis appelé en renfort, les trois amis retrouvèrent la voiture, dont ils chargèrent le coffre de leurs paquets.

– Maintenant, les animaux, se contenta de dire Ricardo.

– Je suis vraiment crevé, Ricardo, j'aimerais bien aller me reposer un peu d'abord !, lâcha-t-il d'un souffle.

– Ne t'en fais pas, c'est sur le chemin de la maison, intervint Cecilia, mettant fin au débat.

– Je peux conduire, si tu veux ?, proposa Ricardo.

Il accepta volontiers, lui céda le volant, et en profita pour fermer les yeux pendant le trajet, tentant de glaner un peu de repos en laissant son esprit dériver librement, agréablement bercé par le balancement régulier du véhicule et le ronron du moteur. Une succession d'images se mit à défiler dans sa tête, drôle de mélange de souvenirs réels et purs produits de l'imagination, décrivant un scénario improbable, délirant, où Aitana tenait le rôle principal. Il s'abandonnait délicieusement à cette fiction, quand il en fut extrait brutalement en prenant conscience d'être à l'arrêt depuis un petit moment. Il s'était bel et bien endormi comme un enfant, et Ricardo et Cecilia attendaient patiemment qu'il se réveille, après s'être garés devant la maison de l'éleveur de volailles.

– Eh bien, Julio, dis-moi, tu semblais bien loin !

Cecilia le regardait d'un air bienveillant, presque maternel, lui inspirant une pensée émue. Ricardo, qui en avait profité pour piquer lui aussi un petit roupillon, se secoua à son tour :

– Bon, allez les enfants, on y va ! On a assez perdu de temps comme ça !

Il sortit de la voiture et alla sonner au portail de la grosse villa du plus pur style années cinquante. Un gros homme négligé vint ouvrir, ventre débordant outrageusement d'un tee-shirt douteux, et tout le monde se dirigea vers l'arrière-cour, dont le moindre espace était occupé par de grandes volières bruissant des piaillements et autres battements d'ailes d'une multitude de volatiles de toutes espèces. L'homme chemina entre les cages, s'emparant d'une main habile des oiseaux demandés, fourra les poules et les pintades dans un sac de jute, lia les ailes du pigeon et les pattes du coq, qu'il déposa à part. Jules paya les cent vingt pesos demandés, et ils s'en furent.

– Cette fois, on peut rentrer ?

– Et le chevreau ? Tu as oublié ?, rappela Cecilia.

Consterné en comprenant que la fin de ce parcours du combattant n'était pas encore venue, il se désola en pensant au cabri innocent. À vrai dire, il n'avait jamais réellement surmonté ses réticences face aux sacrifices d'animaux, et autant il s'accommodait de celui d'oiseaux, autant celui d'un attendrissant bébé chèvre le dégoûtait franchement.

Allez, encore un dernier coup de collier, et puis je serais quitte…, pensa-t-il pour se donner du courage. Ils déposèrent au passage leurs emplettes à la maison afin de faire un peu de place dans le coffre bondé et se remirent en route. Après être sorti de la grand-route, au terme d'un labyrinthe de ruelles, ils s'engagèrent dans un chemin de terre aux impressionnantes ornières, craignant à tout moment de s'enliser. Bientôt, sur le bas-côté, un grand panneau naïvement peint annonça l'arrivée à la ferme d'État pompeusement baptisée du nom d'un héros révolutionnaire. Puis ils franchirent enfin le portail d'une sorte de zone de guerre, Jules pourtant habitué écarquillant les yeux devant l'état de délabrement avancé des installations.

On leur indiqua où garer la voiture. Ils s'exécutèrent, et se dirigèrent vers une bicoque en planches branlantes devant laquelle s'affairait un groupe d'hommes. Cecilia, en terrain conquis, alla saluer celui qui semblait être le responsable, celui-ci l'accueillant comme s'ils avaient gardé les vaches depuis toujours. Elle demanda le prix de l'animal, râla pour la forme, puis ils s'assirent en attendant qu'on le leur apporte. Pour passer le temps, il s'abîma dans la contemplation du spectacle d'un éphèbe beau comme un jeune dieu, sculptural, dont les muscles luisaient sous la sueur de l'effort, occupé qu'il était à descendre du plateau d'un camion une cargaison de chèvres béguetant bruyamment, empoignant chacune sans trop de ménagement par ce qu'il pouvait attraper, pour la déposer dans le creux du plateau d'une balance après lui avoir habilement coincé une patte derrière l'oreille afin de l'immobiliser.

Dix minutes passèrent, puis on leur livra le malheureux quadrupède aux pattes entravées. Il détourna lâchement les yeux devant le regard larmoyant du petit animal, pestant intérieurement contre son hypocrisie, se disant qu'après tout il s'était bien souvent régalé de ses semblables sans faire la fine bouche pour autant.

À présent, rien ne manquait. Le trio pouvait jouir de la juste satisfaction du devoir accompli, et ne s'en priva pas, s'offrant une bonne tranche de rire sur la route du retour. Jules devait bien s'avouer pourtant qu'en dépit de sa pratique plutôt convenable de l'espagnol, il avait encore du mal à saisir la subtilité des blagues locales, pour beaucoup inspirées par les habitants de Pinar del Rio, capitale de la Vuelta Abajo, la Bourgogne du tabac, terroir du meilleur qui soit au monde, pour une raison obscure systématiquement moqués par leurs concitoyens, un peu comme les Belges par les Français. Il se consola en pensant que Javier lui-même avait avoué y être parfaitement hermétique…

Leur hilarité se calma peu à peu à l'approche de la maison, chacun tentant de reprendre contenance afin d'afficher le sérieux dû à la solennité des circonstances. Enfin, ils stoppèrent au droit de la porte d'entrée, échangeant d'un même élan des regards entendus à l'instant de descendre, complices muets d'une histoire peu banale. Teresa pointa le bout de son nez du balcon, et proposa de venir les aider à décharger. L'opération fut rondement menée, et les denrées, accessoires et autres bestioles entreposés dans l'espèce d'appentis abritant l'énorme *nganga* de Ricardo, ce chaudron empli de mille objets des *paleros*, nourri lui aussi régulièrement de sang, censé servir de fondement à leur mort principal, celui dont ils tirent l'essence de leur pouvoir.

Il resta en arrêt un moment devant l'objet. De fait, celui-ci était franchement impressionnant. Quelque chose d'étrange, comme un peu de fluide de vie, se dégageait de la grosse marmite trônant sur ses pieds, toute hérissée de bâtons crochus, plumes flamboyantes, machettes, crucifix et autres chapelets. Il savait que pour le *mayombero*, son propriétaire, une *ngnanga* est un monde en miniature, dans lequel il a mis tous les esprits. Son chaudron contient ainsi le cimetière, la forêt, le fleuve, la mer, la foudre, la tornade, le soleil, la lune et les étoiles. Le Français restait fasciné par sa baroque composition, produit excentrique de l'union caraïbe des sorcelleries galicienne et africaine, qui exige du dévot des soins plus qu'attentifs et un travail considérable.

Il repensait à la recette décrite par Lydia Cabrera, que lui avait révélé un *taita* respecté : on trace d'abord une croix à la craie au fond d'un chaudron, puis on y place cinq *reales* espagnols en argent, disposés au milieu et à chaque extrémité de la croix. On met ensuite un morceau de bambou, empli d'eau de mer, de sable et de mercure, pour que la *prenda* soit vivante comme le mercure, légère et mouvante comme la mer, fluide comme le sable, et pour que le mort, le *fumbi*, puisse voyager au loin. Enfin, on dépose le cadavre bien sec d'un chiot mâle, afin qu'il sente et suive les traces, et une pierre de foudre préalablement abreuvée de sang, dans laquelle pourra s'incarner le défunt. On emboîte alors la mâchoire inférieure de celui-ci, préalablement volée au cimetière, sur la tête du chien, puis on dispose à côté des os du mort et des bouts de pâte noire, résidu de sa cervelle. De nos jours, on y glisse si l'on peut un morceau de celle d'un Blanc, afin que la sorcellerie agisse aussi sur ces derniers. On rajoute enfin une *bola-mundo*, cette boule d'herbe sacrée trouvée dans l'estomac des vaches, et une bonne vingtaine de morceaux de bois d'essences diverses, d'herbes variées et de tronçons de lianes. Puis on jette par-dessus quelques poignées de fourmis blanches, du piment rouge, du poivre et de l'oignon, des têtes d'oiseaux et de chauve-souris, et des bestioles diverses : caméléon, couleuvre, crapaud, mille-pattes, araignée, scorpion, etc. On veille surtout à la présence d'un ver marron appelé *mandùndu*, celui qui mange la chair des morts, mais aussi de termites et autres vrillettes.

La chose est alors enterrée au cimetière, puis sous un fromager pour dans les deux cas y payer tribut, et enfin dans une fourmilière afin d'y apprendre à travailler. Après l'avoir déterré, on pare le chaudron de plumes d'urubu, de buse, de coq, de perroquet, de pic-vert... La *nganga* est maintenant prête. Il restera évidemment à l'alimenter régulièrement avec du sang. Certaines travaillent avec la Lune, dans d'autres ce sera la force d'une étoile qui agira. Tout dépend de la puissance Palo dont elle porte l'empreinte, qu'il s'agisse de Madre-Agua, de Siete-Rayos, de Zarabanda, ou encore de Lucero ou de Chola. Il en est pour faire le bien, dites *chrétiennes*, et d'autres pour tuer, préparées autour d'un chat noir enragé et du crâne d'un fou, qualifiées de *juives*. Jules le laïque sursautait toujours à cette désignation, relent nauséabond de l'antisémitisme propagé des siècles durant par une église catholique espagnole intégriste, digne héritière du Grand Inquisiteur.

Perplexe, il détourna son regard de l'objet, un peu mal à l'aise, se sentant comme observé. *Les Forces de l'Esprit...* prononça-t-il intérieurement, repensant à ces ultimes vœux de François Mitterrand, qui, alors que la Mort se préparait à l'emporter, revendiquait publiquement en ce moment solennel sa foi dans leur puissance. *Je ne vous quitterai pas,* avait dit le président, *car je crois aux...* Ce n'est pas qu'il éprouvait une grande sympathie pour celui qui donna le baiser mortel au Parti, mais il demeurait admiratif du machiavélisme distingué de ce grand artiste de la vie que fut celui-ci. Et puis son parcours mystique personnel autorisait, après tout, ce rapprochement osé.

– Juuulio!... Tu veux manger quelque chose?

La voix forte de Cecilia le sortit de ses réflexions mystico-politiciennes. Il se secoua et se dirigea donc vers le salon :

– Avec plaisir, Cecilia, mais tu es bien sûre que je ne vous dérange pas? Vous devez être crevés? Quand je vois l'état dans lequel je suis... Et puis nous avons un sacré programme demain, pas vrai?

Ricardo intervint, hilare :

– Mais dis donc, tu te figures qu'on va se reposer ce soir! Quelle blague! Et ça veut se rayer! Bon, écoute, tu te fais des illusions, mon garçon. Ici, c'est pas comme au supermarché! Dans le Palo, ce sont les morts qui commandent. On va manger tranquillement, d'accord, ça il n'y a pas de problème, et après on ira au cimetière, c'est comme ça! On doit aller voir les morts avant demain, et savoir s'ils sont d'accord. On n'a pas le choix! Ou alors, il faut renoncer.

Ce n'était pas encore la goutte d'eau de trop, mais Jules était excédé de cette station de plus sur un chemin de croix qui lui semblait déjà par trop long. Renoncer? Il ne faudrait pas trop le tenter... Si au moins on l'avait prévenu de cette galère supplémentaire... Et pas n'importe laquelle! Imaginez : une visite clandestine au cimetière, en pleine nuit, comme dans une série B d'épouvante! Sans compter le risque d'être arrêtés, sachant qu'il y aurait selon toute vraisemblance profanation de sépulture! Et puis quoi d'autre encore? Qu'est-ce qu'ils allaient bien pouvoir encore inventer ? Qu'était-ce que ce délire ? Une fraction de seconde, il se remit à penser que l'on se jouait de lui, que tout cela n'était que folklore à crédules, incontestablement un bon petit commerce, habilement paré qu'il était des plumes chatoyantes d'un exotisme pseudo-africain susceptible d'en imposer aux esprits faibles.

Décidément, jusqu'au bout il demeurerait le jouet du fameux balancier... Il recourut à son plus précieux talisman, pensa à Aitana, et l'affaire sembla réglée :

– Bon, bon, ok, on ira ! Je ne vais pas me dégonfler maintenant... Mais le cimetière, quand même...

– Ne t'en fais donc pas, mon Julio !, dit Cecilia affectueusement, devinant bien les réticences de ce dernier, les gardiens sont dans le coup ! Il suffit de payer... Et la police aussi, bien sûr. Ils ont leur petite commission... Tu sais, comment faire autrement ? Tu as vu les prix au marché ?

– Ok, n'en parlons plus ! C'est une affaire réglée... Mais je ne suis pas trop rassuré ! Vous êtes vraiment, vraiment sûrs que c'est indispensable ?

– Ça va comme ça, Julio, n'en rajoute pas !, reprit Ricardo, agacé. On t'a déjà dit que ce sont les morts qui ordonnent, là-dedans ! Ça n'a rien à voir avec nous... Mais, encore une fois, personne ne t'oblige à rien ! C'est toi qui as décidé d'y aller, après tout. Alors, si tu as changé d'avis, dis-le franchement ! Il est encore temps. Après...

Le Français en resta coi.

Cecilia passa à la cuisine et revint bientôt les bras chargés. Elle tendit à chacun une assiette de *congri* assorti de morceaux de poulet à moitié bouilli, reliefs probables d'un quelconque sacrifice, alla chercher la sienne, et s'assit sur le canapé. Ils mangèrent en silence, plongés dans une émission de variété qu'il jugea pour une fois d'un niveau acceptable, où se produisait la Charanga Habanera, groupe de jeunes *salseros* célèbres pour avoir osé défier le régime dans les textes de leurs chansons, insolence payée par six mois d'interdiction...

Le repas expédié, Ricardo s'alluma une Popular, ces cigarettes de rude tabac noir, et fit signe de se lever, forçant un peu le trait dans sa raide posture de parrain en religion. Une pensée irrévérencieuse effleura Jules un instant, selon laquelle il devait jouir secrètement de pouvoir en imposer à un petit Blanc ! C'était de bonne guerre, après tout, et parfaitement innocent...

– Cecilia ne vient pas ?, interrogea-t-il d'un ton inquiet.

– Non, non, cette chose-là, ça ne regarde que le *padre nkisa* et son *ngueyo* !, asséna Ricardo.

De plus en plus contrarié, Jules suivit ce dernier en traînant les pieds. Ils montèrent en voiture, et se dirigèrent vers le centre-ville.

– On va à Colon, lâcha Ricardo.

Un peu soulagé de s'imaginer en terrain connu, Jules se dit qu'après tout, quitte à être lancé, autant essayer d'y voir le bon côté. Et puis le cimetière de Colon valait bien le Père-Lachaise, avec ses somptueux monuments funéraires, témoins muets de la prospérité d'antan, mais aussi livre d'histoire lapidaire de ses célébrités, à l'instar de la nécropole parisienne. Il avait d'ailleurs toujours aimé se promener dans ces lieux de paix, mais la nuit...

Il eut à peine le temps de remâcher ces noires pensées, alors qu'ils filaient à bonne allure le long des avenues désertées d'une cité aux airs de ville fantôme, qu'ils étaient arrivés. Ils se garèrent dans une rue adjacente, à l'abri des regards, et se dirigèrent à pas de loups vers le cimetière, Ricardo soufflant seulement :

– Tu ne dis rien, surtout ! Tu me laisses faire ! Ok ?

Ombres parmi les ombres, ils laissèrent derrière eux l'entrée principale et se faufilèrent jusqu'à une porte de côté, qu'on avait opportunément omis de verrouiller. Les deux compères lui imprimèrent une forte poussée, se regardant inquiets au bruyant grincement de celle-ci.

– Con, j'ai oublié… Donne-moi cent pesos ! J'espère que tu les as sur toi ?

À peine Ricardo avait-il prononcé ces paroles qu'une silhouette couleur de cendre apparut, peau sombre sous la pâle lumière lunaire, et salua Ricardo d'un air convenu.

Jules fit discrètement glisser les billets d'une main à l'autre à la faveur de l'obscurité, puis, sitôt après un *abrazo* fugitivement exécuté, l'argent perçu, et trois mots chuchotés, l'apparition se fondit dans la nuit.

– Suis-moi ! Ne fais pas de bruit, et fais bien attention où tu mets les pieds ! se contenta de dire Ricardo.

Ils cheminèrent une bonne dizaine de minutes dans un silence parfait, à peine troublé par quelques aboiements lointains, Jules remarquant que Ricardo semblait parfois perdu dans l'univers fantasmagorique des tombeaux monumentaux dont la blancheur de la pierre prenait un étrange ton spectral sous les rayons de l'astre nocturne. À présent serein, il se félicitait presque de sa petite promenade. *Après tout, ce n'est pas tous les jours qu'on s'offre ce genre de balade !*, se dit-il amusé.

– C'est là ! Nous sommes arrivés !

Ricardo s'était arrêté devant une tombe à demi-ruinée, à vrai dire plutôt banale, et semblait tout à coup très agité.

– C'est là qu'est enterré Orlando, mon *padre nkisa*. Il appartenait à la famille Carillo, bien connue chez les religieux. C'est lui qui m'a tout appris... C'était un puissant sorcier, qui possédait beaucoup de secrets ! Ma *nganga* est fille de la sienne. C'est d'elle, c'est de lui, qu'elle tire sa puissance ! C'est pour ça qu'on est là.

Jules ne comprenait pas trop bien où Ricardo voulait en venir, se contenta donc d'acquiescer, et attendit. Il le vit alors fouiller dans son sac, en tirer une bouteille de rhum, dont il arrosa la tombe copieusement en psalmodiant quelque chose en yoruba. Puis il se coucha de tout son long sur la pierre, et fut bientôt parcouru de véritables convulsions. Jules regardait, fasciné, ce curieux spectacle quand il vit tout à coup le ciel droit devant lui zébré par une fulgurante étoile filante. Ses oreilles se mirent à résonner d'un monstrueux bourdonnement allant s'amplifiant, la tête lui tourna, et soudain, terrassé, il perdit connaissance.

– Que s'est-il passé ? Qu'est-ce qu'il m'est arrivé ?

Il reprenait ses esprits, merveilleusement détendu, mais pas tout à fait revenu.

Ricardo était penché sur lui, souriant, tenant fermement sa main.

– Tout va bien, Julio, tout va bien. Ne t'en fais pas ! Rien de grave ! C'est Madre Agua qui est descendue, et puis l'étoile après elle. C'est tellement fort que souvent, les assistants perdent conscience !

Il cherchait à se rappeler les minutes précédant son évanouissement. De fait, il n'avait rien vu venir, en tout cas pas une chose pareille :

– Oh, là là ! Qu'est-ce que je me sens bizarre ! Attends, je vais essayer de me relever…

Jules roula sur le côté, s'agenouilla, sentant sa tête tourner.

– Bon ! Ça commence à aller un peu mieux… Laisse-moi encore cinq minutes…

Ricardo n'avait manifestement pas trop envie de s'attarder :

– Ok, ok, mais pas plus. Il faut vraiment qu'on rentre, maintenant ! Notre ami va bientôt s'en aller, et son collègue n'est pas dans le coup !

Stimulé par la peur d'être arrêté, il parvint péniblement à se mettre sur pied. Clopin-clopant, il suivit son parrain à travers les allées et ils rejoignirent la sortie, où le gardien les attendait, furieux :

– Dépêchez-vous ! Allez, dépêchez-vous ! Qu'est-ce que vous fichez ? Vous savez bien que je suis relevé à minuit !

Ricardo tenta de le calmer.

– C'est bon, voilà, voilà ! C'est le petit, que veux-tu, il n'est pas habitué. Et quand l'étoile est arrivée, il n'a pas supporté !

L'homme grommela, mais n'insista pas.

– Bien, bien, ça va comme ça, mais ne me refais jamais un truc pareil… C'est un coup à perdre mon travail !

Le *palero* promit tout ce qu'il voulait, et ils en restèrent là.

Il resta silencieux jusque dans la voiture, s'attendant à ce que Ricardo prenne la parole le premier. Ce dernier restant obstinément muet, n'y tenant plus, il se lança :

– Alors, ça a servi à quoi, cette histoire ? Pourquoi tu ne dis rien ? J'ai cru que j'allais y rester, dans ton cimetière !

Ricardo se tourna vers lui, l'air rigolard :

– Dis-donc, t'es vraiment insupportable, toi, quand tu t'y mets !

Il laissa le silence peser quelques interminables instants sur le pauvre Jules, maintenant méfiant, et reprit :

– Bon, allez, je ne t'en veux pas ! Écoute-moi bien ! Les morts sont d'accord. Mais il y a comme une réserve, et je ne vois pas bien ce que ça peut être… Il y a quelque chose qui ne va pas ! Impossible de savoir quoi !

Jules sentit le balancier du doute revenir à la charge, accompagné d'une vilaine sueur froide :

– Quelque chose qui ne va pas ? Qu'est-ce que tu veux dire par là ?

Ricardo, embarrassé, réfléchit un moment :

– Je ne sais pas quoi dire… Comment t'expliquer ? C'est très délicat… Je crois que je n'ai jamais vu ça…

Alors que Jules commençait presque à paniquer, cela sortit d'un coup.

– Comme s'il y avait un secret quelque part ! Voilà, c'est ça ! Un secret si bien caché que même les morts n'y ont pas accès ! Et ça ne leur plaît pas, mais alors pas du tout… Et à moi non plus, parce que ce doit être une chose terrible, pour qu'eux-mêmes l'ignorent…

Faisant appel à toute sa volonté, Jules se força à se maîtriser. Il fut pris de tremblements, mais tenta dérisoirement de n'en rien laisser paraître. Alors, il invoqua les mânes de Babette, l'amour d'Aitana, ses *orishas* préférés et tous les saints de la Terre. À sa grande surprise, il finit par se reprendre, et quelques instants plus tard, parvint à articuler une phrase cohérente :

– Mais, enfin, Ricardo, qu'est-ce que ça peut être ? Tu n'as pas une idée ?

À vrai dire, celui-ci en avait une, mais il préféra la taire. Le sort en était jeté, il le savait confusément, et restait persuadé qu'il ne servait plus à rien d'essayer de se mettre en travers du destin :

– Pas la moindre, rien de rien, mais pour moi, ce qui compte, c'est que les morts soient d'accord !

Il se sentait maintenant étrangement calme, en pleine possession de ses moyens. Pourtant, une fois de plus, deux thèses s'affrontaient en lui. Il assistait à cette lutte un peu comme un observateur extérieur, se disant que son cuir avait fini par se tanner... D'une part, une pulsion paranoïde présentait les mâchoires du piège en train de se refermer; de l'autre, s'affichait le lien, la cohérence même entre les propos de Ma'Jacinta, le rêve du trou noir dans les tableaux de sa vie, l'oracle d'Orula et ses propres conclusions : *C'est là qu'il faut chercher...*

C'était si tentant de tout laisser tomber... Mais la petite voix susurra, insistante, qu'il ne se pardonnerait jamais d'avoir reculé. Et puis la curiosité... Il serait à coup sûr rongé par le questionnement devenu éternel, sans réponse à jamais, finirait probablement par en perdre la raison. *Perdu pour perdu... Mieux vaut sortir la tête haute !*

Alors, se surprenant lui-même, il trancha :

– Bon, tant pis, j'en ai plus qu'assez ! J'ai décidé, j'ai décidé ! Je ne changerai plus d'avis, maintenant !

Ricardo approuva, l'air d'être impressionné par le cran de ce petit Français :

– Bien, Julio, c'est comme tu voudras ! Je ne veux pas t'influencer, mais je crois que tu as raison. En tout cas, bravo ! Tu es un homme ! Je t'avais sous-estimé, je l'avoue, et je te demande pardon !

Touché, celui-ci répliqua sur le ton de l'humour :

– Eh, tu sais, nous autres Gaulois, on cache bien notre jeu ! On fait des manières, on discutaille comme des harengères au marché, mais quand il faut y aller, on répond présent !

Ricardo ne fit pas de commentaire, et ils poursuivirent leur route en silence, Jules frétillant d'aise sous le compliment de son ami sorcier sans pour autant parvenir à chasser l'obsédant questionnement. *Un secret? De famille, forcément! Sûrement quelque chose à voir avec Maman… Le pourquoi de son suicide?*

Il tournait en rond autour de ce mystère sans nom, incapable de s'en rapprocher, maintenu à distance par une sorte de champ répulsif, tel un dormeur qui cherche vainement à son réveil une idée apparue dans son sommeil, bien qu'en discernant vaguement les contours. C'était là, en lui, tout près, il le sentait, mais l'accès demeurait interdit! Affreuse sensation… *Bon, je ne vais pas me rendre malade, je n'ai vraiment pas besoin de ça!*

Il accompagna donc l'arrivée à destination d'un sursaut de volonté, aidé d'une dose d'autosuggestion, en s'appuyant sur les éloges tout frais de Ricardo. Apparemment, Cecilia dormait déjà, comme les lumières éteintes en témoignaient, et il ne crût pas devoir monter.

– Rien d'autre? Je peux aller me coucher maintenant?, dit-il sur le ton de la boutade.

– Évidemment, quelle idée! Tu veux faire des heures supplémentaires?, rétorqua Ricardo, goguenard.

– C'est bon, ne te fous pas de moi s'il te plaît! Je suis assez mal fichu comme ça… Allez, bonne nuit! Quelle heure au fait, demain?

– Six heures ici, ça te va?

N'osant pas marchander une malheureuse demi-heure, il acquiesça :

– Ok, j'y serai ! De toute façon, avec cette histoire de secret, j'ai bien peur de passer une nuit de merde... Dis-donc, laisse-moi la voiture s'il te plaît ! J'irai peut-être faire un tour en ville si je n'arrive vraiment pas à dormir...

– D'accord, va te changer les idées si ça te chante, mais attention : pas de rapports sexuels ! On doit absolument s'en abstenir la nuit précédant la cérémonie !

Il fila sans se retourner, entendant la porte se refermer. Il savait pertinemment qu'il ne pourrait trouver le sommeil, et avait déjà sa petite idée. Il allait se vautrer dans la débauche, s'étourdir de plaisirs frelatés : alcool, putains, et en avant, toute ! Quant aux interdits... C'était clair, il n'y avait que cela pour oublier, dans l'état où il se trouvait. De fait, après avoir épuisé toutes les béquilles morales à sa disposition, il ne restait plus à Jules qu'un tout dernier recours : se réfugier dans sa vieille culpabilité en s'avilissant un bon coup. Au moins, il serait là en terrain familier, et la honte de lui-même serait bien assez puissante pour le détourner de pensées plus insupportables encore. *Une douleur chasse l'autre...*

Tout en réfléchissant à la meilleure façon de procéder, il se changea en deux temps trois mouvements après s'être lavé succinctement. Il but un fond de vin qui traînait dans le frigo pour se mettre en train, et redescendit aussitôt. Le programme était tout trouvé : il allait lever une fille sur le Malecon, la première venue, pas trop moche quand même, mais un peu vulgaire, comme il convenait. Il l'emmènerait boire un verre dans l'une des boîtes de nuit ringardes entourant l'hôtel *Nacional*, puis se laisserait conduire à la maison particulière où elle devait avoir ses habitudes. Il lui ferait l'amour, et s'en retournerait. Satisfait, goûtant déjà les saveurs de l'inconnue, il avait maintenant plus que hâte d'en venir au fait.

Comme elle lui parut longue, cette traversée de La Havane endormie, au rythme mortellement lent, évitant de se désigner à l'attention des patrouilles de police omniprésentes dans une ville où l'on ne croise âme qui vive à cette heure-là...

Il arriva enfin sur le front de mer, cette promenade chérie des Havanais, qui en toute occasion y viennent seuls ou en famille oublier leurs taudis et leurs malheurs en respirant l'air du large, avec moult provisions de rhum, appareils stéréo, instruments de musique et autres cannes à pêche, fiers de ce Malecon mythique que les touristes ne leur ont pas encore volé, sur lequel veillent patiemment les fantômes des immeubles rongés d'années d'embruns et d'absence d'entretien, témoignant par leurs beaux restes des splendeurs du passé. En ce milieu de nuit, les promeneurs étaient depuis longtemps rentrés se coucher, tandis que les attroupements de filles qui les avaient remplacés s'étaient déjà clairsemés. Roulant au pas, il avisa une petite *mulata* étrangement blonde, moulée dans un body pailleté, faux Vuitton en bandoulière, un peu forte, la bouche aguichante à souhait. Il s'arrêta, entrouvrit la portière et l'interpella :

– Tu montes, *mi corazon* ?

La demoiselle, rassurée de voir qu'il s'agissait d'un étranger, entre deux âges de surcroît, devina qu'elle allait bien gagner sa soirée et eut une pensée reconnaissante envers son Ochun chérie. Elle se dit qu'à tout prendre, il fallait mettre la barre très haut, quitte à en rabattre s'il menaçait de filer :

– Holà, Papi, comment va ? Attends, j'arrive, j'arrive !

Elle bondit du trottoir surélevé et monta sans se faire prier :

– C'est cent chavitos, d'accord ? Eh, j'suis pas n'importe qui, tu verras !

Il accepta le marché et redémarra sur-le-champ. Toute contente de son succès, la fille alla droit au but, et se mit à frotter machinalement le sexe de Jules à travers son pantalon. *Celle-là, c'est pas une romantique ! Elle m'a l'air du genre service express…* se dit-il, craignant soudain d'avoir fait le mauvais choix.

Confirmation lui fut éloquemment apportée quand, ouvrant prestement sa braguette, elle se pencha sans complexe pour le prendre dans sa bouche.

– Attends un peu, on n'est pas si pressés, dit-il en la repoussant sans trop de ménagements. On va aller boire un verre d'abord !

Il quitta le Malecon pour tourner dans Rampa, roula encore quelques centaines de mètres, et se gara. Il fit un signe à l'inévitable *parcador*, et entraîna sa cavalière vers la première boîte venue, à l'enseigne d'*El Gato Tuerto*. Ils s'installèrent au comptoir, Jules remarquant la *mano de Orula* au poignet de sa compagne, ce fin bracelet de perles jaunes et vertes porté par les initiés au premier degré d'Ifa, censé vous placer sous la protection de l'*orisha*.

– Qu'est-ce que tu bois ? Et, au fait, tu t'appelles comment ?

À présent détendue, elle marqua un temps d'hésitation :

– Euh… Une piña colada. J'adore ça !

– C'est bien, et tu t'appelles comment, déjà ?

– Ah, oui, excuse-moi ! Daïme, je m'appelle Daïme. Tu aimes ?

– Mmm, oui, oui, ça sonne plutôt bien…

À vrai dire, parfaitement indifférent à la sonorité du prénom, il tentait d'attirer l'attention du barman, en grande conversation avec un probable habitué.

Daïme se porta à son secours, interpellant le garçon de cette espèce d'onomatopée sonore typique des Cubaines qu'il trouvait si grossière, mais dont l'efficacité fut une fois de plus démontrée. Nonchalant, l'homme vint enfin prendre leur commande.

– Une piña colada et un double anejo, avec deux glaçons !

Jules se tourna vers sa compagne :

– Tu as faim ? Tu veux manger quelque chose ?

Lisant l'approbation dans ses yeux, il demanda une assiette de croquettes à picorer.

– Bon, dis-moi, lui demanda-t-elle, raconte-moi ce que tu fais par ici. Tu es en vacances ?

Il n'avait aucune envie de lier conversation, encore moins de se raconter. Il noya le poisson dans un flot de banalités, mentit sans vergogne, et fit renouveler sa consommation. Daïme déclina.

Voyant l'heure tourner, il dit qu'il était temps d'y aller, et entraîna la fille vers la sortie.

– Où va-t-on, maintenant, tu as une idée ? Elle en avait évidemment une toute prête, et l'exprima sans ambages.

– Écoute, je connais une maison, c'est dans Miramar, je suis sûre que tu aimeras…

Il approuva d'un hochement de menton. Revenus à la voiture, la pièce laissée au *parcador*, ils filèrent le long de la mer, une pointe d'inquiétude l'envahissant à se sentir gagné par l'ivresse. Il n'aurait pas dû boire tant… Daïme, quant à elle, se demandait comment elle pourrait faire comprendre à la taulière qu'elle pouvait hausser le tarif de la chambre et sa commission dans la foulée… Elle résolut de descendre la première et de le laisser patienter un moment pour ce faire.

Ils traversèrent le Vedado, passèrent le tunnel de Linea, s'engagèrent dans la *7*[e], Daïme, pas si bête, se contentant de laisser sa main posée sur la cuisse de Jules. Elle lui fit signe de tourner dans la *62*[e], hésita un peu, le fit bifurquer une fois ou deux, puis passant devant une villa moderne, lui dit soudain :

– C'est là. Gare-toi devant et attends-moi deux minutes, le temps que j'aille voir si c'est ok !

Il avait bien compris le pourquoi de ce manège et s'en fichait comme d'une guigne. Il sentait le désir monter, et ne pensait qu'à l'assouvir. Daïme sonna à la grille. Une ombre vint ouvrir. Elle entra, pour ressortir à peine un instant plus tard, lui faisant signe de venir. La propriétaire, une vieille femme fardée vêtue d'une robe de chambre défraîchie, le salua chaleureusement, lui réservant absurdement l'accueil dû à un visiteur de marque. Elle insista pour le faire asseoir dans le salon, lui proposa un rhum, qu'il accepta bêtement.

Ses yeux parcouraient en silence la multitude de bibelots plus kitchs les uns que les autres disposés aux quatre coins de la pièce, cherchant à y dénicher l'oiseau rare quand, pressée d'en finir, Daïme l'interrompit dans son inventaire :

– Qu'est-ce que tu fais ? T'as pas envie de moi ? On y va ?
Jules se secoua, sentant bien qu'il avait bu le verre de trop. Il acquitta sans discussion les trente CUC demandés pour la chambre et se laissa conduire dans celle-ci, aussi dépouillée que le séjour était chargé. *Mauvais Feng-Shui*, se dit-il, chassant aussitôt de son esprit cette petite contrariété, tout en se déshabillant. *Décidément trop moche !*, pensa-t-il en observant l'effeuillage de la fille, dont les artifices

vestimentaires dissimulaient un ventre gras et des seins tombant, tristement dévoilés. Lut-elle la déception sur son visage ? Toujours est-il qu'elle s'approcha toute câline, s'assit sur le bord du lit et se saisit de son sexe qu'elle se mit à flatter ardemment.

Il avait beau se concentrer, la fille s'escrimer, il ne ressentait pas le moindre désir. Était-ce la manière de faire de Daïme, un peu comme au turbin, l'excès de rhum, ou autre chose encore ? Il sut que ce soir il n'arriverait à rien, mais décida de livrer malgré tout ce combat perdu d'avance.

– Qu'est-ce qu'il t'arrives ? Pourquoi tu bandes pas ? Je suce pas bien ?

– Non, non, tu fais ça très bien ! Mais je suis fatigué, ça doit être ça…

– Ah, voilà, t'as trop bu, c'est malin ! Bon, alors, maintenant qu'est-ce qu'on fait ?

Tentant le tout pour le tout, il se dit que s'il se régalait d'elle un bon coup, peut-être cela ressusciterait-il son propre désir :

– Allonge-toi ! Je vais m'occuper de toi ! J'adore ça…

Il écarta ses cuisses, se pencha sur la vulve épilée, et se mit à l'ouvrage. Il se régalait du mouillé, s'enivrait de son odeur musquée, s'excitant en amateur ou vicieux assumé à l'aigreur de sa saveur, de celle qui ne s'est pas lavée depuis quelques heures… Mais si sa cervelle se pâmait, son sexe restait parfaitement indifférent… Elle fit ou pas semblant de jouir, et il se laissa rouler à ses côtés.

Laisse-moi faire, maintenant… Elle le prit en main, lui glissa un doigt dans les fesses, et parvint à ses fins au terme d'efforts conséquents. Il se lâcha, en demi-érection, frustré par un orgasme avorté, pire encore que rien…

– Dis-donc, Papi, ça fait cher de la branlette, hein ! Désolé pour toi…

Mais il n'était pas d'humeur à plaisanter. Atteint quoi qu'il en dise dans son orgueil de mâle, il n'aspirait qu'à refermer cette sordide parenthèse. Il mit donc un billet de cinq CUC dans la main de la fille, lui enjoignant sans ménagement de s'appeler tout de suite un taxi. Quant à lui, le temps de se rhabiller après s'être vaguement lavé, et il était parti rejoindre ses pénates, ayant au moins atteint son but en ce qui concerne la honte…

Une douleur chasse l'autre... Il ne croyait pas si bien dire ! Cette fois, il avait réussi au-delà de toute espérance ! Il se sentait nauséeux, sale, répugnant, bref, exactement comme il l'avait prévu. Au moins, la lancinante question était pour l'instant reléguée à l'arrière-plan. *Décidément, l'homme est vraiment une drôle de bestiole !*, pensa-t-il, surpris d'être encore capable de faire un clin d'œil à sa propre misère... Il arriva bientôt à La Lisa et laissa la voiture devant la maison de Cecilia, priant pour qu'on ne la lui vandalise point. *On ne peut pas avoir toutes les malchances à la fois, n'est-ce pas ? Il doit bien y avoir une forme d'équilibre quelque part ?* Il se rassurait comme il pouvait, guère dupe pourtant, mais cela ne coûtait pas cher d'essayer de s'embobiner, alors... Et puis ça faisait du bien par où ça passait, ce qui n'était pas à négliger par les temps qui couraient !

Il parvint chez lui en un rien de temps, vit qu'il était plus de trois heures du matin, fut tenté de se faire un café afin de rester éveillé jusqu'au bout de la nuit, mais préféra écouter la voix de la raison pour ne pas risquer de tout gâcher le lendemain. *Une heure et demie de repos, après tout, c'est mieux que rien...* Il hésita à prendre un demi-comprimé de somnifère, se souvenant au passage qu'il s'était abstenu d'en consommer depuis son arrivée, mais renonça par crainte d'en rester abruti toute la journée.

Il alla s'allonger, sans prendre la peine de se déshabiller, mettant le ventilateur à fond et le réveil à cinq heures. *Dégueulasse, vraiment je suis un gros dégueulasse !*, admettait-il. *Pauvre con ! C'est comme ça qu'on se fait des bleus à l'âme, bêtement, sans raison… Le moins qu'on puisse dire, s'il y a un fil conducteur dans cette histoire, c'est mon indécrottable bêtise ! Et violer les interdits ! Au risque de tout gâcher ! Tout ça pour ça…* En pleine séance d'introspection critique, il se flagellait mentalement avec application, non sans un malsain plaisir, ne s'octroyant aucune circonstance atténuante. Et d'abord, pourquoi était-il donc venu chercher une fiancée à huit mille kilomètres de chez lui ? Tout était là. Et il en savait très bien la raison, même s'il avait fini par faire semblant de croire à ses propres mensonges ! Depuis le tout début, il s'était complaisamment laissé fasciner par une aventure exotique légère, n'exigeant en apparence aucun engagement vrai, mais ce choix ne déguisait que son incapacité à se donner. C'était bien fait pour ses pieds. Il avait choisi la facilité, la fuite en avant, au lieu d'affronter ses démons, et comprenait qu'il n'était aujourd'hui frappé que du choc en retour de sa lâcheté. Hébété, il considérait l'incroyable tourbillon qui l'avait entraîné, stupéfait devant les proportions que la chose avait atteintes. *Une sorte de démonstration par l'absurde de la théorie du chaos, cette vieille histoire du battement d'ailes de papillon générant au fil du temps un cyclone de l'autre côté de la planète…*

Ce petit mot de *chaos* sonna la fin provisoire des hostilités de sa petite guerre civile intérieure. *Après tout, c'est du chaos qu'émerge l'ordre nouveau !*, édicta-t-il en guise de point final à ses réflexions. Or, à ce stade, l'ordre nouveau en question semblait bien se profiler à l'horizon. Restait à en passer par l'ultime épreuve, objet tant de fascination que de répulsion.

Avant tout, il se demandait ce qu'on allait lui faire subir au cours du *rayamiento*, inquiet à l'idée de mauvais traitements, humiliations ou autres actes de soumission… Il s'amusait presque de se voir pris par ce questionnement basique face à l'éternel mystère, à l'attraction exercée par les rituels initiatiques, mécanique banale, d'une efficacité redoutable, plus encore sur les esprits faibles, pensa-t-il incidemment.

Il se laissa dériver dans une molle somnolence, oscillant entre le ressassement des chapitres de son existence passée et une vague tentative de bilan des derniers jours écoulés. Avait-il tiré quelque bénéfice de cette étrange succession d'événements ? Il ressentait une telle impression d'irréalité face à ceux-ci qu'il avait peine à les transposer dans le concret. Pourtant, quand il repensait à l'état dans lequel il se trouvait avant son départ de Paris, il était bien obligé de convenir qu'il n'était déjà plus le même. Pour la première fois de sa vie, il avait cherché à se dépasser, à faire passer à l'arrière-plan sa petite personne. Et il y avait incontestablement gagné quelque chose. Il ne savait pas encore trop quoi, mais il se sentait plus fort, ou moins faible, pour être honnête. Mais c'était déjà beaucoup, il le savait, et ne restait plus qu'à persister.

Jules ressentait à présent un début d'allégresse. Il essaya bien de modérer ses ardeurs nouvelles, mais se connaissait trop bien pour savoir qu'il ne pourrait s'empêcher de s'enthousiasmer au moins un peu. Et puis, depuis toujours c'était son carburant. Il ne serait jamais un tiède. Cyclothymique il était, et demeurerait. Aujourd'hui pas plus qu'hier, il ne progresserait autrement que d'un grand coup de barre à l'autre, oscillant perpétuellement entre espoir et désespoir. C'était là son destin. Il n'y pouvait rien, autant accepter… Et comme ça ne semblait pas bloquer sa progression… Il finit même par s'endormir, après avoir rejoint Babette la combattante en pensée.

Tiré des brumes du sommeil par la stridente sonnerie du réveil, il s'étira, tout surpris de se découvrir presque dispos. Il avait bien dormi. Enfin! Sa dernière pensée d'hier lui revint, et il se sentit galvanisé à l'évocation de la grand-mère d'acier! C'était comme si elle l'avait visité, lui avait insufflé une force nouvelle. Soudain pénétré d'un sentiment de gravité, il rendit grâce d'avoir pu s'abreuver cette nuit à la source de celle dont non seulement le sang coulait dans ses veines, mais qui lui avait légué aussi un peu de ses valeurs, croyait-il depuis toujours. *Tiens, tiens, voilà que je recommence à penser avec les* mots *du curé! Décidément…*

Se rendant compte qu'il lui restait moins d'une heure pour se préparer, il s'extirpa à regret de sa couche douillette et se dirigea d'un pas lourd vers la cuisine. *Bon, pas le moment de se laisser aller! Indispensable de bien manger! Comme le sportif avant la compétition!* Restauré, il fila vers la salle de bain, effectuant ses ablutions comme un rituel de purification, pas vraiment fier d'avoir violé les interdits. Un instant il pensa à cet article décrivant comment les kamikazes du djihad se rasaient le corps entier à la veille de leur suicide meurtrier, afin d'arriver en état de pureté au paradis promis par leurs mauvais génies…

Pour autant, il se limita à son visage et ses mains, puis s'habilla, de clair, comme on le lui avait recommandé. Il était fin prêt. *Le grand jour est arrivé…* Jamais cette phrase banale ne lui avait paru si lourde de sens. Elle mêlait, dans une très humaine ambiguïté, le soulagement d'être enfin au bout du chemin et l'angoisse de l'inconnu. Jugeant préférable de ne pas persister dans cette voie périlleuse, il prit son courage à deux mains et sortit, les mains vides, ne trouvant rien à emporter. Tandis qu'il refermait la porte avec précaution, l'impression de déjà-vu le frappa, plus puissante que jamais, troublante sensation d'avoir d'évidence vécu cet épisode auparavant, comme un nœud dans l'espace-temps abolissant les contraintes de la continuité temporelle.

Il ne manquait plus que ça ! Jules réagit avec un humour grinçant à ce nouveau clin d'œil moqueur du destin. Et revint au galop l'idée d'être depuis le début manipulé, jouet dérisoire entre les mains de Puissances si redoutables qu'on ne saurait les évoquer sans risquer la folie. Puis il trouva finalement presque rassurant de penser que l'inconnu ne l'était pas tant que ça ! Il referma la parenthèse en descendant l'escalier, et se surprit à siffloter avec légèreté en parcourant les quelques mètres le séparant encore de la maison de Cecilia. *Dis-donc, mon vieux, le cuir s'est tanné…* Satisfait de constater sa toute nouvelle force de caractère, il monta les marches conduisant à l'appartement avec empressement.

Arrivé sur le seuil du logis, Jules marqua instinctivement un temps d'arrêt en voyant qu'y régnait déjà une agitation sans précédent en cette heure matinale. Partout l'on s'affairait, têtes connues comme Martha ou Rafael, et d'autres jamais vues, tous pieds nus, vêtus pour la plupart de blanc immaculé. Ici l'on préparait un monceau d'herbes, les dépiautant à qui mieux-mieux au-dessus d'une bassine, là on triait avec soin les haricots, tandis que d'autres petites mains disposaient délicatement les *prendas* des participants sur une grande natte déroulée au centre de la pièce dont les meubles avaient été déménagés. L'énorme *n'ganga* de Ricardo trônait au centre du dispositif, imposante, effrayante. À côté d'elle, dans un seau rempli d'eau, flottait une bougie allumée parmi un mélange de feuilles et pétales. Près de l'entrée reposaient les *elegguas* des participants, flanqués d'une cuvette pleine d'un mélange indéfinissable. Un drap punaisé obturait l'entrée de la chambre à coucher, érigée le temps de la cérémonie en sanctuaire réservé aux initiés, où seuls le novice et ses parrains seraient admis, afin d'y connaître les épreuves secrètes qui en feraient un membre à part entière de la *rama*.

– Ah, te voilà enfin !

L'accueil un peu rude le surprit, lui qui s'attendait à une tout autre réception alors qu'il s'enorgueillissait de n'avoir pas failli à la ponctualité réclamée. Il voulut se mettre à aider, quand Cecilia l'arrêta :

– Non, non ! Toi, tu te mets là, et tu n'en bouges plus ! Tu dois faire pénitence pour te nettoyer ! C'est comme ça !

Elle lui désigna un petit banc dans la chambre de religion, sur lequel il alla s'asseoir à reculons, tordant le nez intérieurement à cette peu réjouissante entrée en matière. Il resta là, observant distraitement l'agitation tout autour de lui. À peine masqués par le tumulte, s'élevaient les gémissements du chevreau, comme s'il avait compris quel funeste sort l'attendait. Le regard attiré par les pérégrinations d'un lézard, il s'efforça d'écarter toute pensée futile et de concentrer son attention sur Aitana et l'amour qu'il lui vouait.

Les préparatifs étaient pratiquement terminés, mais Ricardo restait préoccupé :

– Les morts sont agités comme jamais ! Il y a vraiment quelque chose qui ne va pas..., se lamentait-il à mi-voix.

Jules voyait bien qu'il prenait sur lui, apparemment caressé par l'idée d'arrêter purement et simplement les frais. Une émotion le parcourut à voir son vieil ami en proie aux mêmes démons que lui. Cecilia, constatant combien le climat se dégradait, se chargea de ramener tout le monde à la raison :

– Pour Ma'Jacinta, tout va bien ! Ce sont tes morts qui ne tiennent pas leurs nerfs ! Heureusement que les femmes sont là, encore une fois, mortes ou vivantes !

Tout le monde se calma à cette injonction, saisissant la balle au bond avec soulagement.

Enfin, Ricardo s'ébroua, comme s'il voulait se débarrasser de ses mauvaises pensées, et signifia le début du *plante*. Il appela Jules, lui tendant un bonnet blanc semblable à ceux dont se revêtirent les autres participants. Enfin, il invita tout le monde à se purifier en se versant un peu de parfum dans le creux des mains, à tremper celles-ci dans l'eau lustrale de la bassine de l'entrée et à s'en frotter la nuque, les avant-bras et les mollets, avant de secouer ses doigts d'un geste brusque pour en chasser les dernières gouttes. Jules fit de son mieux pour reproduire ces mouvements, fut salué d'une souriante approbation et invité à regagner sa place sur-le-champ. Alors qu'il se rasseyait, il prit conscience que toute peur avait à présent disparu, qu'il était comme en phase avec ce qu'il se passait. Corrigeant aussitôt cet écart plaisant, il revint à sa petite retraite spirituelle, se demandant comment l'on s'y prenait pour prier vraiment, chose qui lui paraissait la plus opportune à faire pour l'instant. À tout prendre, il choisit de s'adresser directement à Aitana, lui envoyant un peu de son fluide de vie de toute la force de son esprit.

Comme il convenait, Ricardo alla consulter les *elegguas*, afin d'obtenir leur assentiment avant d'entrer dans le vif du sujet. La réponse étant affirmative, il se fit présenter le coq, qu'il saisit par les pattes d'une main ferme et passa sur la poitrine et le dos de chacun. Puis il arracha quelques poignées de plumes au cou de l'infortuné volatile avant de le lui trancher au-dessus des effigies du maître des chemins, les participants se pinçant symboliquement la gorge de deux doigts, afin de ne pas subir le même sort, ainsi que le rituel le conseille, tout en psalmodiant le chant saluant l'effusion du sang. Ricardo aspergea de celui-ci les statuettes jusqu'au dernier spasme de l'animal, dont il déposa la tête à leurs côtés.

Il déclara qu'Eleggua, maintenant rassasié, était satisfait et, après lui avoir chaudement recommandé Jules, fit signe à ce dernier de s'en retourner dans la chambre de religion. Le Français s'exécuta, et entra dans la pièce où se tenaient Cecilia et Martha, bientôt suivi de Ricardo. À ce stade, il n'en menait pas large. Il se savait coincé et devait lutter contre une puissante envie de fuir cette espèce de délire. Il n'eut pas le temps de s'appesantir sur son sort, car le cours de la cérémonie reprit aussitôt ses droits. Alors que la tête commençait à lui tourner, fatigue et litanie des chants aidant, il vit horrifié Ricardo s'avancer vers lui une machette à la main.

– Retourne-toi !, commanda celui-ci.

Il obéit, faisant un effort surhumain pour ne pas craquer. Ricardo se contenta de lui infliger une dizaine de coups légers du plat de l'outil tranchant, traitement de faveur supposa-t-il, peut-être lié à son statut d'étranger ?

– Maintenant, écoute bien !, reprit Ricardo d'une voix solennelle : voici ton nom secret et ceux de tes trois *infumbes.* Personne d'autre ne doit les connaître. Tu entends bien : personne !

Jules acquiesça d'autant plus volontiers qu'il n'avait pas retenu les mots compliqués en langue yoruba que Ricardo venait d'énoncer. Il se dit qu'il faudrait lui demander de les écrire sur un papier…

Soudain, le rythme des chants s'accéléra, et les trois se jetèrent sur lui comme des harpies. À son grand effroi, ils lui arrachèrent ses vêtements avec brutalité, les jetant à ses pieds en charpie. Puis ils entreprirent de le frictionner énergiquement avec le contenu du seau, dont il dut ingurgiter maintes gorgées sans protester. Alors qu'il commençait tout juste à se dire qu'il n'y avait rien de plus effrayant là-dedans que l'idée qu'on s'en faisait, il vit Ricardo s'approcher muni d'une lame de rasoir. Il réprima un frisson, et se rappela les marques sur la peau d'Aitana.

– Calme-toi, Ricardo ne te fera pas mal ! C'est juste superficiel, et il sait bien y faire !

L'intervention de Cecilia tombait à point nommé, et il se prêta à l'opération, détendant ses muscles autant que possible pendant que le *palero* lui traçait successivement de petites croix à la surface de la peau sur les omoplates, la base de la nuque, les genoux et la paume des mains.

– C'est pour laisser entrer tes *infumbes*, lui glissa Ricardo, alors qu'il réprimait son envie de crier sous la morsure de la lame incisant douloureusement sa chair.

Les chants cessèrent après cette opération, et il se rendit compte que ç'en était terminé. Rafael apporta une chemise et un pantalon de toile claire dont il se revêtit, puis Ricardo lui remit quatre pierres d'apparence banale, où étaient censés habiter son *lucero* et ses *infumbes*, ainsi qu'un *empaque*, une corne de bœuf fermée par un miroir circulaire, accessoire traditionnel de divination dans le Palo, dont il se demanda quel pouvait être le mode d'emploi…

Si ç'en était fini pour lui, restait à sacrifier les autres animaux, que l'on égorgea l'un après l'autre au-dessus de la *n'ganga*. Un moment, il fut tenté de demander qu'on épargne le chevreau, mais il se ravisa, devinant que sa démarche était vaine.

Debout devant le chaudron, Cecilia fut soudain secouée de tremblements, comme des vagues ondulant de la tête aux pieds. Tout à coup, elle se monta avec Ma'Jacinta, dont la voix éraillée couvrit aussitôt les autres conversations :

– Hi, hi, hi, enco'e lui ! Alo', le mundele, comme ça, tu as fini pa' obéi' ! Tu t'es enfin wayé ! Il t'en a fallu, du temps, hein ! Mais bon, c'est bien comme ça. Et tu vas p'tet quand même fini' pa' y a'iver…

Jules, qui ne ressentait à vrai dire rien de changé en lui à l'issue du pénible rituel, se garda bien de répondre. Il resta donc muet, écoutant vaguement l'esprit jacassant qui était désormais passé à d'autres sujets, soulagé qu'on le laisse un peu en paix, déçu aussi qu'il ne se soit apparemment rien passé d'important.

Tout à coup Cecilia s'effondra, rattrapée au vol par Ricardo, Ma'Jacinta l'ayant subitement lâchée. Elle resta un moment prostrée, les mains sur le visage, dans un état second, manifestement épuisée :

– C'était tellement violent ! Chaque fois, ça me laisse dans des états…

La tête de la *madrina* recommença à dodeliner rythmiquement, décrivant dans l'air des cercles de plus en plus excentriques. Au bout de quelques interminables instants, elle finit par se redresser et se remit à parler, cette fois en français :

– Mon petit garçon, enfin te revoilà ! Alors, ça y est ? Cette fois, c'est fait ? Tu as suivi mes recommandations ?

Jules eut un moment d'hésitation :

– Euh… oui… Oui… ma… Maman ! Enfin, je crois… Je ne sais plus trop bien ce que j'ai ou n'ai pas fait…

Cette réponse n'eut pas l'heur de convenir à Marguerita, qui se mit à gronder sourdement, le renvoyant une semaine en arrière :

– Crétin ! Il ne sait même pas ce qu'il fait ! Décidément, qu'est-ce que j'ai bien pu faire pour avoir un fils pareil !

La morte sembla pourtant ravaler sa colère, resta silencieuse un moment, puis reprit la parole :

– On n'a vraiment pas idée d'être aussi sot ! Il faudrait peut-être te laver les oreilles au savon ?! Enfin… L'important, c'est que tu as fini par entendre, même si c'est sans le savoir… Continue ! Continue comme ça ! Tu as fait une bonne partie du chemin. Et il se pourrait bien…

Alors, comme si l'on avait actionné quelque invisible commutateur, sans transition, il entendit la voix de Cecilia sortir de la bouche par laquelle venait de s'exprimer sa mère :

– Oh là là ! Dites-moi, je crois bien que j'ai passé quelqu'un d'autre aussitôt après Ma'Jacinta ? C'est vrai ? Incroyable ! C'est bien la première fois que ça se passe comme ça… Qui était-ce ? Je suis idiote ! Bien sûr ! C'était Marguerita !

L'assemblée acquiesça, impressionnée. La *madrina*, épuisée, s'affala de tout son poids dans un fauteuil, son cœur battant la chamade, pâle comme la mort. Elle resta là un long moment, silencieuse, les yeux mi-clos, pendant qu'on s'affairait en cuisine.

Sans perdre un instant, on se mit à ranger, à nettoyer, faisant disparaître en un tour de main toute trace de l'activité qui venait de se dérouler, au point que Jules aurait pu croire avoir rêvé, s'il n'avait été vite démenti par les stigmates douloureux gravés dans sa chair. On lui apporta une assiette débordant d'*ajiaco*, l'éternel ragoût à la cubaine accompagnant presque systématiquement ce type de manifestation. Il retint un haut-le-cœur devant le bouillon gras où flottaient des morceaux indéfinissables appartenant aux animaux sacrifiés.

Il se sentait fier d'être désormais un *kimbisero* à part entière, d'avoir eu le courage d'aller jusqu'au bout, se rengorgeant d'avoir été complimenté par les deux mortes jusque-là pourtant moins que conciliantes. Et puis, leurs déclarations semblaient encourageantes… Il ne se les rappelait plus mot pour mot, mais il se remémorait leur sens général, sans conteste bien orienté, même si, concrètement, il ne voyait toujours pas bien où l'on voulait en venir. *Y arriver… c'était bel et bon, mais à quoi? Où? À réveiller Aitana? Elle avait l'air d'y arriver fort bien toute seule… À savoir pourquoi Maman s'était tuée ? Trente ans plus tard, à quoi bon ?*

Las de ces stériles réflexions, il tenta bien de se mêler aux conversations animées des convives, fort éloignés maintenant du monde des esprits, mais il n'arrivait pas à détacher sa pensée du brûlant questionnement. Et puis il était trop fatigué, trop barbouillé, pour profiter des réjouissances. Il régnait un climat d'allégresse dans la maison, l'entrée d'un *pin* nouveau au sein de la *rama* étant toujours saluée avec effusion. On mangea jusqu'à satiété, on but tout son saoul, on dansa même sur les tubes du moment, jusqu'à ce que, n'y tenant plus, il osa demander s'il pouvait se retirer.

Ricardo l'y autorisa, non sans réticence, mais comprenant à son teint cireux qu'il n'était pas envisageable de le retenir plus longtemps. Il devinait confusément quel mécanisme obscur venait d'être déclenché, et préféra museler sa réprobation. Jules vit la lueur de déception dans le regard de son parrain, mais il n'était plus en état d'en tenir compte. Il formula quelques paroles de circonstance, pauvres mots se voulant apaisants, impuissants à masquer l'impression que son départ ne manquerait pas de produire, celle de la fin prématurée de la fête, signifiée par la désertion de sa vedette…

Il fit le tour des participants, puisant dans ses dernières forces pour distribuer baisers et *abrazos* à chacun. Puis, sur un dernier grand signe de la main du balcon, il s'en alla, un peu piteux, mais tellement soulagé à l'idée de pouvoir se reposer un peu.

Revenu dans ses pénates, Jules se dirigea droit vers la chambre, et s'allongea aussitôt. Se sentant mieux dans l'instant, il ressentit une sorte de basculement intérieur. De fait, il n'était déjà plus là. *À l'insu de son plein gré*, crût-il bon de plaisanter, la page venait de se tourner. Demain, il prendrait l'avion pour Paris, et c'était comme s'il avait déjà embarqué. Se demandant quelle force pouvait être à l'origine d'une telle sensation, presque l'expression d'une volonté étrangère à la sienne, un peu effrayé d'une résolution qui lui ressemblait si peu, il pensa qu'il fallait quand même garder raison, ne pas donner l'impression de fuir comme un voleur, et jouer le jeu loyalement jusqu'au bout.

De toute façon, il serait bientôt de retour, dans deux mois tout au plus, le temps de calmer tant son père que son patron. Il retrouverait Aitana à l'issue de ce délai de décence, à n'en pas douter bien avancée dans sa convalescence. Pour l'heure, il s'agissait d'aller la voir avant le départ, pourquoi pas tout à l'heure, en quête d'un supplément de baume au cœur dans quelques nouveaux signes d'amélioration.

Imperceptiblement, il glissa dans un sommeil léger, se laissant aller à cette délicieuse invitation, et bientôt se retrouva à rêver dans une semi-conscience. Il était au milieu de nulle part, d'une immensité sans limite, grisaille de l'horizon sur grisaille du ciel. Au loin, une silhouette se détachait sur ce banal décor, se rapprochant lentement. Puis, comme si soudain elle avait accompli un pas de géant, la forme fut assez près pour qu'il la reconnaisse :

– Maman !

Le cœur de Jules déborda d'une joie fulgurante, presque douloureuse tant elle était intense :

– Maman, toi ici !

Mais sa mère restait muette, seul un sourire léger animant ses traits. Elle pivota alors, désignant de la main un autre être venant à leur rencontre. Il se renfrogna en voyant le visage dur de son père jaillir du néant.

– Papa ? Qu'est-ce que tu fais là ?

Il n'eut pas le temps de poursuivre, car une voix impérieuse l'interpellait dans son dos :

– Juuulio ! Juulio, réponds-moi ! Oh hééé, Juulio, s'il te plaît, réponds !

Expulsé de son rêve, il bascula brutalement dans le monde réel, prenant conscience que Cecilia, sans doute devant sa porte depuis un bon moment, se mourait d'inquiétude face à son silence obstiné.

Il se leva d'un bon, rassura cette dernière d'une voix forte, et alla lui ouvrir.

Cecilia, l'air troublé, le dévisageait comme si elle cherchait dans son expression confirmation de l'inquiétude qui l'avait saisie :

– Julio, enfin ! Tout va bien ?

– Oui, pourquoi ? Je dormais comme un loir…

– Tu es sûr ? Bon… Ouf, je suis rassurée ! Désolée de t'avoir réveillé ! J'ai eu tout à coup une prémonition, j'ai cru qu'il t'était arrivé quelque chose…

Il n'aimait pas du tout ça. *Pas de fumée sans feu…* Son rêve lui revenait, achevant de le perturber. Celui-ci ne contenait pourtant pas grand-chose, mais ce qu'il avait de dérangeant apparaissait en creux, dans la vacuité lourde du sens énigmatique de cette rencontre improbable avec ses parents dans le néant.

– Tu es adorable ! Je suis très, très touché que tu te sois dérangée pour ça ! Tu dois être si fatiguée ! Reste un moment, si tu veux, ça me fera plaisir, on pourra parler un peu. Tiens, on va se faire un bon thé ! Hein, qu'est-ce que tu en dis ? Allez ! Ça nous remontera. Et puis après, si tu as le temps, on pourrait aller voir Aitana ?

Il savait que Cecilia avait pris goût à cette boisson du plus grand exotisme à Cuba, où l'ignorance en la matière est telle que le mot « thé » recouvre tout type d'infusion. Bientôt installés devant leurs tasses fumantes, ils devisaient tranquillement, Jules saluant l'organisation parfaite de la cérémonie, caressant sa Cecilia dans le sens du poil en lui faisant compliment de sa facilité à passer les esprits.

Puis il se rappela l'étonnement des participants à voir surgir au débotté tout à l'heure celui de sa mère, ne put s'empêcher de rapprocher son irruption imprévue à ce moment-là de celle de son rêve, et resta perplexe devant l'insistance mise par Marguerite à tenter de communiquer son inaudible message :

– Tu sais, Cecilia, elle était encore là…

– Qui ça ?

– Marguerita, voyons ! Elle était dans mon rêve, il y a un instant, et elle me désignait mon père, sans mot dire…

Cecilia l'écoutait, les yeux pleins d'une compassion qui eut le don de l'irriter un peu plus.

– À ton avis, qu'est-ce qu'elle peut bien me vouloir ? Après tout, elle n'a qu'à dire les choses clairement, si elle veut que je comprenne !

Ces mots firent réagir la *madrina* au quart de tour :

– Arrête, Julio, tu n'es pas si bête quand même ! Je t'ai déjà dit que les choses ne marchent pas comme ça, dans ce monde-là. Et puis, il est peut-être important pour elle que tu trouves par toi-même ?

Bougon, il encaissa le sermon :

– Bon, bon, tu as sûrement raison… Mais tout de même ! Trouver sans savoir ni quoi ni où chercher ! C'est vraiment une histoire de fous… Au fait, encore une tasse ?

Cecilia déclina, et se leva pour partir :

– Non merci, il faut que je rentre ! Mais je me sens déjà mieux. Ton thé m'a fait du bien. Et d'accord pour Aitana ! À quelle heure veux-tu qu'on y aille ? Six heures, ça t'irait ?

– C'est parfait ! Je serai chez toi à moins le quart.

Il l'embrassa et l'accompagna jusqu'à la grille, écoutant distraitement son pas sonore s'éloigner dans l'escalier. Jetant un coup d'œil à sa montre, il constata que deux bonnes heures le séparaient encore du rendez-vous. Que pourrait-il bien faire en attendant ? Il se doutait qu'il n'arriverait pas à se concentrer sur une lecture si passionnante soit-elle, et décida d'aller flâner en ville.

Jules commença par nettoyer ses plaies qui suppuraient, enfila une tenue plus adaptée, et partit tout content de se payer une petite virée. Un instant, il se demanda si Ricardo n'avait pas négligé d'aller chercher la voiture, compte tenu des circonstances, mais il fut vite rassuré et démarra en direction de la Vieille Havane. Tout en roulant, ses pensées papillonnaient, s'égarant dans toutes les directions, butinant d'Aitana à Marguerita, faisant un petit tour en France, revenant à Cuba… Il se demandait s'il tiendrait le coup là-bas, loin de sa belle *santera*, pensée qui le conduit à examiner mentalement le calendrier, pour arrêter dès maintenant la date de son retour sur l'île.

Les immeubles du Malecon défilaient sous ses yeux, restaurés ou ruinés, baroque mélange en disant long pour qui connaît le langage des pierres du temps passé et à venir de l'envoûtante Havane. Il bifurqua dans Prado, remonta la prestigieuse artère d'antan, faisant ressurgir de ce passé perdu les ombres des élégantes et de leurs galants exhibant leurs plus beaux atours à la fraîcheur du soir au long de la promenade centrale en cette époque d'insolente prospérité qu'avait connue la cité. Il se gara devant le Grand Théâtre et se dit qu'il pourrait commencer sa balade par un petit tour à la galerie d'art que ce dernier abritait. Il s'était toujours piqué d'une sensibilité pour l'école de peinture cubaine, et s'enorgueillissait d'un goût sûr. Il lui était arrivé d'acheter deux ou trois bricoles, et il espérait qu'un jour ses finances lui permettraient de s'offrir un Mendive. On peut toujours rêver… se dit-il, pas plus dupe que ça de la probabilité que se concrétisent ses capitalistes fantasmes !

Ne trouvant guère à son goût l'exposition du moment, il ne s'attarda pas, sortit du bâtiment et traversa le terre-plein arboré, lieu de réunion improvisé de petits groupes de Cubains s'y livrant à des parties d'échec mêlées de discussions passionnées, s'engagea dans Obispo, le Faubourg-Saint-Honoré d'autrefois, et décida de s'acheter un bouquin à la Moderna Poesia, chef-d'œuvre épuré d'architecture Art déco. Il flâna entre les rayons, désespérant de trouver son bonheur dans le maigre choix proposé et jeta finalement son dévolu sur un vieux numéro de sa revue culturelle préférée manquant encore à sa collection. Voulant régler son achat, il s'étonna de l'absence de caissière, et dut presque réclamer, n'arrachant pas la moindre réaction à celle qui finit par daigner se déranger, quand il lui assura qu'il était sur le point de partir sans payer…

Il négligea le *Floridita* voisin, adresse éculée qui n'en finissait pas de monnayer le souvenir d'Hemingway aux touristes venus se rincer le gosier de moults daïquiris, érigés en spécialité de l'établissement, et choisit d'aller boire un verre sur le parvis de la cathédrale, à l'autre bout du vieux quartier. Il parcourut la rue commerçante sur toute sa longueur, s'étonnant de la voir renaître un peu plus de ses cendres à chacune de ses visites sous la ferme pression des opérations de restauration. Il jeta comme chaque fois un coup d'œil dans les boutiques de souvenirs, amusé de voir la bouillonnante créativité de ses concitoyens d'adoption s'exprimer dans les objets exhibés, d'un goût certes parfois discutable. À chaque coin de rue, il se voyait proposer des cigares sous le manteau, à prix défiant toute concurrence évidemment, et répondait invariablement qu'il en avait déjà, merci.

Il arriva au bout d'une dizaine de minutes sur la petite place où se dresse le prestigieux édifice colonial, dont l'harmonie des proportions et la douceur des teintes de la pierre corallifère justifient pleinement sa réputation de plus belle cathédrale de l'Amérique latine. Ravi de se retrouver dans ce lieu qu'il affectionnait particulièrement, Jules choisit une table aussi à l'écart que possible de la foule des touristes. Il commanda un mojito et se mit à feuilleter distraitement la revue. Il sirotait tranquillement son cocktail quand il se rendit compte qu'il était grand temps de rentrer au bercail. Il vida son verre d'un trait et prit le chemin du retour vers la voiture, choisissant d'emprunter cette fois O'Reilly pour son calme.

Soudain, pris d'un coup de fatigue, il chancela, manquant de s'étaler de tout son long. Le chemin vers la voiture lui parut interminable et il s'arrêta un moment sur un banc. *L'effet du mojito, à n'en pas douter…* Il se reprocha d'avoir bu de l'alcool après ce qu'il venait de vivre. Pourtant, il n'était pas entièrement satisfait de son explication. Certes, le verre était de trop, mais son épuisement avait un goût bizarre…

Se sentant un peu mieux, il se remit en route d'un pas hésitant, et finit par rejoindre son véhicule. Il reprit son souffle un instant, prit par le quartier chinois, s'engagea dans Zanja, tourna dans Presidentes, amusé toujours au spectacle de ses arbustes méticuleusement taillés, détail étrange au milieu de tant de laisser-aller. Il obliqua enfin dans Linea, qu'il ne lui restait plus qu'à suivre presque passivement.

Il pestait de constater son retard, resta quand même prudent, et arriva enfin sous les fenêtres de Cecilia. Celle-ci l'attendait de pied ferme, et une fois qu'il se fut vaguement excusé, ils filèrent vers l'hôpital. Leur conversation s'animant, il constata qu'une part de l'impalpable distanciation maintenue jusqu'ici entre eux, au-delà de leur sincère amitié, avait à présent disparu.

– Alors, c'est sûr, tu pars demain ?

– Oui, malheureusement… Je ne peux pas faire autrement ! Il y a mon père, tu sais, et puis le travail… Il faut bien que je gagne des sous, si je veux pouvoir payer mon prochain séjour !

– Évidemment, et tu penses revenir quand ?, fit Cecilia.

– Oh, d'ici deux mois, je pense. Ça dépendra de ce qu'il se passe là-bas. Mais le plus tôt possible, en tout cas, tu peux en être sûre !

– Dis, si c'est possible, la prochaine fois, rapporte-moi cinq ou six mètres de tissu bleu, un peu brillant. C'est pour

Yemaya, pour le trône d'Aitana ! Mais ne te crois pas obligé, hein ! Tu fais comme tu peux…

Touché de voir que Cecilia s'inscrivait à ce point dans la perspective d'une rapide guérison de sa chérie qu'elle prévoyait déjà de fêter l'anniversaire de sa sainte, il se rangea à cet avis optimiste et l'assura que ce n'était pas un souci, qu'il s'en ferait une joie.

Papotage aidant, ils ne virent pas la route défiler. Ils trouvèrent une place avec difficulté, et se dirigèrent presque gais vers le chevet de la jeune femme. Jules fut soudain frappé par le contraste saisissant entre l'heureuse humeur du jour et le climat dramatique de leur première visite, voilà une petite semaine à peine. Il s'en fit reproche, et reprit une posture moins dissipée avant de pénétrer dans la salle commune. Et il fondit de tendresse en voyant une Aitana assurément moins pâle, réceptive, rêva-t-il, à ses affectueuses sollicitations.

Cecilia et lui échangèrent un regard plein d'espoir. Jules, lui prenant délicatement la main, s'adressa le premier à son aimée, presque sur le ton d'une conversation de salon :

– Bonjour Aitana ! Ma chérie, c'est moi, Jules ! Comment ça va ? Tu as bien meilleure mine ! Tu m'as l'air d'aller mieux ?

S'il n'eut pas de réponse verbale, il sentit soudain les doigts d'Aitana presser les siens, presque fermement, d'un geste qui en disait si long…

Surpris, refusant d'abord d'y vraiment croire, il sentit après une seconde de flottement une onde de bonheur l'envahir délicieusement.

– Ce n'est pas possible ! Aitana, tu m'entends ! Cette fois, il n'y a pas de doute ! C'est trop beau ! Ma chérie, tu verras, tu seras bientôt guérie !

Puis, se tournant fébrilement vers Cecilia :

– Elle m'a serré la main ! Tu n'as pas vu ? C'est vrai, je te le promets, c'est vrai, elle m'a serré la main, elle m'a répondu ! Tu te rends compte !

Cecilia se laissa gagner par l'émotion :

– Je n'arrive pas à y croire ! Tu es sûr, Jules ? Vraiment sûr ? Si c'est vrai, c'est un miracle ! Je te l'avais bien dit, hein ! Tu te souviens ? Oh, ma petite ! Ma toute petite ! Enfin, tu reviens ! Je suis tellement heureuse, tellement heureuse ! Continue, bats-toi ! Je te promets qu'on fêtera bientôt ta guérison à la maison !

L'irruption de l'infirmière interrompit brutalement leurs effusions.

– Excusez-moi, messieurs-dames ! Vous voulez bien sortir quelques minutes s'il vous plaît ? Je dois faire un électrocardiogramme à votre parente ! C'est bien votre parente ?

Jules, consterné d'être arrêté en si bon chemin, se rendit difficilement à la raison :

– Oh, déjà ! Oui, oui, nous sommes des proches. Vous êtes sûre ? C'est que… On ne peut pas partir comme ça, après ce qu'il vient de se passer…

L'infirmière n'avait pas l'intention de tenir compte de leurs arguments et renouvela sa demande avec fermeté.

– Bon, bon, d'accord, on y va... Aitana, Aitana, bon, il faut qu'on te laisse ! Ne t'inquiète pas, ma chérie, Cecilia viendra te voir demain ! Moi, je dois repartir à Paris, je reviens le plus vite possible. Cette fois, je prends le pari que je te ramènerai chez toi ! Oh, j'ai tellement hâte de voir ça, mon Aitana chérie !

Il se pencha pour l'embrasser, laissant s'échapper les grosses larmes qu'il ne retenait plus. C'est alors qu'Aitana se mit à balbutier :

– Ju... liooo... Ju... liiii... o...

L'infirmière revint à la charge, brisant l'enchantement.

– S'il vous plaît ! J'ai d'autres malades à voir !

– D'accord, on s'en va, mais quand même, vous avez vu ce qu'il vient de se passer...

Blasée, la femme se contenta de lâcher :

– M'oui, bon, et alors ? Elle réagit un peu, d'accord, mais enfin, ça n'a rien d'exceptionnel !

Jules se contint à grand peine et négligea de répondre à ce sacrilège. Il entraîna vivement Cecilia et ils se retirèrent, non sans avoir adressé de grands saluts sonores et de vibrants encouragements à leur Aitana adorée.

Revenu à la voiture, Jules ne se tenait plus de joie. Cecilia, fidèle à son caractère, maîtrisait mieux ses sentiments.

– Tu te rends compte ! Elle m'a appelé par mon prénom ! Je n'en reviens pas... Quel progrès !

Cecilia joignit sa voix à cette allégresse :

– J'y ai toujours cru, tu te rappelles ? Mais quand même, quel bonheur de voir ça !

Ils suivaient le chemin du retour tout guillerets, lui sifflotant quelque vieil air, quand ses démons le rattrapèrent. *Quand j'y repense, elle avait un drôle de ton, non, quand elle a dit mon prénom ? On aurait dit qu'elle me suppliait… ou plutôt qu'elle m'implorait ?* Procédant à sa manière habituelle, il mit la vilaine pensée au mûrissoir, et revint à des préoccupations plus terre-à-terre :

– Tu n'aurais pas une petite faim ? Moi, j'ai besoin de me remonter, après toutes ces émotions !

Cecilia approuva :

– Oh oui, moi aussi ! Bonne idée ! On pourrait s'acheter des pizzas ?

À vrai dire, il se fichait éperdument du menu. Ils firent halte dans l'une des innombrables gargotes vendant de ces pains plats bourratifs vaguement peints de sauce tomate à l'appellation usurpée, commandèrent de quoi en rassasier la maisonnée tout entière, et s'en retournèrent, attentifs à ne pas se brûler, les doigts graissés au contact du fin papier enveloppant leurs achats.

Après une ultime halte destinée à faire le plein de boissons au kiosque voisin de la maison, ils arrivèrent enfin, harassés, et s'affalèrent sitôt mis le pied dans l'appartement. Ricardo, alerté par le bruit, passa la tête par la porte de la chambre :

– Alors, comment elle va, la petite ?

La réponse jaillit des deux bouches à la fois, la voix de Jules prenant toutefois le dessus :

– Elle m'a répondu ! Ricardo, tu te rends compte ! Elle m'a répondu ! Je lui parlais, et tout à coup elle m'a serré les doigts ! Elle m'entendait, j'en suis sûr et certain ! La preuve : elle m'a appelé par mon prénom !

Il se rembrunit pourtant un instant, effleuré par la nuance angoissée perçue dans la voix d'Aitana, mais n'en poursuivit pas moins :

– Je ne sais pas s'il y a un lien avec ce que j'ai fait ? Quoi qu'il en soit, cette fois, il n'y a pas de doute, elle est sur le bon chemin ! D'accord, elle n'est pas encore sortie d'affaire, mais c'est déjà énorme !

Ricardo, toujours avare de paroles, salua ces heureuses nouvelles d'un air d'approbation, se contentant de son compliment habituel :

– Bravo à vous deux, vous avez fait du bon boulot !

Ils mangèrent de bon appétit, devant la télé comme il se doit, papotant tout en regardant distraitement le vieux film américain au programme. *Moins de vingt-quatre heures...* Ses pensées s'envolaient comme l'avion du retour vers la prochaine étape. Ici, pour cette fois, c'était plié. Rien d'intéressant ne pouvait plus arriver, il ne restait qu'à égrener les heures patiemment, autant que faire se peut... Au bout d'un moment, il n'y tint plus, et décida de rentrer se coucher :

– Vous savez, je suis crevé, mais alors, comme jamais ! Avec votre permission, je vais rentrer maintenant. On se voit demain. Allez, dormez bien ! Merci encore pour tout, si, si, vraiment !

– Il n'y a pas de quoi, Julio, c'est rien. Bien sûr, que tu es crevé ! C'est normal ! Dis-moi, pour un petit Français, t'as bien assuré ! Va te reposer, tu l'as bien mérité. On reparlera de tout ça demain. Dors bien toi aussi. Et fais pas l'idiot, couche-toi en arrivant !

Il promit à Cecilia tout ce qu'elle voulait, et s'en alla sans rien trouver à ajouter. Il se traîna plus qu'il ne marcha, monta péniblement l'escalier, et retrouva enfin l'atmosphère protectrice de la *Casa Aitana*. Observant à la lettre les bons conseils de Cecilia, il se mit immédiatement au lit, goûtant avec volupté la position allongée. Bien vite pourtant, il se rendit compte qu'il était si tendu, si excité, qu'il allait peiner à trouver le sommeil en dépit de son épuisement.

Il finit par se relever, jugeant inutile d'insister, se disant qu'il aurait bien le temps de dormir dans l'avion et alla s'installer sur la terrasse, histoire de passer le temps. Il contemplait avec la même délectation le panorama de la ville piqué de mille feux brillants, caressé par la douce brise de la nuit, quand le vent se mua en caresse d'Aitana, les quelques gouttes de pluie qui se mirent à tomber en larmes de sa chérie. Il frissonna, troublé par cette étrange sensation. *Quelle mouche m'a piqué ? Suis-je en train de devenir fou pour de bon ?* Mais c'était si bon qu'il finit par s'abandonner à la délicieuse impression, et se laissa dériver dans une béate somnolence.

Après un temps au parfum d'éternité, il finit par réagir, constatant qu'il était mûr pour rejoindre son lit. Il s'y dirigea laborieusement, manquant de se cogner aux meubles, ivre d'émotion. *Aitana !* C'est qu'elle veillait sur lui, se dit-il, en guise d'explication à cet étrange phénomène tout en se glissant sous les draps. Ainsi doit-il en être des grands amours vrais, doués du pouvoir de déroger aux lois de la matière, de jouir pleinement de celles de l'Esprit, jusqu'à transcender la chair dans la célébration discrète des noces spirituelles de deux âmes en peine…

Sur cette plaisante dernière pensée, il plongea dans un épais sommeil, agité d'un fourmillement d'images désordonnées. Réveillé par un impérieux besoin naturel, il soupira d'aise d'échapper à l'épuisant rêve qui avait succédé à ce défilement, un songe comme un disque rayé, reproduisant en boucle jusqu'à l'insupportable le même fragment d'histoire, en l'occurrence son initiation, qui semblait n'aboutir jamais. Revenu dans sa couche, il tenta bien de se rendormir, mais dut sous peu déclarer forfait. Combien il aurait aimé s'offrir un bout de grasse matinée ! Il se sentait si fatigué ! Las !, ce serait pour une autre fois…

Le jour n'étant pas encore levé, il alla chercher son Borges, se mit à relire pour la vingtième fois une de ses nouvelles préférées, comme on réécoute une œuvre musicale atemporelle, sans s'en jamais lasser. Il s'émerveillait de découvrir chaque fois, dans ces textes subtilement ouvragés, quelque nouveau détail caché aux regards superficiels, goûtant ici une tournure sophistiquée, fasciné là par ces fragiles constructions qui donnaient l'impression dans leur perfection qu'elles s'effondreraient comme châteaux de cartes si l'on en ôtait rien qu'un seul mot.

Il répondit à l'appel du soleil inondant à présent l'appartement, se disant qu'il fallait commencer par faire le ménage ! Que penserait donc Aitana si elle retrouvait une maison mal tenue ? Stimulé par cet aiguillon, il se leva, mangea, et se mit à l'ouvrage. En parfait petit homme d'intérieur, il astiqua les moindres recoins, puis alla s'asseoir pour admirer l'effet produit.

Content du résultat, il passa en revue le programme de la journée : d'abord passer au marché y faire ses derniers achats, pourquoi pas aller se baigner puisque le temps le permettait, et surtout veiller à consacrer un moment suffisant à Ricardo et Cecilia avant de prendre congé pour un nombre de semaines indéterminé. Il fit rapidement sa toilette, mit en route la machine à laver avec ses draps et serviettes, et sortit, préférant préparer son maigre bagage au dernier moment.

Il avait toujours adoré l'atmosphère des marchés, et goûtait tout particulièrement celui réputé de la *calle 19*. Ce dernier, niché au cœur du Vedado, quartier plus qu'aisé, comparable au 16e arrondissement parisien, offrait un vaste choix de produits à des prix encore plus élevés qu'ailleurs. Il n'en avait cure, du haut de son pouvoir d'achat occidental. Il s'offrit donc le détour, et se gara bientôt le long du bâtiment.

Après avoir repoussé les insistantes propositions de vente sous le manteau de pommes de terre, langoustes et autres crevettes, il se rendit à la *Cadeca de cambio* afin de changer une vingtaine de CUC en monnaie nationale, en usage dans ce type d'endroit. Un quart d'heure plus tard, la main lestée d'une grosse liasse de billets, il se dirigea vers les étals, bien décidé à sélectionner le meilleur du jour. Il acquit au petit vieux qui en tirait sa subsistance quelques sacs de plastique à 1 peso pièce, puis commença ses emplettes. Goyaves, mangues, avocats, bananes *burros*, patates douces, corossols, citrons *criollos* et autres oranges amères, tout y passa, et ses bras se retrouvèrent vite si chargés qu'il dut retourner à la voiture déposer cette première fournée.

Il transpirait à grosses gouttes, et sur sa chemise s'étalaient maintenant de larges taches d'humidité. Un moment tenté d'en rester là, il se dit qu'il serait gentil de ramener des fleurs à Cecilia, et puisa dans cette pensée le courage nécessaire au dernier coup de collier. Il savait combien celle-ci aimait le parfum envoûtant des *mariposas*, la fleur cubaine par excellence, et en prit de quoi faire un beau bouquet, complété d'une dizaine de *girasols* dorés à souhait.

Satisfait d'avoir encore une fois pleinement sacrifié à l'un des rituels sacrés de ses escapades cubaines, il se demanda comme toujours comment il allait bien pouvoir faire pour rapporter tout ça en France, sachant très bien au fond qu'il n'aurait qu'à emprunter l'une des petites cantines autrefois amenées à sa belle emplies de ses présents. L'évocation de sa joie enfantine lors de la remise de ceux-ci fit fondre son cœur un instant, débordant du chagrin à peine assoupi d'avoir brisé son beau jouet…

Il s'ébroua comme pour chasser la douleur, regarda l'heure, et vit qu'il avait juste le temps d'aller se baigner s'il voulait profiter de ses amis. Il hésita un peu, mais se décida finalement, pensant que cela lui vaudrait une meilleure nuit dans l'avion. Une vingtaine de minutes plus tard, il arrivait au Comodoro, et fonça à la plage sans perdre un instant. Mais une fois dans l'eau, en lieu et place de la divine sensation espérée, la mer lui parut désagréablement froide. Il se dit que cela passerait, se mit à nager, mais son corps refusait de s'échauffer en dépit de ses efforts insistants.

Frustré de son plaisir, il n'insista pas et sortit de l'eau, se rappelant les conseils de bon sens reçus dans son enfance. *Il ne manquerait plus que je fasse une hydrocution !* Il avait une explication toute trouvée à son petit malaise. *C'est de l'hypoglycémie, tout simplement ! J'aurais dû manger quelque chose avant…* Un peu rassuré par cette hâtive conclusion, il alla s'asseoir au snack et commanda un bisteck de cochon. Tout en mangeant, il se demandait s'il ne pourrait pas retourner voir Aitana en coup de vent. Il finit par renoncer à cette idée, estimant qu'il valait mieux rester sur le souvenir d'hier pour affronter les semaines à venir, plutôt que de risquer une déception. Tout ça était encore si fragile…

Fidèle à son mode de fonctionnement, il se sentit un peu requinqué de s'être nourri. Il s'acquitta de son dû et fila en direction de La Lisa. Tout en roulant, il se laissa aller au jeu ambigu de la nostalgie, autorisant les grosses bulles d'émotion gonflées des souvenirs du bon vieux temps à venir crever sur la scène de son petit théâtre intérieur. C'était si bon de rendre ainsi vie au passé, si facile, en apparence gratuit, sauf à considérer qu'il y aurait un prix à payer au final, quelque nouvelle souffrance. Mais c'était une autre histoire. Après tout, ces moments-là, qu'étaient-ils, sinon parties intégrantes de lui, autant de morceaux d'existence qui, mis bout à bout, composaient son personnage ? C'est ici qu'il s'était construit, qu'il était devenu un homme, pour le meilleur et pour le pire, mais un homme pour de bon. Et cela seul comptait, au fond.

Il avait l'impression d'être à la veille d'une mutation, d'une métamorphose de sa petite personne. Il comptabilisait son parcours de vie à bonne distance, conscient qu'il s'était enfin trouvé, lui, le paumé de Seine-Saint-Denis, jusqu'alors ballotté par les flots de l'existence, et que c'était ici qu'il avait appris à maîtriser son destin. Oh, ce n'était pas bien flamboyant ce qu'il était à présent, mais il ne le devait qu'à sa seule volonté, à ses choix personnels, pour la première fois. Satisfait de ce constat, il fut effleuré par l'idée un peu paranoïaque que tout cela était organisé depuis le début. Mais il n'était plus esclave de ce genre de démons et avait acquis assez d'assurance pour leur clouer le bec.

Il parcourut les dernières centaines de mètres le séparant de chez Cecilia comme en apesanteur, tout léger, évaporé. *Heureux, les simples ! Parviendrai-je un jour à cesser de me torturer pour un oui ou pour* un *non ? C'est si bon de se sentir comme ça !* Il aperçut au loin Ricardo, debout devant la maison, appuyé sur un muret, en grande discussion avec un voisin. Toujours aussi gamin, contrarié à l'idée de n'être pas le seul objet de l'attention du couple à l'heure des adieux, il se gara presque devant l'édifice, et salua bruyamment la compagnie par la fenêtre ouverte. Ricardo prit congé de son interlocuteur et vint lui proposer son aide.

Il déclina la proposition, ne sachant pas trop pourquoi :

– Non, non, merci, Ricardo, ne te dérange pas, ce n'est pas la peine, je n'ai pas tant de choses que ça ! Je vais très bien me débrouiller tout seul. Je passe vous voir d'ici une heure, le temps de préparer mes bagages. Ça vous va ?

Celui-ci approuva :

– Comme tu voudras, mon p'tit gars ! Mais tu n'as pas l'air très en forme. Tu devrais me laisser te donner un coup de main !

Têtu comme une mule, Jules ne voulut pas en démordre :

– Ça va, Ricardo, encore merci, je t'assure que ça va ! J'aurais dû manger un truc en milieu de matinée ! J'ai eu comme un malaise à la plage. Mais maintenant c'est passé. À tout à l'heure, hein, d'accord ?

– Je n'insiste pas, fit Ricardo, mais tu as tort ! À plus tard !

Peinant sous le poids de ses achats, cherchant la raison de son absurde refus, il se hissa péniblement jusqu'à l'appartement. Il déposa le tout dans la cuisine, et se mit en quête de la cantine. L'ayant trouvée, il fouilla dans les tiroirs à la recherche de ces sacs plastique à glissière qu'il prenait autrefois soin d'emporter pour emballer proprement les denrées périssables. Le rappel de son côté maniaquement organisé le fit sourire un instant, puis il passa aux choses sérieuses, et organisa son affaire presque militairement, afin que rien ne soit abîmé au cours du transport. Il rangea avec un soin particulier ses pierres sacrées et le mystérieux *empaque*, ce dernier objet lui laissant décidément une drôle d'impression. Un quart d'heure plus tard, satisfait de son travail, il s'accorda une petite pause.

Il ferma les yeux un moment, récapitulant les dernières choses à ne pas oublier. *Voyons, donner l'argent du parking à Ricardo, lui en laisser pour Aitana, et quoi d'autre encore?* Il se rappela qu'il était plus prudent d'appeler l'aéroport, afin de s'informer d'un retard éventuel. Une dizaine de tentatives plus tard, pestant contre la ligne occupée et l'annonce d'accueil raccrochant au nez, il parvint à joindre le service des vols internationaux, et obtint la confirmation qu'il attendait.

L'attendait-il réellement en fait? Il caressait l'idée d'une annulation, sans la souhaiter franchement. Mais si le destin était venu à s'en mêler... La dernière marge d'incertitude levée, il se décida à boucler la maison, vérifiant de pièce en pièce que tout était en ordre. Cette tâche effectuée, les lieux jugés dignes du retour d'Aitana, il eut envie de lui glisser un billet doux sous l'oreiller. Il s'enquit d'un stylo et d'une feuille de papier, et se mit à rédiger, peinant à trouver à ses mots, jusqu'à ce que sa muse l'inspire :

Aitana mon amour, bienvenue chez toi ! Je t'écris juste avant de partir prendre l'avion, alors que tu viens de me donner une si grande joie ! Je m'en vais le cœur plein d'espoir, et je sais que quand tu liras ces lignes, nous serons proches de nos retrouvailles. Enfin ! Je vais y penser jour et nuit jusque-là ! Veille bien sur toi en attendant ! Je t'aime, mon Aitana, comme je n'ai jamais aimé, comme je n'aimerai jamais ! Je te couvre de baisers.
Ton Julio

Content de sa prose, il plia la lettre en quatre et la disposa soigneusement, goûtant avec anticipation le plaisir qu'elle ressentirait à sa découverte. Voyant qu'il était bientôt quatre heures, il se dit qu'il était grand temps d'y aller. Il se rassit pourtant un court instant, comme pour dire au revoir à l'appartement. Curieusement, l'impression d'une surnaturelle présence d'Aitana dans l'appartement avait à présent disparu, peut-être parce que l'esprit de son aimée se trouvait occupé à réintégrer son enveloppe de chair, pensa-t-il distraitement. Considérant que cette fois il était prêt pour de bon, il sortit ses bagages sur la terrasse, s'inquiétant de la cantine qu'on aurait dit de plomb. Il s'apprêtait à refermer la porte d'entrée quand lui revint la noire pensée qu'il ne remettrait plus jamais les pieds ici.

Il décréta que cela n'avait rien à voir avec une intuition, rien d'autre qu'une scorie de sa tendance à s'auto-persécuter, et tourna prestement les talons. Il descendit prudemment les marches périlleuses, attentif à ne pas se donner quelque méchant tour de rein avec sa lourde malle, mit le tout dans le coffre de la Peugeot, et fila chez Cecilia.

Le couple l'attendait de pied ferme, désireux de lui prodiguer toutes sortes de recommandations. Il fut invité à s'asseoir, entouré d'attentions, bien trop à son goût. Il régla avec Ricardo les problèmes d'argent, insista pour qu'on le tienne au courant des moindres progrès d'Aitana, convint d'un rendez-vous téléphonique hebdomadaire, pour se trouver vide de mots au moment d'en venir au fond. Il aurait tant voulu leur faire partager son émotion, mais rien ne venait que des paroles indignes d'exprimer ce qu'il ressentait. Il préféra renoncer, et s'offrit silencieux au supplice des mille et un conseils dispensés par ses parrains en religion. Cecilia lui rappela de mettre un verre d'eau quelque part chez lui pour sa mère, tandis que Ricardo insistait sur l'importance de bien nourrir son *lucero* et ses *infumbes*. Il lui répéta pour la énième fois comment demander leur aide à ces derniers.

– Et quand tu te sentiras prêt, que tu auras repris des forces, ajouta le *padre n'ganga*, tu feras le vide en toi, et tu regarderas dans le miroir de ton *empaque* ! Tu sais, les miroirs servent de portes aux esprits. À travers eux, ils vont et viennent d'un monde à l'autre. Mais ne te presse pas ! Attends de te sentir en état d'affronter ça… C'est parfois un moment fort, tu sais ! Prends ton temps, ne gâche pas l'occasion !

Occasion de qui ? Occasion de quoi ? Il s'agaça de ce nouveau mystère :

– Qu'est-ce que c'est que cette histoire ? Que veux-tu veux dire par là ? Je ne comprends rien à ce que tu me racontes !, lança-t-il à son parrain.

– Ne t'excite pas comme ça, mon garçon ! Tu te doutes bien où je veux en venir. C'est pas bien compliqué ! À travers l'*empaque*, tes *infumbes* te donnent la possibilité d'aller voir de l'autre côté. Mais pour y arriver, il faut que tu sois suffisamment développé. Alors, à toi de jouer ! *Il n'y a rien à ajouter…*, conclut Ricardo sur un ton un brin sentencieux.

Jules n'insista pas et, fatigué de ces histoires de fantômes, préféra abréger l'entretien :

– D'accord, d'accord, j'ai compris ! Je ferai de mon mieux ! Vous pouvez être tranquille, j'ai écouté vos conseils. Je ne suis pas idiot ! Mais comme le temps passe vite ! Il va falloir que j'y aille, j'aimerais bien arriver assez tôt à l'aéroport pour avoir une chance d'être surclassé. Je passerai une bonne nuit dans l'avion et j'arriverai à Paris demain frais et dispos ! Merci encore pour tout ! Vous avez été formidables, si, si, vraiment adorables ! Vous savez, je vous aime beaucoup ! Vous êtes ma deuxième famille, je tiens tellement à vous !

Touché au cœur, le couple s'abandonna au grand air de l'émotion. Cecilia et Ricardo se remirent à le remercier avec effusion, et tous s'étreignirent, à grand renfort d'embrassades, de serrements et de tapes dans le dos, *a lo cubano* !

– S'il te plaît, Julio, c'est nous qui te remercions ! Tu as eu le courage de reconnaître que tu t'étais trompé et tu n'as pas hésité à prendre le premier avion ! Ce n'était pas facile, on le sait bien... Quand on voit les progrès d'Aitana, c'est clair, tu n'es pas venu pour rien ! Si elle s'en sort, c'est à toi seul qu'elle le devra !

– Si elle s'en sort ? Mais dis-donc, il n'y a aucun doute là-dessus ! Qu'est-ce que tu me racontes-là ?

Il avait bondi comme un diable, incapable de supporter qu'on puisse mettre en doute la guérison de sa belle et ce, moins encore de la part de Cecilia.

– Pardon, pardon, fit cette dernière, calme-toi, il n'y a pas de raison de s'énerver... j'ai dit ça comme ça, sans penser à mal. Tu as raison ! Bien sûr qu'elle guérira !

Un peu honteux de sa susceptibilité à fleur de peau, il jugea préférable d'en rester là et de finir en beauté sur ces adieux à juste titre émouvants.

– Excuse-moi, Cecilia, je suis désolé... C'est toi qui as raison, je suis idiot de m'emporter ! Mais je ne peux pas imaginer qu'elle puisse rester comme ça, après ce qu'on a vu hier ! Je ne le supporterais pas ! Bon allez, maintenant, il faut que je file. Veillez bien sur vous ! Je vous appelle de Paris demain. À très vite...

– Ok, ok, ça va... d'accord ! On fait comme ça. Prends bien soin de toi, on attend ton appel ! Je te souhaite un bon voyage. Et merci encore, p'tit Blanc ! grogna Ricardo, en guise de mot de la fin.

Sur un ultime baiser, il s'éclipsa, cette fois sans se retourner. Du volant, juste avant de démarrer, il leva les yeux vers le balcon, et rendit leur salut à ses amis d'un V de la victoire un peu balourd, agitant sa main par la fenêtre jusqu'à ce qu'il soit hors de leur vue.

Alors qu'il conduisait tranquillement, fidèle à ses habitudes, il lâcha un peu la bride à ses pensées. Cherchant des repères dans le passé récent, il lui sembla être parti de Paris depuis une éternité, tant ce monde qu'il avait quitté il y avait pourtant si peu lui paraissait lointain… *Mystère de la perception du temps…* Ça allait lui faire tout drôle de revenir à son petit train-train bien huilé, à cette vie couleur de muraille, sans apparitions ni possessions, sans morts bavards ni devins hermétiques…

Plus il avançait dans sa réflexion, plus il se rendait compte qu'il n'était pas fait pour cette vie-là et qu'il était grand temps d'emprunter la voie que tout lui désignait, avant que son heure soit passée… Il butait toujours sur l'obstacle de son père, mais, refusant toute hypocrisie autant que d'anticiper la mort de celui-ci, il intégra à son raisonnement le fait que Francis ne serait pas éternel.

En guise de conclusion, il se dit qu'il ne fallait pas s'emballer, que tout arriverait à point nommé ; il s'agissait de s'y préparer, aussi sereinement que possible, pour ne pas être pris au dépourvu et pouvoir embrayer sur son vrai chemin de vie quand le moment serait venu. Il revint au présent immédiat, compara son ressenti à celui de tant de routes du retour vers l'aéroport, si triste les premières fois, puis adouci progressivement, à mesure de l'inscription dans la durée de sa relation avec l'aimée.

Aujourd'hui, c'était autre chose, une impression inédite, un détachement dont il aurait pu être honteux, s'il n'avait eu dans le cœur la certitude de se situer dans le vrai, d'être proche de l'accomplissement. *Quelle drôle d'histoire que la vie, tout de même ! Qui aurait cru ?*

Il ralentit l'allure aux abords de l'aéroport, se rappelant la présence de la police qui prétendait apprécier à l'œil nu le respect des 30 kilomètres/heure autorisés, garda une marge de sécurité en roulant presque au pas, et se gara enfin sur le parking réservé aux voitures de location.

Après une brève attente, il rendit son véhicule, dont l'employé vérifia avec zèle l'état général, avant de décerner souriant un brevet de conducteur émérite à un Jules espiègle regrettant que celui-ci ne puisse deviner à quoi il avait servi… Il extirpa avec peine sa cantine du coffre, la posant lourdement sur un chariot opportunément abandonné.

Il se dirigea vers le hall, prit l'ascenseur, vérifiant qu'il avait bien tous ses papiers en main, puis avança vers le guichet d'Air France, devant lequel s'étirait déjà un impressionnant ruban de touristes parachutés de leurs clubs de vacances *all inclusive*, portant pour la plupart leurs bracelets identifiants au poignet, et même parfois le chef encore couvert de ces ridicules chapeaux de palmes tressées. Cette foule inhabituelle semblait particulièrement agitée.

Comme de coutume, Jules sortit son sésame de voyageur fréquent et coupa la file d'un air détaché, suscitant l'étonnement agacé de quelques vacanciers, vite dissipé dans le brouhaha général. Il se plaça dans la file réservée aux passagers des classes supérieures, se réjouissant de n'avoir que deux personnes devant lui. Il atteint le guichet, fut reconnu de l'employé, qui lui expliqua que le vol de la veille ayant été annulé, après une panne de l'avion à Paris, ils se retrouvaient à devoir gérer une situation pour le moins compliquée.

– Voyons... Bon! Vous êtes bien confirmé! Dites-moi, aimeriez-vous être surclassé?, demanda l'homme avec un sourire entendu.

– Je ne vous dirai pas non, c'est clair!, répondit-il tout frétillant.

Il jeta un coup d'œil sur sa carte d'embarquement : 6 B! Il était en *business*! Il se confondit en remerciements, se doutant qu'il devait surtout sa bonne fortune à l'incident de la veille. Sa cantine étant en excédent de poids, il craignit d'avoir à payer un supplément, quand l'employé, visiblement accablé par les présentes circonstances, lui fit signe que cela irait comme ça...

Se délectant déjà de l'excellente nuit qui l'attendait, il alla s'acquitter de la taxe d'aéroport, oubliant dans l'excitation de récupérer sa monnaie, et fila directement vers l'immigration. Cette fastidieuse formalité effectuée, il se dirigea vers le salon VIP après avoir passé les contrôles de sécurité. Il se choisit un petit coin bien tranquille, tout au fond, non loin du bar, posa son bagage à main et se fit servir un bon vieux rhum avec un glaçon. Il s'amusa de constater qu'on servait toujours des tranches de cornichons *malossol* en guise d'amuse-gueules, insolite écho de l'ex-grand frère soviétique.

Après cette pause bienfaisante, il pensa courtois de passer un coup de fil à Cecilia pour lui dire que tout s'était bien passé. Elle décrocha bientôt, lui dit qu'elle quittait Aitana voilà un quart d'heure et que celle-ci semblait se maintenir dans la même heureuse orientation, puis lui renouvela sa reconnaissance infinie. Il fit de même, avec émotion, et abrégea, jugeant bon d'en garder un peu pour la semaine suivante.

Maintenant apaisé, tant par le sentiment du devoir accompli que par les brumes diaphanes du rhum, il sortit un moment du salon pour passer le temps. Il flâna devant les présentoirs de livres, douloureusement effleuré par le souvenir de l'achat ici même de celui qui avait tout déclenché, avec son récit de changement de vie. *À quoi tient le Destin*… Il chassa cette pensée et entra dans la boutique *duty free*, prit deux bouteilles d'Havana Club, cédant à son vice innocent en jouant l'initié avec la caissière, et rejoignit son antre de privilégiés.

Il restait à peine une heure avant l'embarquement, qu'il tenta d'employer à lire son bouquin. Mais il avait les plus grandes peines à se concentrer, et préféra laisser son esprit divaguer. Il s'assoupit finalement à moitié, veillant à garder une oreille attentive en se souvenant de ces histoires de voyageurs ayant laissé partir l'avion pour s'être endormis trop profondément. La voix chantante de l'employée appelant les passagers du vol d'Air France le ramena soudain à la réalité. Il décida de patienter encore un moment, puis, estimant l'heure venue, partit rejoindre la porte d'embarquement, sans oublier de saluer à la cubaine les employées du salon, nostalgique déjà en pensant au vide des relations humaines parisiennes.

Il traversa en flèche le grand hall, se fraya un chemin à travers la foule compacte, fit valoir sa priorité, et s'engagea dans la passerelle mobile, attrapant au passage les journaux français à disposition. Comme toujours, il se représentait l'entrée dans l'appareil comme un passage de frontière entre ses deux univers. Un peu étourdi par l'atmosphère luxueuse de la classe affaires, il s'installa comme un pacha dans le large fauteuil, étirant voluptueusement ses jambes, comme pour mieux en apprécier les dimensions.

Puis il se jeta sur *Le Monde*, avide de ces informations dont il prenait pourtant un franc plaisir à être éloigné pendant ses escapades cubaines. Il accepta distraitement le verre de champagne proposé, tiède évidemment, sentant, en y trempant ses lèvres, combien sa saveur acidulée le ramenait vers la mère-patrie. Au terme de l'incontournable heure d'attente, après lecture des consignes et désinfection de la cabine, l'avion se mit enfin à rouler.

Au revoir, Cuba, formula-t-il mentalement, se sentant un peu niais pour cette banalité. Longtemps, le pincement au cœur à sentir les roues quitter le sol lui avait tiré quelques larmes discrètes, aujourd'hui taries. Son voisin ce soir, un quelconque homme d'affaires pensait-il, s'était déjà assoupi, négligeant le spectacle magique offert par La Havane brillant de tous ses feux jusqu'à la traversée du plafond nuageux. Il s'abîma dans sa contemplation, cherchant des repères au jugé, distinguant le pinceau du phare du Morro et la voie étoilée du Malecon ourlant les ténèbres de l'océan.

La vue se brouilla, et la page se tourna pour de bon. L'apéritif fut servi, suivi du dîner, il déclina l'offre d'un digestif, conservant un soupçon de raison, puis avala quand même le quart d'un somnifère, histoire de se rassurer plus qu'autre chose, et déploya le fauteuil-lit comme un enfant actionne son nouveau jouet. Il s'installa bien confortablement, s'équipa méticuleusement des accessoires indispensables à un sommeil durable, et se laissa aller complètement.

Morphée ne se fit pas prier, et l'emporta dans ses bras. Des songes variés se mirent à défiler dans le torrent de son esprit fébrile, la distance entre Paris et Cuba semblant abolie au fil d'étranges scènes rassemblant sans invraisemblance aux yeux du dormeur toutes sortes de personnages familiers rattachés à ses deux vies. Sans transition, il comprit être arrivé à l'épisode obscur qui l'avait tant troublé il n'y avait pas si longtemps. Curieusement, le vide s'était à présent mué en une image floutée, presque plus dérangeante que le trou noir qu'elle remplaçait. Deux silhouettes s'y mouvaient, s'y disputaient plutôt, vit-il soudain.

Alors qu'il appelait de toutes ses forces le mystère à se dissiper, certain d'être proche de la révélation, les bruits et lumières de la cabine se réveillant l'extirpèrent brutalement de la scène, le laissant sur cette césure infiniment frustrante. Las !, il chercha bien à replonger, sans illusion, sachant qu'il n'est pas de coupe-fil pour le pays des rêves. Alors il se leva, se précipita avant qu'il y ait foule pour faire un brin de toilette, puis revint à son siège avaler la collation offerte.

La nuit prochaine, peut-être… Jules tentait de se consoler avec les moyens du bord, rageant d'avoir été si près de la levée du secret. *Pourquoi un secret, d'abord? Qu'est-ce qui peut me faire croire qu'il y ait un secret là-dedans ?* Il savait trop bien d'où venait cette idée, réintroduite sans prévenir au beau milieu de ses réflexions, un peu comme si un esprit souffleur était là, tapi dans l'ombre. Puis il revint à la raison, considérant que les choses évoluaient positivement, et qu'il suffisait donc d'être patient.

C'est alors que le commandant de bord annonça qu'on allait entamer la descente sur Paris, invitant comme de coutume les passagers à regagner leurs sièges. Il jeta un coup d'œil à sa montre, constata satisfait qu'ils avaient pratiquement rattrapé leur retard, et calcula que d'ici une demi-heure ils se poseraient, ce qui lui permettait d'envisager d'être chez lui dans moins de deux heures. C'était là qu'il pourrait mesurer le chemin accompli, en prenant à témoin le décor familier pour éclairer d'un jour neuf les différences entre son état antérieur et celui d'aujourd'hui, clairement meilleur, mais jusqu'à quel point ? Telle était la question, et la clé de l'avenir aussi...

Il feuilleta distraitement le magazine d'Air France jusqu'à l'annonce de l'imminence de l'atterrissage. Il considérait comme un devoir d'être attentif à cette opération, peut-être pour ne pas manquer les premières secondes d'un possible accident... Quelques instants plus tard, seul un léger soubresaut signala que l'avion s'était posé, avec une douceur telle qu'elle suscita les applaudissements des passagers de l'arrière.

Il détestait ces interminables minutes de roulage sur le tarmac. Enfin, l'appareil s'arrêta, Jules constatant qu'il faudrait prendre un bus pour rejoindre l'aérogare. Il détestait cette façon d'afficher que la ligne était secondaire, sachant qu'on ne saurait traiter ainsi un vol en provenance de New York ou toute autre desserte « noble ».

Après ce pénible transbordement, d'échelle de coupée à l'ancienne au bus sans sièges, jusqu'à l'escalade des volées de marches d'un escalier pisseux, il se retrouva dans les couloirs familiers du terminal 2C, se disant qu'on donnait une drôle d'image du service à la française aux voyageurs débarquant là pour la première fois…

Après le passage de la police des frontières, il alla récupérer sa cantine, par bonheur déjà arrivée, étiquette de priorité aidant, et se dirigea vers la sortie, un peu inquiet d'être dans les tout premiers. Nul douanier ne s'intéressant à ses maigres affaires, il se mit à chercher la porte donnant sur la station de taxi. L'ayant enfin trouvée, il se plaça dans la queue, consterné à la vue de la quasi-anarchie que tentait de canaliser un jeune préposé. Son tour venu, il se vit contraint de porter sa pesante malle à bout de bras sur cinq bons mètres, quand le chauffeur, le voyant sur le point de défaillir, finit par venir à son aide.

Jules monta dans la vieille Mercedes, grogna son adresse et se mura dans un silence obstiné. Il regardait d'un œil distrait le morne paysage des abords de l'aéroport, succession d'entrepôts rivalisant de laideur, l'illustration parfaite du sacrifice de ce qui était encore il y a peu la campagne sur l'autel de la déesse-croissance. Ils débouchèrent bientôt sur la A86, retrouvant la galère des embouteillages dont La Havane est encore exempte.

Après une insupportable demi-heure de marche au pas, pare-chocs contre pare-chocs, ils quittèrent l'axe congestionné pour retrouver un milieu urbain qui, s'il n'était pas moins vilain, avait au moins l'avantage de la familiarité. Chemin faisant, il composa le programme de sa journée, guère compliqué à organiser. Un petit tour au bureau, une visite à son père, et le tour serait joué. Il se demanda s'il ne serait pas raisonnable quand même d'aller consulter son médecin, afin de lui parler de cette fatigue chaque jour plus pesante.

Jules se fit arrêter devant le premier distributeur venu, puis remonta en voiture, fébrile d'être presque arrivé. Enfin, surgit de la grisaille l'immeuble abritant son petit chez-lui. Bon bougre, le conducteur lui proposa son aide, l'accompagnant jusqu'au pied de l'ascenseur. Parvenu sur le palier, il traîna la cantine jusqu'à sa porte, fit tourner la clé dans la serrure, et pénétra chez lui. Le filtre de l'habitude n'ayant pu colorer encore son regard, il contempla un décor qui lui parut étrangement suant d'auto-contentement étriqué.

Il se retourna pour fermer la porte et se promit de faire table rase de tout ça au plus tôt. Puis il alla s'asseoir dans le canapé, histoire de reprendre son souffle. Tournant son regard sur lui-même, il constata qu'il y avait bien quelque chose de changé, tout en étant incapable de définir quoi. *Résigné*. Le mot jaillit, éclatant de vérité. La nature de cette espèce de sérénité qu'il ressentait si profondément ne serait donc que ça ? Un banal renoncement... Il aurait cessé de lutter, tout simplement ? Cela s'était-il produit sous l'effet conjugué de son initiation, du parcours intérieur accompli, de la guérison programmée d'Aitana ? Probablement y avait-il un peu de tout ça, grevé de la fatigue poisseuse qui pesait ce matin plus que jamais et des effets du décalage horaire.

Persistant à tenter de se rassurer, il se dit qu'il y avait de quoi être déboussolé, en dépit du trait d'union que pouvait constituer sa collection poussiéreuse d'objets *santeros*, à passer sans transition d'une cérémonie de Palo Monte, accompagnée des manifestations troublantes d'esprits divers et variés, au cocon banlieusard d'une petite vie rangée d'employé de bureau qu'on n'oserait qualifier de modèle !

Il décida d'avoir recours à la martingale souveraine du contentement de son estomac, et alla se préparer de quoi manger. Ouvrant le frigo, il vit que la femme de ménage avait eu la présence d'esprit d'acheter des pommes et un litre de lait. Il se prépara un thé, trouva les céréales, et mit au point sa petite affaire.

Enfin attablé, il tenta de n'héberger que des pensées légères, recourant à l'amour, repassant en boucle le film délicieux de la dernière visite à l'hôpital. *Espérance !* Le repère était là, il le savait, insubmersible bouée au milieu des éléments déchaînés de sa pâle existence. Sa collation avalée, il se dirigea vers la salle de bains et entra dans la douche. Frissonnant sous le plaisir minuscule, il se dit que s'il n'y avait eu les marques sur sa peau inscrites par Ricardo, il aurait pu croire n'être jamais parti. Il acheva ses ablutions, se rasa, puis, après s'être lavé les dents, retourna dans le salon.

C'est alors qu'il pensa à l'*empaque*. Les mots mystérieux à propos de l'objet prononcés par Ricardo au moment de se quitter avaient fait leur chemin. Saisi par la curiosité, il alla chercher l'objet. Alors qu'il plongeait la main dans son sac, l'écho des paroles de son parrain résonna à ses oreilles : *« Quand tu seras prêt, quand tu auras repris des forces, tu feras le vide en toi, et tu regarderas dans le miroir de ton empaque… »*

Il se doutait qu'il était abusif à ce stade de prétendre avoir repris des forces, mais la curiosité, et quelque autre énergie, le poussaient si fort… Tentant de se justifier, il se dit qu'enfin, il avait fort bien dormi dans l'avion, et que son séjour cubain lui avait sans nul doute profité ; qu'il était fatigué, certes, mais moralement plus fort, alors…

À tâtons, ses doigts finirent par enserrer l'*empaque* sommairement emballé. Il déchira le papier qui l'entourait, et contempla la chose. À vrai dire, vu de près, il ne s'agissait que d'une vieille corne rugueuse, dégageant une forte odeur animale, au gros bout de laquelle un petit miroir circulaire avait été maladroitement assujetti au moyen d'un morceau de métal tordu. De fait, rien de remarquable. Il la soupesa, dubitatif, et se demanda ce qui pouvait bien l'alourdir ainsi.

Il alla se rasseoir, et décida d'appliquer les consignes de son parrain, bien sûr à sa manière. *Faire le vide*… Il pensa à la meilleure façon de regarder les étoiles, en comptant jusqu'à cent les yeux fermés, afin de les habituer à l'obscurité, pour mieux jouir du spectacle des astres. Il appliqua la même méthode, trouva que cent c'était quand même bien long, persista, rouvrit ses paupières et plongea son regard dans la petite glace piquée. Mais rien ne se passa. *J'aurais dû m'en douter...* Ne voulant pas renoncer sans avoir tout tenté, il se répéta la dernière phrase de Ricardo : « *Tu feras le vide en toi...* »

Il fit en sorte de ne penser à rien, se concentrant sur sa respiration, quand il eut la vague impression de voir comme un nuage de fumée, au loin, dans la pénombre reflétée par l'objet.

Intrigué, il se demandait si ce n'était pas là pur produit de son esprit, une hallucination mineure, quand tout se brouilla. Il poussa un cri intérieur, persuadé d'être en train de partir, oppressé par le bruissement d'élytres par milliers se frottant frénétiquement, sensation identique à celle ressentie voilà une semaine, au sortir de la piscine. Puis, sans prévenir, ce fut comme s'il ouvrait les yeux sur une scène aux contours flous, dans laquelle il ne distinguait que deux personnages accaparés par une violente dispute. Spectateur malgré lui, contraint à un voyeurisme forcé qu'il ne goûtait nullement, il aurait bien voulu s'en aller, quand il reconnut les visages de ses parents, maintenant d'une netteté parfaite.

Ces derniers en étaient venus aux mains, et il voulut intervenir pour les séparer. Mais aucun corps ne répondit à son impulsion. Impuissant, horrifié, il vit son père saisir des deux mains le cou de sa mère et serrer, serrer... Celle-ci se débattit, l'ampleur de ses mouvements désordonnés diminuant progressivement, jusqu'à cesser complètement. Quelques secondes comme une éternité passèrent, son père lâcha le corps pantelant qui s'écroula, mannequin désarticulé, visage violet, langue pendant obscènement de la bouche.

La dépouille restait là, seule, figée dans une posture contre-nature, quand Francis revint, une corde à la main. Il s'empara du cadavre, le fit basculer sur son épaule, et tout sembla se fondre dans un épais brouillard. Jules se sentit aspiré dans son corps, tenta de s'opposer à la force qui l'entraînait, et se retrouva sur le canapé, trempé de sueur, le cœur à cent à l'heure. *C'était donc ça, ce que voulaient dire Ma'Jacinta, Marguerita, Fabelo, Orula, tous, quoi !..* Il hurla sa douleur et sa haine mêlées, gémit, pleura, déchira le silence de l'immeuble, jusqu'à ce qu'on vienne marteler sa porte à grands coups exaspérés.

Il se reprit un peu, se leva péniblement pour tenter de calmer le voisin vociférant qui menaçait d'appeler la police sur-le-champ, entr'ouvrit la porte, balbutia à son interlocuteur furieux qu'il ne s'agissait que d'un vulgaire cauchemar, qu'il était tellement désolé, que c'était à présent terminé, et se confondit en excuses pour terminer d'apaiser celui-ci. L'homme grommela encore un peu, pour la forme, et tourna les talons.

La police, évidemment ! Le mot du voisin résonnait en écho. Il se consumait de haine, brûlant de se faire justice sans attendre, de voir son père arrêté, jugé, emprisonné comme le criminel qu'il était. Puis son élan se brisa aussi vite qu'il avait déferlé, comprenant qu'on ne le croirait pas, qu'on se moquerait de ses élucubrations... Où pire encore que... *« Une vision, dites-vous ? Vous en avez souvent ? »*

Il prit conscience que c'était lui qui serait enfermé, placé sous camisole chimique, de peur qu'il ne se mue en parricide au fil d'un évident délire paranoïde... Il resta là, prostré, oscillant entre un déni complet et le gouffre de l'incompréhension. *Pourquoi ?* La folie rôdait, il le savait. Et d'abord, peut-être auraient-ils raison de vouloir le neutraliser, le protéger de lui-même. Pendant un temps qui lui parut interminable, sa raison ne tint qu'à un fil, l'aliénation guettant cette proie facile, blessée au cœur par l'effondrement des certitudes d'une vie.

Bribes par bribes, de sales petits bouts de souvenirs se mirent à émerger en désordre des tréfonds de son inconscient. C'étaient des cris au plus noir de la nuit, vite étouffés, d'acides réflexions qu'il avait préféré ignorer, toute une épouvantable accumulation de traumatismes petits et grands, enfouie au plus profond, qui ressortait au grand jour, après avoir été refoulée tout au long de son enfance.

Papa, un meurtrier? Comment avait-il pu en arriver là? Il sentit l'irrépressible besoin d'entendre de la bouche de l'intéressé l'aveu de son crime, mieux, ses motivations, plus encore de savoir comment il avait réussi à maquiller celui-ci, à demeurer insoupçonné tant d'années, enfin, surtout, à museler sa conscience, à vaincre l'inlassable travail de sape du remords, de celui qui conduit bien des assassins à se livrer un jour, incapables de continuer à cohabiter avec leur terrible secret.

S'accrochant à cette perche tendue dans son vide, il résolut d'aller voir Francis sans attendre, coûte que coûte, persuadé que s'il restait une échappatoire à la souffrance à perpétuité qui suivrait immanquablement, ce ne pouvait être que celle-là, si redoutable soit-elle. Il se rendit compte que cette démarche n'aurait de sens que s'il parvenait à conserver son calme durant l'entretien. Or, il restait dubitatif sur sa capacité à se maîtriser.

Sur la lancée cubaine, il recourut aux *orishas*, implorant de toutes ses forces l'aide d'Obbatala, faisant serment pour faire bon poids à la Virgencita de la combler des plus précieux cadeaux si elle daignait l'accompagner dans la présente épreuve, puis, ne sachant à quels autres saints recourir, il tenta de s'arracher à sa torpeur.

Jules dut prendre sur lui comme jamais, chaque mouvement lui coûtant. Il parvint à secouer la gangue qui l'engluait, s'habilla n'importe comment, se dit qu'il avait besoin d'un remontant pour se donner du courage, fouilla dans le placard du salon, mit la main sur une bouteille de rhum, relief d'un précédent voyage, s'en versa un grand verre, qu'il ne vida qu'à moitié, retenu par un sursaut de la raison. Se sentant un peu mieux, il prit ses affaires de moto et descendit au garage d'un pas mécanique.

Arrivé au sous-sol, il avisa sa bonne vieille BM, la flatta du regard, glissa la clé dans le contacteur, eut le plaisir de l'entendre démarrer du premier coup. *Indomptable force vitale…* Il se demanda s'il devait rire ou pleurer d'être à ce point sensible à un si dérisoire petit bonheur au milieu de tous ses malheurs… Il enfourcha l'engin et démarra un peu trop brutalement.

Il ressentait en chemin la désagréable impression d'être en décalage avec son univers de toujours, comme étranger en son propre village. Il n'était jusqu'à la moto, dont pour la toute première fois il ne parvenait pas à retrouver les jouissives sensations. La gorge nouée, il aligna les avenues si souvent parcourues sans pouvoir se raccrocher à quelque rassurant écho du passé. Et seul un réflexe de survie animal, de celui qui vous fait sortir la tête du seau d'eau, lui imposa une prudence minimale.

Presque incrédule d'être arrivé sans encombre, il vit se dresser au loin les grilles du triste pavillon. Il effectua dans une semi-conscience la dernière centaine de mètres, les mots laborieusement préparés se bousculant dans sa tête brouillée, formant d'inextricables boucles, s'emmêlant, perdant toute espèce de sens à ses yeux hallucinés, désormais incapables de discerner le vrai du faux.

Tout en béquillant la moto, il se demanda s'il ne ferait pas mieux de renoncer. Il avança vers le portail à reculons, vidé d'un coup de tout courage. *À quoi bon?*, pensa-t-il lâchement. Il ne trouvait soudain plus aucun sens à cette crevure d'abcès. À quoi cela allait-il le mener? À assouvir une vengeance, rien de plus, et sur quelles pauvres bases? Celles d'une vision! Peut-être allait-il tout bonnement précipiter la mort de Francis, après quoi il serait bien avancé…

Il était à deux doigts de rebrousser chemin, quand son fameux balancier l'entraîna vers la pente opposée sous la pression d'un nouvel argument. C'était comme une voix intérieure qui proclamait que cela n'avait rien à voir avec lui, qu'il n'avait nullement voix au chapitre, qu'il ne lui appartenait pas de s'opposer à Marguerite, dont la volonté devait être accomplie, quel que soit son avis à lui. Il admit que cela le dépassait et trancha pour de bon.

Jules poussa le portail d'un geste mécanique, avança dans l'allée, monta les quelques marches, négligea encore de saluer l'employée, qui se vit confirmée dans ses sentiments peu affables, gravit lourdement l'escalier, déboucha dans le couloir, parvint en quelques enjambées devant la porte de la chambre du vieillard et resta figé un instant. La tête lui tournait, comme si un nouveau malaise était en préparation. D'autant plus galvanisé par sa fraîche résolution qu'il restait conscient de son extrême fragilité, il tourna la clenche sans frapper et pénétra de trois pas dans la chambre.

Voyant son père assis devant la fenêtre, il se dit que c'était comme si Francis n'avait pas bougé de son fauteuil depuis qu'ils s'étaient quittés. Ayant entendu le bruit de la porte, celui-ci se retourna lentement et leurs regards convergèrent. Il est probablement des moments de grâce fatale où les barrières habituelles de la compréhension se trouvent balayées comme fétus par l'ouragan des passions humaines. Au-delà du rayonnement de haine irradiant des yeux de son fils, ainsi en fut-il pour que Francis prononce sans sommation quatre mots inspirés :

– Tu as donc deviné !...

Horrifié par la tranquille assurance du meurtrier, il ne sut que balbutier :

– Co… comment as-tu pu ff… faire une chose pareille ?!

– Ce serait trop long à expliquer!, cracha Francis. Et puis, c'était il y a si longtemps!… Il y a prescription. Tu peux toujours essayer d'aller voir la police, tu n'arriveras à rien! Alors, va-t'en maintenant, laisse-moi tranquille! Je n'ai pas envie de te parler. Tu n'es qu'un p'tit con! Le digne fils de ta mère!…

Jules sentit son sang se figer. Il aurait tout, mais alors vraiment tout imaginé, sauf cette monstrueuse assurance, ce cynisme arrogant, cette posture obscène… Non content de n'éprouver aucun remords, celui qu'il aurait voulu de toute son âme renier à jamais osait insulter, pire, souiller la mémoire de sa pauvre mère!

Prescription… Alors, seule la loi du Talion! Jules s'abandonna à son ivresse assassine, et se rua en hurlant sur Francis. Son poing allait s'abattre quand quelque chose comme un tissu intérieur se déchira en un affreux crissement. Il s'effondra d'un bloc; toute lumière s'évanouit, une douleur fulgurante le transperça du fondement au poumon. Foudroyé, il s'abattit aux pieds du vieillard immobile. Comme si de rien n'était, Francis prit le combiné calmement et appela l'infirmière :

– Faites vite venir un médecin, mon fils vient d'avoir un malaise!

On allongea le garçon, pour constater qu'il respirait, certes faiblement, et que le cœur battait, bien qu'irrégulièrement. Francis daigna indiquer le mal dont son fils souffrait, et même le nom du médecin qui le suivait. Une ambulance fut appelée, et Jules embarqué. Il fut admis en soins intensifs moins d'une demi-heure plus tard, et on ne put que constater le coma dans lequel il était plongé.

Les examens pratiqués révélèrent que la rémission dont il avait bénéficié avait fini par atteindre son terme, laissant dans la foulée le cancer flamber. Ce qui intrigua l'équipe de soignants, c'est par quel prodige ce patient avait pu tenir jusque-là dans un pareil état. Décidément, pensa le chef de service, nos connaissances sont encore limitées, et ce cas-là illustre avec une particulière acuité ce délicat état de fait...

Pendant ce temps, de l'autre côté de l'océan, Aitana reprenait doucement goût à la vie. Elle était revenue à la maison, et réapprenait peu à peu les gestes du quotidien. Elle avait trouvé le petit mot de Jules sous l'oreiller, et ses larmes avaient humecté le morceau de papier. Cecilia et Ricardo lui avaient progressivement tout raconté, prenant soin toutefois d'encore la ménager. Mais bizarrement, de Jules, il n'y eut pas de nouvelles. Et les semaines passèrent sans qu'aucun signe ne vienne briser cet incompréhensible silence.

Ayant pu échapper à son carcan de chair, Jules était hors des contraintes du temporel, libéré des pesanteurs de la matière, délivré des souffrances de cette terre. Il prenait part à la lumière, était tout esprit, tout amour. Il était lui, il était elle, et avait épousé Aitana. Tout était bien. Point.

Dans le barrio, on finit par murmurer qu'il s'en était allé pour de bon, jugeant probablement sa tâche ici achevée. Seule Aitana n'y croyait pas, car elle avait son petit secret. Oh ! elle feignait bien de suivre l'avis général, pour ne pas contrarier, mais n'en pensait pas moins. Et dans le silence des nuits, dans le bruissement de la vie, à tout moment elle et lui étaient. Pour jamais. Parfois quand même, de leur félicité une petite bulle de pensée s'échappait :
Laissons-les dire, comment pourraient-ils imaginer ?

Photo de couverture : © Droits réservés

Conception graphique et mise en page :

Anne-Cécile Bobin

DAVID REINHARC
Éditions

19 rue de Miromesnil – 75 008 Paris
davidreinharc.editions@gmail.com

ISBN : 978-2-493575-01-2

Achevé d'imprimer en janvier 2022
Dépôt légal : janvier 2022